BIANCA™

MAISEY YATES

NOVIOS DE PAPEL

HARLEQUIN™

Editado por Harlequin Ibérica.
Una división de HarperCollins Ibérica, S.A.
Avenida de Burgos, 8B - Planta 18
28036 Madrid

© 2024 Harlequin Ibérica, una división de HarperCollins Ibérica, S.A.
N.º 489 - 20.12.24

© 2011 Maisey Yates
Novios de papel
Título original: Marriage Made on Paper

© 2011 Maisey Yates
Atraída por su enemigo
Título original: The Highest Price to Pay
Publicadas originalmente por Harlequin Enterprises, Ltd.
Estos títulos fueron publicados originalmente en español en 2012

I.S.B.N.: 978-84-1074-012-9
Depósito legal: M-21115-2024
Impreso en España por: BLACK PRINT
Fecha impresión para Argentina: 18.6.25
Distribuidor exclusivo para España: LOGISTA
Distribuidor para México: Distibuidora Intermex, S.A. de C.V.
Distribuidores para Argentina: Interior, DGP, S.A. Alvarado 2118.
Cap. Fed./Buenos Aires y Gran Buenos Aires, VACCARO HNOS.

Capítulo 1

A LILY Ford no le gustaba nada ver a Gage Forrester en su despacho, apoyado en su escritorio, su aroma envolviéndola y haciendo que su corazón se acelerase. No le *gustaba nada* ver a Gage, el hombre que había rechazado los servicios profesionales de su empresa de relaciones públicas, pero su cuerpo parecía tener mente propia.

–He oído que Jeff Campbell la ha contratado –empezó a decir, cruzando los brazos sobre su impresionante torso.

No, Gage Forrester no era de los que estaban todo el día detrás de un escritorio. Un físico como aquél no ocurría por accidente, ella lo sabía por experiencia. Tenía que ir cuatro veces por semana al gimnasio para combatir los efectos de un trabajo sedentario, pero debía hacerlo. Su imagen era importante porque su trabajo consistía en hacer que la imagen de sus clientes fuera perfecta a ojos del público.

–Ha oído correctamente –respondió, echándose hacia atrás en la silla para poner distancia entre ellos y sentir que tenía cierto control sobre la situación. Era su oficina, maldita fuera. Gage Forrester no tenía por qué estar allí.

Pero los hombres como él actuaban de ese modo: llegaban, veían y conquistaban a las mujeres.

Pero no a ella.

–¿Ha venido a felicitarme? –le preguntó.

–No, he venido a ofrecerle un contrato.

Eso la dejó sin habla, lo cual era raro en Lily.

–Pero rechazó mi oferta de representar a su empresa, señor Forrester.

–Y ahora le estoy haciendo una oferta.

Lily frunció el ceño.

–¿Esto tiene algo que ver con que Jeff Campbell sea su mayor competidor?

–No lo considero un competidor –Gage sonrió pero en sus ojos podía ver un brillo de acero, la dureza que lo hacía legendario en el mundo empresarial. No se llegaba a la cima siendo blando, ella lo sabía y lo respetaba por ello. No le gustaba Gage porque lo consideraba moralmente corrupto pero llevar la cuenta de la empresa Forrestation sería un enorme empujón para su agencia, la cuenta más importante que hubiera tenido nunca.

–Le guste o no, es su competidor. Y resulta fácil trabajar con él. No crea tantos problemas como usted.

–Y por eso no es un competidor. Está demasiado preocupado por su imagen pública.

–A usted no le haría daño preocuparse un poco más por su imagen –replicó ella–. Esa interminable lista de actrices y modelos con las que sale hacen que parezca un frívolo y últimamente ha tenido mala prensa.

–¿Ésta es una consulta gratuita?

–No, yo cobro por horas.

–Si no recuerdo mal, sus servicios son caros.

–Lo son, desde luego. Si quiere algo barato, tendrá que irse a la competencia.

Gage se sentó al borde del escritorio, descolocando sus cosas, y Lily frunció el ceño de nuevo. Le gustaría tanto colocar la grapadora como tocar su brazo para ver si era tan duro como parecía...

De inmediato, hizo una mueca ante tan absurdo pensamiento. Ella no fantaseaba con los hombres.

–Eso es algo que me gustó de usted cuando la entrevisté. Tiene confianza en sí misma.

–¿Y entonces qué fue lo que no le gustó de mí, señor Forrester? Porque contrató a la agencia Synergy, no la mía.

–No suelo contratar mujeres jóvenes. Particularmente, si son atractivas.

Lily lo miró, boquiabierta.

–Eso es absurdamente sexista.

–Tal vez, pero así no tengo que lidiar con un afecto que no deseo, como me pasó con mi antigua ayudante, que se enamoró perdidamente de mí.

Aquello era increíble.

–Tal vez lo imaginó. O tal vez usted mismo la animó –sugirió ella. Aunque debía admitir que Gage era un hombre muy atractivo, eso no significaba que todas las mujeres se enamorasen «perdidamente» de él. Sí, seguramente Gage lo creía. El poder le hacía eso a la gente, a los hombres sobre todo. Empezaban a ver a todo el mundo como una propiedad, como si tuvieran derecho a recibir devoción.

Algunos hombres ni siquiera necesitaban dinero, sólo a alguien más débil que ellos.

Lily intentó apartar de sí los recuerdos.

–No lo imaginé, se lo aseguro. Y nunca la animé –dijo Gage– no estaba interesado en ella. Los negocios son los negocios, el sexo es sexo.

–¿Y no deben mezclarse nunca? –preguntó Lily, irónica.

–Exactamente. Además, cuando la despedí me montó una escena.

–¿Por que la despidió?

Gage levantó una ceja.

–Una mañana llegué a la oficina y la encontré desnuda sobre mi escritorio.

Lily volvió a quedarse boquiabierta.

–¿Lo dice en serio?

–Desgraciadamente, sí. Pero desde entonces no he vuelto a contratar a una mujer joven y desde entonces no tengo problemas. Usted no estará prometida o esperando un hijo, ¿verdad?

Ella estuvo a punto de soltar una carcajada.

–No se preocupe, señor Forrester, no tengo planes de boda y menos de tener hijos. Mi carrera es lo más importante.

–He oído eso muchas veces. Pero entonces una mujer conoce a un hombre, oye campanas de boda... y yo termino teniendo que entrenar a otra persona.

–Si algún día oigo campanas de boda, saldré corriendo en dirección contraria.

–Estupendo –dijo Gage.

–Pero sigo pensando que es usted sexista. Suponer que en cuanto se case una mujer va a dejarlo todo para tener hijos es ridículo. Y aunque así fuera, hay millones de mujeres trabajando siendo madres.

–No soy sexista, hablo por experiencia. Yo no cometo el mismo error dos veces, pero he visto los comunicados de prensa que ha hecho para Campbell y he visto también que sus acciones subían.

–Las suyas también han subido –comentó Lily.

–Puede ser, pero las de Campbell estaban bajando antes de que la contratase.

Lily levantó una mano y fingió examinar sus uñas de color granate, esperando que no notase el ligero temblor de sus dedos.

–¿Y ahora quiere que renuncie a mi contrato con Campbell? Tendría que hacerme una oferta que no pudiera rechazar, señor Forrester.

–Eso es lo que pienso hacer –Gage dijo una cifra que aceleró su corazón hasta límites peligrosos.

Llevaba tanto tiempo trabajando, luchando para mantener a flote su agencia de relaciones públicas que pensar en todo ese dinero hizo que le diera vueltas la cabeza.

Y el dinero sólo era una parte del trato. La notoriedad de trabajar para la empresa Forrestation sería impagable. Gage tenía fama de ser un poco canalla y eso era a la vez atrayente y aterrador para los inversores. Se arriesgaba a veces a expensas de su popularidad y casi siempre acertaba.

Algunos de sus proyectos de construcción habían sido impopulares con una minoría muy ruidosa y, aunque los hoteles eran un éxito una vez terminados, había tenido piquetes protestando en la calle frente a sus oficinas de San Diego en más de una ocasión. Muchas de las protestas eran sencillamente contra una nueva edificación pero, para Lily, algunas veces eran comprensibles.

Sin embargo, por controvertido que fuera, Gage era también multimillonario y, aunque a veces hubiera simpatizado con las protestas, las cifras de negocio eran indiscutibles.

–Digamos que estuviera interesada –empezó a decir–. En la cláusula del contrato con Campbell hay una fecha de rescisión.

–Yo cubriré cualquier pérdida.

–Y necesitaría una cuenta de gastos.

Gage se inclinó hacia delante, su aroma masculino haciendo que el corazón de Lily latiera más deprisa por segunda vez en unos minutos.

–Mientras no incluya las manicuras –bromeó, tomando su mano.

Las de él eran duras, fuertes como las de un trabajador, aunque el roce no le resultaba desagradable. Al contrario, le hizo sentir un calor inesperado.

Lily apartó la mano, intentando fingir que no la había afectado en absoluto. A ella no la afectaba nada, especialmente cuando estaba trabajando.

–Por supuesto que no. Aunque la imagen es extremadamente importante en mi trabajo. La imagen del cliente y la de la persona que se encarga de las relaciones públicas van unidas.

–¿Es el discurso habitual? –preguntó Gage.

Lily sintió que le ardían las mejillas.

–Sí.

–Muy bien ensayado. Pero creo haberlo escuchado el día que me ofreció sus servicios.

Ella apretó los labios, intentando controlar su temperamento. Algo en Gage Forrester la hacía sentir inquieta. Despertaba emociones que eran nuevas para ella, emociones que normalmente solía controlar con mano de hierro.

–Ensayado o no, es cierto. Cuanto mejor sea mi imagen, mejor será la imagen de la compañía a la que represento. Y eso significa más dinero.

–¿Esta charla es una forma de decir que sí?

–Sí –respondió ella.

–Quiero que trabaje para mí personalmente. No quiero a otra persona de su equipo, tiene que ser usted.

–Es así como suelo trabajar.

–El proyecto de Tailandia es controvertido y mis inversores empiezan a agarrarse la cartera.

–¿Por qué es controvertido?

–Temen que construyendo más hoteles distorsionemos la cultura de la zona, que algo tan occidental no muestre la verdadera Tailandia, que le estemos dando a los turistas un parque temático.

–¿Y es cierto?

Gage se encogió de hombros.

–¿Eso le importa?

–No tiene que caerme bien, señor Forrester, pero mi trabajo es hacer que usted caiga bien.

–Entonces, aunque tuviera un problema personal con el proyecto...

–Como las campanas de boda, daría igual –lo interrumpió Lily–. Mi negocio consiste en presentar su mejor cara al público y a sus accionistas.

–Muy bien. Necesito los detalles tan pronto como sea posible –de nuevo, Gage se inclinó para tomar su maletín del suelo–. Éste es el contrato. Si necesita cambiar algo, dígamelo y lo discutiremos. Pero debe rescindir el contrato con Campbell, su agencia no puede representarlo en ninguna capacidad. Sería un conflicto de intereses.

–Por supuesto.

Gage tomó el móvil que había sobre el escritorio y se lo ofreció.

–¿Quiere que lo llame ahora mismo?

–El tiempo es dinero.

Lily marcó el número de Jeff Campbell, intentando disimular su nerviosismo. No le gustaba que Gage Forrester la pusiera tan nerviosa y no ayudaba nada que Jeff Campbell hubiera intentando coquetear con ella. Aunque, por eso, rescindir el contrato le dolería un poco menos. Lo último que quería era trabajar con un hombre que sólo pensara en el sexo.

El teléfono sonó dos veces antes de que Jeff contestase:

–Hola, soy Lily.

Gage levantó una ceja pero no dijo nada.

–Lo sé –Jeff parecía demasiado contento por su llamada, su tono de voz casi íntimo.

–Siento mucho tener que decirte esto, pero me han ofrecido un contrato mejor y no puedo rechazarlo.

Lily escuchó mientras Jeff expresaba su disgusto. Aunque, considerando que estaba rompiendo un contrato que habían firmado unas semanas antes, fue relativamente amable. Seguramente seguía esperando conseguir una cita... y se lo confirmó preguntando si podían cenar juntos para hablar del asunto.

–Lo siento, voy a estar muy ocupada.

Los ojos azules de Gage clavados en ella la ponían nerviosa. Pero los hombres nunca la ponían nerviosa, ni la alteraban. Ella no dejaba que la afectaran en absoluto.

–Hay una penalización económica por ruptura del contrato, tú lo sabes –estaba diciendo Jeff, con voz de hielo.

–Lo sé –Lily miró a Gage, intentando leer su reacción–. Pero es algo que debo hacer. Es lo mejor para mi agencia.

–¿De modo que la ética y los compromisos no significan nada para ti? ¿Lo único importante es el dinero?

Lily llevó aire a sus pulmones.

–Si estuvieras en mi posición, tú harías lo mismo. Los negocios son los negocios.

–Pero nunca lo habías tratado como si sólo fuera un acuerdo comercial.

Estaba dando a entender que había algo entre ellos cuando no era verdad. Los hombres parecían pensar que un saludo amable significaba que querías acostarte con ellos. Pero era su problema, no el suyo.

–Siento haberte dado una impresión equivocada –le dijo, consciente de que Gage seguía mirándola–. Pero sólo era un acuerdo comercial. Y me temo que debo romperlo.

Gage le quitó el teléfono de la mano, con una expresión demasiado satisfecha para su gusto.

–Sólo quiero confirmarte que la señorita Ford trabaja para mí ahora.

Lily se sentía como un hueso por el que peleaban dos perros y no le hacía ninguna gracia. No le gus-

taba estar en medio de dos machos alfa ni que Jeff
pareciera pensar que estaba interesada en él como
algo más que una fuente de ingresos.

Un segundo después, Gage cortó la comunicación
y dejó el móvil sobre su escritorio.

–Ésta es mi oficina, señor Forrester –dijo Lily, levantándose–. Voy a trabajar para usted, pero espero
que lo recuerde.

–Está trabajando para mí, señorita Ford, eso es lo
importante, estemos en su oficina o no.

Por fuera podía parecer la clase de hombre que no
se tomaba la vida en serio. Se había forjado una reputación de playboy saliendo con una interminable
sucesión de modelos y actrices, pero ella sabía que
no era verdad. Gage Forrester había llegado a la cima
siendo implacable y seguramente no hacía demostra-
ciones de poder porque no tenía que hacerlas; aquel
hombre irradiaba poder. Intuía que tenía el alma de
un predador y que hubiera ido a buscarla a su despacho para ofrecerle un contrato si rompía el suyo con
Jeff Campbell lo dejaba bien claro.

Antes, un hombre así la hubiera intimidado. Pero
ya no. Empezaba a hacerse un nombre en el mundo
empresarial y no iba a conseguir su objetivo mostrán-
dose como un conejito asustado.

Tampoco ella había llegado donde estaba siendo
una tonta y, aunque la molestase que Gage usurpara
su autoridad en la oficina, no iba a pelearse con él.

–Disculpe –dijo entonces, intentando mostrarse
calmada y segura de sí misma–. Pero debo confesar
que soy un poquito territorial.

Gage intentó ignorar el efecto que su voz ejercía en

él. Aquella mujer prácticamente susurraba y cuando se levantó de la silla su paso era tan grácil como el de una gata, sus curvas recordándole que era un hombre.

Era asombrosa, no como las mujeres con las que solía salir, con su estilo de la Costa Oeste y su bronceado falso. Era más bien como una pieza de museo: refinada, elegante y envuelta en terciopelo. Tenía el cartel de «no tocar» escrito en la frente y, sin embargo, como una pieza de museo, eso la hacía más tentadora.

Lily inclinó a un lado la cabeza y puso una mano de uñas perfectas sobre su redondeada cadera. El traje de chaqueta se ajustaba a sus curvas como si fuera hecho a medida, que seguramente lo era, destacando su figura pero no de una manera demasiado obvia. Tenía el pelo castaño, sujeto en un moño, y la piel pálida, algo raro en una California obsesionada por el sol, y llevaba la cantidad justa de maquillaje.

—¿Cuáles son sus condiciones? —le preguntó Lily entonces.

—¿Mis condiciones?

—¿Qué espera de mí para que merezca esa exorbitante suma de dinero?

Tenía personalidad pero eso era bueno, pensó Gage. Tendría que lidiar con los medios de comunicación en beneficio de Forrestation y para hacer eso hacía falta un carácter de hierro. Y Lily Ford parecía dispuesta a demostrar que lo tenía.

—Si de verdad cree que la suma es exorbitante, podría ofrecerle menos.

—Pero yo no podría rechazar una oferta tan generosa, sería una grosería —bromeó ella.

Gage soltó una carcajada.

–Por supuesto que sí. En cuanto al resto, espero que esté disponible las veinticuatro horas del día, siete días a la semana. Tengo varios proyectos por todo el mundo y, si ocurre algo, necesitaré a mi relaciones públicas a la hora que sea, en el país que sea. No puedo esperar porque tenga una cita con su novio.

–Su naturaleza machista aparece de nuevo –dijo Lily–, pero le aseguro que nada tiene prioridad sobre mi trabajo. Ni siquiera una cita.

Le gustaba retarlo, pensó Gage. Y eso era bueno. Su última relaciones públicas había renunciado al trabajo en menos de un año, incapaz de lidiar con la presión. Era un negocio difícil y con un gran nivel de visibilidad en los medios. Que la señorita Ford pareciese disfrutar de un reto era una buena señal.

–En ese caso, ¿por qué no firmamos el contrato?

Sonriendo, Lily tomó un bolígrafo de su escritorio y se inclinó para firmar el contrato.

La falda lápiz abrazaba la curva de su trasero de tal forma que Gage no tuvo más remedio que admirarla. Y ella tenía que saberlo, las mujeres sabían eso. Era lógico que Jeff Campbell hubiera querido creer que estaba intentando coquetear con él. Menudo idiota.

Lily Ford no estaba en oferta, sino dispuesta a intimidar. Y seguramente funcionaría con la mayoría de los hombres, pero no con él.

Ella se irguió con expresión satisfecha antes de ofrecerle su mano, que Gage estrechó con firmeza, mirándola a los ojos.

–Estoy deseando trabajar con usted, señor Forrester.

–Eso lo dice ahora, señorita Ford –Gage rió, burlón–, pero aún no hemos empezado.

Capítulo 2

QUE LO primero que sintió al escuchar la profunda voz de Gage Forrester de madrugada fuera un escalofrío de emoción y no una punzada de irritación era turbador en todos los sentidos. Pero Lily estaba demasiado cansada como para analizarlo en ese momento.

–Es la una de la madrugada, Gage –Lily parpadeó para acostumbrarse a la luz del *smartphone*. Después de cuatro meses trabajando con él, una llamada a esas horas no debería sorprenderla.

–Son las nueve en Inglaterra y es allí donde está el problema.

–¿Tenemos una crisis entre manos? –Lily se incorporó, apartándose el pelo de la cara.

–Lo que tenemos es un piquete protestando en las calles por el último proyecto y necesito un comunicado de prensa que ayude a calmar las cosas.

–¿Ahora mismo?

–Preferiblemente antes de que la multitud se cargue el hotel, sí.

Ella saltó de la cama y pulsó el botón del altavoz.

–¿Cuál es el problema?

–Impacto medioambiental.

Lily tomó el informe, frotándose los ojos.

–Es un edificio ecológico construido en gran parte con materiales reciclados y está ayudando a estimular la economía.

–Pon todo eso en el comunicado y envíalo.

–Un momento. Estaba en la cama, dormida como una persona normal –dijo Lily, acercándose al escritorio, que había colocado a unos metros de la cama para tales ocasiones. Su ordenador estaba siempre encendido, de modo que escribió el comunicado y se lo envió inmediatamente–. ¿Qué te parece?

–Bien –respondió él unos segundos después–. ¿Qué sugieres, enviarlo o leerlo personalmente?

–Las dos cosas. Me pondré en contacto con las televisiones locales y entraremos en las ediciones *online* de los periódicos de mañana. Tal vez si dejamos claro que el proyecto te interesa de verdad, que estás comprometido con él, el público se calmará un poco.

–¿Qué haría yo sin ti? –bromeó Gage, su voz haciéndola sentir un ligero escalofrío.

Había pensado que se acostumbraría a él con el paso de los meses y, en cierto modo, así era, pero seguía teniendo la habilidad de inquietarla, de ponerla nerviosa.

–Soy la mejor –le dijo–. No lo olvides.

–¿Cómo voy a olvidarlo? Me lo recuerdas continuamente.

–Espero que te refieras a lo bien que hago mi trabajo.

–Por supuesto.

–Muy bien, voy a llamar a las televisiones locales y luego volveré a la cama.

–Pero te necesito en la oficina a las seis.

–Sí, claro.

Seguramente, él ya estaría allí, pensó. Entre el trabajo y sus líos con modelos no sabía cuándo dormía aquel hombre.

Cuando por fin pudo meterse en la cama de nuevo apenas tenía un par de horas antes de ir a la oficina...

¿Y por qué la voz de Gage parecía hacer eco en su cabeza mientras intentaba conciliar el sueño?

Lily entró en el despacho de Gage a las seis de la mañana, con dos tazas de café de tamaño industrial.

–He pensado que lo necesitarías –le dijo, dejando una taza sobre el escritorio.

Gage levantó la mirada del ordenador. A pesar de la hora y de la sombra de barba parecía fresco y recién levantado de la cama, aunque ella debía de tener los ojos hinchados.

–Sí, definitivamente necesito un café.

Lily no pudo evitar mirarlo mientras bebía, cómo cerraba los labios sobre el borde de la taza de plástico, el movimiento de su garganta mientras tragaba. Su boca la fascinaba. Como el efecto que su voz ejercía en ella, no sabía por qué.

Bueno, sí sabía por qué. Era la misma razón por la que salía con una interminable lista de mujeres guapas. La misma razón por la que hablaba con la prensa tanto de su vida privada como de su vida profesional. Gage Forrester era un hombre muy sexy. Incluso ella podía admitirlo.

En teoría, le gustaban los hombres atractivos, al menos a distancia. Cuando dicho hombre atractivo era su cliente, la vida era un poco más complicada, pero daba igual. Los negocios eran los negocios y Lily no tenía intención de cruzar esa línea divisoria. Además, ella no era su tipo. A Gage le gustaban las chicas alegres y frívolas con minifalda, cuanto más corta, mejor. Y él tampoco era su tipo. Por supuesto, no sabía muy bien cuál era su tipo y, a juzgar por su reciente lista de citas fracasadas, no parecía tener un tipo determinado.

—¿Cuántos cafés has tomado? —le preguntó él.

—Varios —respondió Lily, sentándose frente al escritorio y sacando un cuaderno del bolso.

—Va a ser un día muy largo... ¿por qué haces eso?

—¿Qué?

—Tomar notas en un cuaderno. Tienes un millón de artilugios, móviles, agendas electrónicas. Lo sé porque la mayoría han sido comprados con mi dinero.

—Anotarlo me ayuda a recordar, pero luego meto todos los datos en la agenda electrónica.

Gage esbozó una sonrisa.

—¿Qué te parece el comunicado que hemos enviado a Inglaterra?

—Me parece bien. Tienes una entrevista por satélite esta noche y el comunicado saldrá en los periódicos más importantes mañana. Y has hablado personalmente con el organizador de las protestas, ¿no?

—Era una mujer... muy agradable, por cierto. Me ha llamado cerdo capitalista.

Lily levantó la mirada.

—Es que lo eres.

—Un cerdo muy rico.

–Desde luego. ¿Al final has solucionado el problema o no?

–Le expliqué que el hotel ayudaría a la economía local porque, además de la mano de obra, cuando esté terminado tendrán al menos cien puestos de trabajo fijo. Y que esté siendo construido sobre los restos de una antigua mansión y no en tierras de cultivo también le cayó bien.

–Estupendo –Lily anotó algo en su cuaderno antes de alargar la mano para tomar su taza de café.

Al principio le había parecido un poco extraño llegar tan temprano a la oficina, cuando no había nadie, y sentarse en el lujoso despacho de Gage, viendo el amanecer sobre la bahía y los barcos amarrados en el puerto de San Diego. Casi le había parecido un momento... íntimo. Gage solía estar sin afeitar e iba a su cuarto de baño privado para arreglarse antes de que llegaran el resto de los empleados, pero por ella no se molestaba.

Nunca había compartido sus mañanas con un hombre, de modo que presenciar aquella rutina masculina le resultaba interesante.

Luego, a las ocho, llegaba su ayudante y Lily se iba a su propio despacho. Su nueva oficina en el edificio de Gage Forrester. Su equipo y ella se habían trasladado allí porque ir de un edificio a otro, en puntos alejados de la ciudad, les robaría mucho tiempo.

–El hotel en Tailandia va bien –comentó Gage entonces.

–Estupendo. Has conseguido aplacar al público y a tus inversores.

–Eso espero.

–Vas a crear muchos puestos de trabajo en la zona y los salarios que pagas son más que justos. Es bueno para la economía local y el impacto medioambiental será mínimo. Y que hayas comprado tantas hectáreas de terreno para convertirlo en una reserva natural también te ayudaría mucho... si me dejaras anunciarlo públicamente.

Gage se encogió de hombros, la camisa marcando unos hombros de escándalo.

–Da igual lo que digan o la cantidad de gente que vaya a protestar. El público sigue yendo a mis hoteles y yo puedo dormir por las noches. Todo lo demás es irrelevante. No me importaría en absoluto si no fuera por mis inversores, la maldición de salir a Bolsa.

–¿Por qué lo hiciste entonces? No parece que te guste mucho dar explicaciones.

Gage se echó hacia atrás en el sillón, apartando el pelo de su frente.

–Te has dado cuenta.

–Es difícil no darse cuenta.

–Salí a Bolsa porque es la mejor manera de aumentar tu visibilidad y porque entonces tenía deudas. Eso ayudó inmensamente a aumentar mi capital y a pagar los préstamos que había pedido.

Gage provenía de una familia acaudalada y le sorprendía que hubiera pedido préstamos. Había creído que su familia lo apoyaba y el hecho de que hubiera empezado desde abajo, como ella, le resultaba sorprendente.

–Pero ahora tienes que ser diplomático.

–Lo sería de todas formas. Me dedico a construir

resorts y hoteles, el público debe tener una opinión favorable de mí.

—Eso es cierto.

En general, el público tenía una opinión favorable de él. Era guapo y carismático y salía con las mujeres más guapas de Hollywood, de modo que solía aparecer en las portadas de las revistas del corazón, además de las revistas económicas.

También era un negrero, pero eso sólo lo sabían sus empleados. Y, para ser justos, nunca esperaba de los demás más de lo que daba él. De hecho, parecía esperar aún más de sí mismo. Y por eso, incluso cuando su teléfono sonaba a las tres de la madrugada, Lily se mordía la lengua para no decirle lo que pensaba.

—¿Alguna otra cosa más? —le preguntó.

—Necesito una cita para un evento al que debo acudir mañana. Una exposición benéfica en el Acuario de San Diego para recaudar fondos.

—¿Y has perdido tu agenda? —bromeó Lily.

—No, está guardada en mi caja fuerte para que nadie pueda usarla con fines diabólicos.

—Tú la usas para fines diabólicos.

—En ocasiones. Pero la cuestión es que ninguna de mis... amigas es apropiada para este evento.

—Supongo que es una cuestión de gustos —dio Lily. A veces le molestaba... bueno, le molestaba todo el tiempo que un hombre tan inteligente como él saliera con chicas tan tontas. Claro que no estaría interesado en sus cerebros precisamente.

—No, es más bien una cuestión de propiedad. Por eso quiero que tú vayas conmigo.

—¿Qué?

–Pero necesitarás un vestido apropiado...

–¿Cómo?

–Eres inteligente, sabes mantener una conversación con cualquiera.

–Y la mayoría de las mujeres –replicó Lily–. Lo que pasa es que tú sales con unas memas de mucho cuidado.

–No sabía que tuvieras una opinión sobre mis amigas.

Ella apretó los dientes.

–Da igual lo que yo opine. ¿Y qué pasa con mi ropa?

Se había gastado una obscena cantidad de dinero en ropa de buena calidad y siempre tenía buen aspecto, a cualquier hora del día. Era esencial para su trabajo y se lo tomaba muy en serio.

–Nada si se trata de una reunión de trabajo o de leer un comunicado a la prensa –respondió Gage–. Pero pareces una mujer que se dedica a la política, no una chica que yo llevaría a una cena benéfica.

–Lo siento, no me interesa.

Gage frunció el ceno.

–Trabajas para mí y, si te necesito, espero que estés disponible. Firmaste un contrato, ¿recuerdas?

–Para ser tu relaciones públicas, no para ir de tu brazo a una gala benéfica.

–Ir a la gala es un acto de relaciones públicas. Puedo saltarme la cena y ser un cerdo capitalista sin conciencia o puedo ir con Shan Carter. Me dio su número la otra noche...

Lily recordó a la rubia y caprichosa heredera, con sus botas de tacón y sus vestidos ajustados.

–No puedes hacer eso –le advirtió, horrorizada.

–Lo sé –dijo Gage–. Por eso quiero que tú vayas conmigo.

–Muy bien, de acuerdo. Pero tú no vas a elegir mi vestido.

–¿Por qué no?

–Porque no –respondió Lily. No tenía ropa de fiesta en el armario pero Gage no tenía por qué saber eso. Ella tenía confianza en su buen gusto, sabía qué le quedaba bien y no necesitaba una compradora personal para decirle qué debía ponerse.

–Muy bien, pero nada de traje de chaqueta.

–Hay trajes de chaqueta preciosos. Armani los hace para la noche... claro que tú nunca sales con nadie que lleve más de medio metro de tela.

Gage se encogió de hombros.

–Me gusta pasarlo bien. Trabajo mucho, cumplo con mis obligaciones, no veo por qué no puedo vivir mi vida como me parezca.

Tenía razón, aunque Lily odiaba admitirlo. Pero no podía entender por qué una mujer querría salir con él. Bueno, eso era mentira, estaba claro por qué las mujeres querían salir con él. Era un hombre alto, atlético, guapo, millonario, inteligente... pero también un hombre que no se comprometía con nadie. Y ella nunca querría saber nada de alguien así.

Había visto lo que ese tipo de hombre podía hacerle a una mujer y había jurado no dejar que nadie controlase su vida.

Aunque, evidentemente, Gage tenía cierto control sobre su vida ya que trabajaba para él en exclusiva. Pero eso era diferente. Cuando una mujer le entregaba su cuerpo a un hombre, le entregaba también una parte de ella. Y por muy guapo que fuera Gage Forrester, eso no era suficiente para borrar los amargos recuerdos de su infancia. Los errores de su madre tenían que contar para algo; si no, sería una tragedia.

–Si esperas que lleve un vestido adecuado, tendrás que darme tiempo para ir de compras.

–Puedes tomarte la tarde libre.

Lily negó con la cabeza.

–Necesito todo el día libre. Tengo que dormir.

–La mañana, hasta la hora del almuerzo –dijo Gage.

–Trato hecho.

–Ni negro ni beis.

–La mayoría de las mujeres irán de negro.

–Lo sé, por eso no quiero que tú vayas como las demás.

Lily frunció el ceño.

–No tengo por costumbre dejar que un hombre me diga lo que debo ponerme. Me gusta elegir a mí.

Gage se levantó entonces y, sin darse cuenta, Lily admiró ese cuerpo soberbio: cintura estrecha, torso ancho, piernas como columnas. Y sabía, aunque le diera vergüenza admitirlo, que también tenía el mejor trasero que había visto nunca.

Él la miró, con una ceja enarcada.

–Y si a tu amante le gustase... la ropa interior de color negro, por ejemplo, ¿tampoco estarías dispuesta a complacerlo?

Lily intentó no ponerse colorada. Nunca dejaba que un hombre la alterase. Había recibido piropos de todo tipo desde los trece años y luego, cuando se mudó a California para empezar una nueva vida, los hombres habían supuesto que estaba dispuesta a ir de cama en cama y medrar así profesionalmente. Como resultado, pensaba que había perdido la habilidad de ponerse colorada. Aparentemente, no era así.

Nunca le había preocupado su falta de experiencia sexual. Era una decisión que ella misma había tomado. En el ambiente en el que había crecido había sido una lucha seguir siendo inocente, física y psicológicamente, y estaba decidida a que nadie le robase esa inocencia.

Pero en aquel momento supo que preferiría caminar sobre cristales rotos antes de admitir que ningún hombre había emitido opinión alguna sobre su ropa interior.

–Tengo un gusto impecable –le dijo, intentando mostrarse fría–. Nadie se ha quejado nunca –añadió, tomando su maletín–. Y tampoco tú podrás hacerlo.

Luego se dio la vuelta y salió del despacho, intentando contener los latidos de su corazón.

Capítulo 3

GAGE nunca había visto a Lily con un aspecto menos que perfecto. Siempre estaba guapísima, incluso cuando tenía que ir a la oficina a las dos de la mañana para solucionar alguna crisis. Pero con aquel vestido azul marino con volantes en las mangas, escote discreto y espalda al aire estaba sencillamente espectacular.

Llevaba el pelo sujeto a un lado, los rizos cayendo sobre un hombro. Su maquillaje era más marcado que de costumbre y llevaba las piernas desnudas, sin medias. Y eran unas piernas asombrosas.

Gage tuvo que tragar saliva, un recordatorio de que llevaba demasiado tiempo sin sexo. Pero su trabajo era muy intenso y cuando no estaba concentrado en alguno de los proyectos en construcción estaba vigilando a Madeline, que acababa de mudarse a un apartamento después de terminar la carrera. Un apartamento que no quería porque no podía pagarlo, pero Gage no pensaba dejar que su hermana pequeña viviera en una zona peligrosa de la ciudad.

Maddy era cabezota y, aunque a él le gustaba ese aspecto de su personalidad, también podía ser una pesadez.

Y por eso estaba en el vestíbulo del acuario de San

Diego, admirando las piernas de su relaciones públicas.

Cuando puso una mano en su espalda y sintió que daba un respingo esbozó una sonrisa.

–Te has vestido de azul marino porque te dije que no vistieras de negro, ¿verdad?

Ella frunció los labios, apartando la mirada.

–Podría ser.

–Te gusta retarme sin desafiarme del todo –siguió él, sus labios rozando la oreja de Lily.

Al hacerlo, Gage sintió el ligero temblor de su cuerpo. Interesante. No era tan fría como quería parecer...

–No me gusta que me despidan –susurró ella, sus ojos oscuros advirtiéndole que se apartase.

Gage frunció el ceño. Le gustaba ese lado peleón de su carácter, pero era su empleada y no tenía derecho a tocarla aunque se sintiera atraído por ella. Lily era una excelente relaciones Públicas y todo lo que hacía fabuloso trabajar con ella la convertía en la clase de mujer con la que no querría tener una relación.

De modo que bajó la mano y estudió su rostro. Tenía un aspecto diferente sin los trajes de chaqueta que solía llevar a la oficina. Más suave, más cercana.

Le gustaría tocar su pelo o esa piel que parecía tan suave... y pensar eso hizo que su cuerpo despertase a la vida.

–Como si yo fuera a despedirte –murmuró, dando un paso atrás–. Sabes demasiado, no podría hacerlo.

–Creo que debería enmarcar esa frase. Como halago no está mal.

Pasearon por la zona que habían convertido en galería de arte, la sala iluminada por la luz azulada de los acuarios. Los cuadros que iban a subastarse estaban colocados en caballetes, con papeles para anotar las ofertas de los invitados.

Gage se acercó a uno de ellos y, sin mirarlo siquiera, anotó una cantidad astronómica.

–Deberías ser menos discreto sobre estas cosas –dijo Lily–. O sobre las reservas naturales que has creado cerca de algunos de tus hoteles.

–¿Por qué?

–Porque ayudaría a tu imagen y lo necesitas. Ser constructor es una profesión poco apreciada por el público, siempre parecéis sospechosos. Podrías quedar bien con todo el mundo informando de tus contribuciones benéficas.

Gage arrugó el ceño.

–Tú eres testigo, cuéntalo.

–Pero no quieres que lo haga.

–Dar dinero para conseguir una buena reputación es pagar por buena publicidad.

–La mayoría de la gente no tiene ningún problema en hacerlo.

–¿Cuál es tu opinión, Lily? Y no me digas eso de que tu opinión no importa mientras al público le gusten los discursos.

Ella se mordió los labios. Esa cara de Gage siempre la desconcertaba. En cierto modo, parecía incomodarle que la gente pensara bien de él. No parecía importarle la mala prensa cuando salía con alguna modelo y luego con una actriz al día siguiente, pero no parecía querer que nadie supiera que también contribuía a causas importantes. Y eso hacía que a veces, sólo a veces, casi le gustase.

—Bueno, este tipo de eventos son siempre un poco falsos. La gente viene para ser vistos —Lily señaló discretamente a un grupo de famosos que sonreían a los fotógrafos.

—No me gusta ese juego —dijo él.

—Tienes que jugar un poco, Gage. Es bueno para el negocio.

—¿Y cómo es para ti hacer un trabajo que no tiene nada que ver con quién eres?

La pregunta era tan extraña y tan inesperada que Lily se dio la vuelta abruptamente.

—¿Yo... qué quieres decir con eso?

La Lily Ford de los suburbios de Kansas, que había salido de la pobreza por sí misma y había dejado atrás el pasado no iba a llegar a ningún sitio en el mundo de las relaciones públicas. Lo sabía porque lo había intentado. Pero la Lily Ford que sabía cómo presentarse ante los demás con fría dignidad, la Lily que llevaba elegantes traje de chaqueta y el peinado perfecto, esa Lily era un éxito. Y todo era debido a la imagen.

Quién fuera en realidad era algo que no importaba a sus clientes o al público. Lo único que importaba era lo que veían. Con esa filosofía había salido adelante.

—Pareces valorar mucho la integridad —dijo Gage—. Y crees que las veladas benéficas son falsas, pero tú insistes en que yo debo acudir.

Lily se encogió de hombros.

—Si el mundo fuera diferente... pero estamos en una sociedad obsesionada por los medios de comunicación y eso significa poner buena cara para llegar al público.

—No me gusta poner buena cara.

—Ya lo sé, pero sí te gusta el dinero. Y para conseguir dinero hay que tener una buena imagen.

Siguieron paseando por la sala y Lily notó que, aunque saludaba a todo el mundo, Gage parecía un poco distante. No tenía una relación cercana con nadie, que ella supiera. Solía tener buen olfato para la gente, pero después de varios meses Gage seguía siendo un interrogante. Estaban casi todo el día juntos, pero sabía muy poco sobre su personalidad.

La conversación que acababan de tener era seguramente la más reveladora que habían mantenido en todos esos meses.

Gage sabía cómo moverse en el mundo de los negocios. Decía lo que tenía que decir a la gente adecuada pero no había nada personal en sus relaciones con ellos. Se daba cuenta de eso por primera vez.

Una rubia con un tremendo escote tomó a Gage del brazo entonces para saludarlo.

—Me alegro muchísimo de verte. ¿Sabes que hay una orquesta en el jardín?

Lily se dio cuenta de que él no se molestaba en sonreír.

—Gracias por decírmelo, bailaré con mi pareja.

Luego tomó a Lily por la cintura, el roce haciendo que le ardiese la cara. Y cuando la apretó contra su costado pensó que se le iban a doblar las piernas.

Nunca en su vida la había afectado de tal modo el contacto de un hombre. Claro que pocos se atrevían a tocarla.

Había visto a su madre con una sucesión de hombres. Hombres que le pedían que se mudase de un sitio a otro, que la humillaban, que siempre habían tenido el control sobre sus vidas. Lily no quería eso. Cuando cumplió los trece años había decidido que no quería saber nada de relaciones sentimentales.

Por fin, se había ido de casa a los diecisiete años y diez años después tenía su propio negocio, un apartamento precioso, controlaba su vida por completo y seguía sin un hombre. Nunca lo había lamentado. Algunas de sus amigas decían que estaba loca, que se estaba perdiendo una de las mejores experiencias de la vida. Pero cada vez que salía con alguien, normalmente alguien que le habían presentado sus amigas, se encontraba diseccionando su comportamiento, imaginando cómo intentaría controlarla en cuanto tuvieran una relación. Por eso no tenía segundas citas.

Eso estaba bien para sus amigas, bien para otras mujeres que no hubieran vivido lo que había vivido ella.

Pero, curiosamente, el roce de la mano de Gage no la hacía temer que quisiera controlarla. No pensaba en nada, sólo podía sentir el calor de esa mano.

—¿Quieres bailar? —le preguntó él, sus labios tan cerca que Lily tuvo que hacer un esfuerzo para disimular aquella extraña excitación. Y se alegró de haber comprado un vestido oscuro que, con un poco de suerte, escondería la reacción de sus pezones.

La rubia estaba fulminándola con la mirada y, por orgullo, Lily miró a Gage:

—Por supuesto —respondió.

En un momento de locura levantó una mano para

tocar su cara... pero al notar el roce de su barba la apartó de inmediato, sintiendo que le quemaba.

Sin decir nada, Gage la llevó al jardín, entrelazando los dedos con los suyos, su expresión intensa.

El corazón de Lily latía con fuerza dentro de su pecho. No podía fingir que no se sentía atraída por él. La atracción más poderosa y peligrosa que había experimentado en toda su vida.

–Esto no es apropiado –murmuró, nerviosa al notar que le temblaba la voz.

–¿Preferirías que bailase con Cookie?

–¿Cookie? –repitió ella–. Eso no puede ser un nombre –dijo luego, intentando contener la risa.

–Podría ser un apelativo cariñoso, no lo sé.

–¿No se lo has preguntado?

–No era importante para mí en ese momento.

Eso dejaba bien claro lo que Gage pensaba de las relaciones sentimentales. De hecho, evitaba las relaciones serias saliendo con muchas mujeres. Ella las evitaba no saliendo con hombres, pero ambas eran tácticas de evasión, en eso al menos estaban a la par. En cualquier caso, las relaciones sentimentales estaban sobrevaloradas.

Cuando Gage puso una mano en su espalda sintió que Lily se estremecía. También ella sentía esa atracción, no había duda. Siempre le había parecido atractiva y más de una vez había pensado deshacer su moño y ver cómo la melena caía por su espalda...

Gage la apretó contra su cuerpo, dejándole claro lo que sentía mientras bailaban. Él no tonteaba con sus empleadas, pero Lily era una tentación y ésa era una nueva experiencia para él.

Las mujeres lo atraían, pero nunca las había considerado una tentación seria. Si no era el momento, no tenía el menor problema en despedirse con un beso y volver solo a casa. Muchas veces en su vida, el placer había tenido que esperar debido a sus responsabilidades hacia su familia o su negocio. Era un experto en retrasar el placer si era necesario, pero aquella sensación, aquella punzada de deseo, no parecía algo que pudiese controlar.

Lily levantó la cabeza.

—Eso, definitivamente, no es apropiado.

—Tal vez no, pero yo estoy disfrutando.

Ella se pasó la lengua por los labios, un gesto tan sensual que fue como un puñetazo en el estómago. Luego volvió a bajar la mirada sin decir nada pero apoyándose en él un poco más, sus pechos rozando el torso masculino...

No sabía cómo había pasado pero estaban a punto de besarse.

Pero, de repente, ella se apartó como si la hubiera quemado.

—¿Has hecho todas las pujas que querías hacer? —le preguntó, respirando agitadamente.

—Sí —respondió Gage.

—Entonces deberíamos irnos. Seguramente mañana también tendremos que levantarnos muy temprano.

Cuando volvió a entrar en el acuario Gage sacudió la cabeza. Había hecho bien en detener aquello, pensó, aunque su cuerpo se rebelara contra esa admisión. La valoraba demasiado como para perderla por una noche de sexo. Aunque el sexo fuera increíble.

A él le gustaba mantener su vida controlada. Estaban el trabajo, su vida familiar y la vida sexual. Y no las mezclaba nunca.

Aunque con el recuerdo de Lily entre sus brazos, lo suave y lo dulce que era, lo cerca que había estado de besarla, resultaba imposible recordar por qué.

Lily no podía dormir y era culpa de Gage. Y de ella. Había estado a punto de besarlo. *Ella* había estado a punto de besarlo. Curiosidad, eso era todo. Había querido descubrir cómo sería un beso de Gage Forrester porque era humana al fin y al cabo.

Gage era un hombre diferente a todos los que había conocido. Con más éxito, más masculino, más decidido. Y ésas eran cualidades que la atraían, pero nunca había sentido la tentación de abandonar sus principios por un momento de... lujuria.

No había sentido que él estuviera intentando manipularla en modo alguno. Había sentido... pasión. Por primera vez en su vida, había experimentado una pasión física real. Siempre había sentido pasión por su trabajo, el deseo de triunfar en la vida, pero nada más.

—No deseo a Gage —murmuró.

Era su cliente, su jefe. Si quisiera una relación, que no la quería, no sería con él. Su trabajo era demasiado importante y no estaba dispuesta a arriesgarse a perderlo. Los hombres nunca habían sido un problema para ella.

Sus clientes eran casi exclusivamente hombres, pero incluso cuando habían mostrado interés, como

Jeff Campbell, ella les dejaba muy claro que no sentía la menor tentación de aceptar. Había una línea bien definida en su cabeza, el trabajo era el trabajo.

Pero Gage le hacía perder el control de una manera desconocida para ella. Había besado a otros hombres, desde luego, y la experiencia había sido a veces indeseable, a veces simplemente regular. Ninguno de esos besos había encendido un fuego en su interior, pero la proximidad de Gage la hacía sentir como si estuviera ardiendo.

Y lo peor de todo era que sabía que, si lo hubiera besado, habría perdido la cabeza. ¿Y cuándo había perdido ella la cabeza por un hombre? Ella creaba su propio destino, estaba a cargo de su vida.

Dejando escapar un gemido de frustración, Lily saltó de la cama para sentarse frente al ordenador. Si no iba a dormir, lo mejor sería ponerse a trabajar.

Era importante comprobar qué decían los medios sobre Forrestation y Gage Forrester para poder emitir el comunicado necesario...

Pero una noticia hizo que se le encogiera el estómago y, aunque eran las tres de la mañana, Lily levantó el teléfono.

–Gage, tenemos un problema.

Capítulo 4

¡**E**STO es ridículo! –Gage tiró el periódico sobre la mesa, furioso.

Sentía ganas de estrangular a la persona que había extendido tan repugnante rumor. Se había puesto enfermo al leer ese artículo lleno de falsas acusaciones... acusaciones contra Madeline, su hermana.

Maddy había terminado la carrera y por fin estaba dejando atrás su triste infancia. Había sido una niña tan silenciosa, como si tuviera miedo de molestar. Y miedo de que también él la abandonase. Había madurado mucho en los últimos años, pero aquello amenazaba con destruir todo lo que había conseguido.

–Estoy de acuerdo –dijo Lily–. Es una vergüenza que vivamos en una sociedad como ésta. Pero es así y la historia saldrá publicada en todas partes.

–Madeline ha sufrido mucho... acaba de terminar la carrera y esto no la ayudará a encontrar trabajo. No la contratará nadie.

Lily respiró profundamente.

–Lo sé, Gage. Yo sé muy bien lo difícil que es ser una mujer en el mundo empresarial y sé... que es muy difícil que la gente olvide un escándalo sexual. Para una mujer, al menos.

–Ella no tuvo nada que ver –insistió Gage, mirando el artículo con gesto de asco–. Maddy era una becaria y su jefe, Callahan, intentó conquistarla. Mi hermana se negó a acostarse con él y ahora que su mujer lo ha dejado porque es un caradura, culpa a Maddy haciendo que parezca que era ella quien intentaba destruir su matrimonio.

–Tuviera una relación con Callahan o no...

–Es que no la tuvo –la interrumpió Gage.

Lily levantó las manos en un gesto de rendición.

–Muy bien, tú conoces a tu hermana mejor que yo. Si tú dices que no la tuvo, te creo. Pero ahora que ha saltado el escándalo no podemos hacer mucho para pararlo. Aunque ella diera su propia versión de la historia, y yo creo que debería hacerlo, esto va a ser una explosión. William Callahan es un hombre muy conocido y su esposa, su futura exesposa, es aún más famosa que él.

Gage conocía a esa mujer porque había intentando coquetear con él alguna vez. Pero, a pesar de ser una famosísima modelo, nunca le había interesado. A Gage no le gustaban las mujeres de otros hombres, pero ella parecía acostumbrada a coquetear y evidentemente, el señor Callahan no era mejor. Pero estaban intentando arrastrar a su hermana a sus sórdidas vidas...

–Lo arruinaré –murmuró Gage.

–Te entiendo, pero antes de que hagas nada, tenemos que decidir cómo vamos a controlar el escándalo.

Lily había visto a Maddy en un par de ocasiones. Era una guapa morena, bajita y delicada. Parecía muy joven y era evidente que Gage la adoraba y que, aunque intentaba comportarse como un padre, Madeline quería ser independiente.

En el mundo empresarial no era fácil que una mujer fuese tomada en serio. No era fácil encontrar el equilibrio adecuado. Si te arreglabas demasiado, los hombres lo tomaban por un intento de coqueteo y si no, a veces podías ser invisible.

—Podemos crear una distracción –dijo Gage.

—No sé lo que estás pensando, pero intuyo que voy a tener mucho trabajo.

—Si podemos enterrar la historia de Maddy con otra historia, el golpe será menor.

—Dudo mucho que puedas encontrar algo que haga olvidar un escándalo de tal magnitud.

—He pensado anunciar mi matrimonio –dijo Gage entonces.

Lily lo miró, perpleja.

—¿Qué? No sabía que fueras a casarte.

—Y no voy a casarme. ¿Pero no crees que sería un titular interesante?

—Nadie lo creería. Tú no eres de los que se casan.

—¿Por qué no?

—Para casarse hay que ser monógamo –dijo Lily.

—Yo no engaño a nadie –se defendió Gage–. Si me siento atraído por otra mujer, termino la relación. No tiene sentido estar con una mujer cuando te gusta otra.

—Pero cambias de novia muy frecuentemente.

—Y por eso sería un titular que interesaría a todo el mundo. He salido con suficientes modelos y actrices como para que los paparazzi tengan interés por mí.

—Muy bien, eso es verdad. ¿Pero dónde vas a encontrar a una mujer que quiera casarse contigo? ¿Y que, además, mantenga la boca cerrada?

Gage estaba mirándola con una sonrisa en los labios...

–Lily.

No le gustó nada cómo pronunció su nombre, haciendo que sonara casi como una caricia. Como la noche anterior, cuando estaba entre sus brazos.

–No...

–Quiero que te cases conmigo.

Lily se quedó mirándolo, sin saber qué decir. Ella siempre sabía qué decir, siempre tenía una respuesta preparada.

Abrió la boca y la cerró de nuevo, intentando desesperadamente hacer que su cerebro funcionara.

–No lo dirás en serio.

–Sólo tendrías que ser mi prometida durante un tiempo.

–No, para nada. Me niego.

–¿Cuánto valoras tu trabajo, Lily?

–Es lo más importante para mí –respondió ella–. Me he esforzado mucho para llegar donde estoy.

–Sería una pena comprometer todo ese esfuerzo, ¿no te parece?

–¿Es una amenaza?

–No quiero que el esfuerzo de Madeline se vaya al traste por culpa de unos periodistas sin escrúpulos –dijo Gage–. No quiero que pierda la confianza que tanto le ha costado encontrar.

La amenaza era clara. Si quería conservar su trabajo, tendría que aceptar.

–Nadie lo creerá –dijo Lily.

–Estuvimos en la gala del otro día y todo el mundo

nos vio juntos... y definitivamente no estábamos por-
tándonos de manera muy profesional.

–Éramos dos personas que trabajan juntas y acu-
den juntas a un evento –protestó ella.

Gage levantó una ceja.

–¿De verdad? ¿Qué más consideras normal en la
relación de dos personas que trabajan juntas? ¿Alguna vez te has prometido con alguno de tus jefes?

–No, por supuesto que no.

Esa idea la horrorizaba. Y no quería pasar más
tiempo con Gage, no quería fingir que era su prometida. Pero si miraba el asunto objetivamente, sabía
que era la mejor manera de hacer que los periodistas
se olvidasen de Madeline.

–Tienes razón –dijo por fin–. Tal vez sea la única
manera.

–No creo que sea tan difícil para ti, Lily. Eres una
gran profesional.

–Si crees que me estás engatusando, te equivocas.
No te hagas el encantador, conmigo no funciona.

–No tenemos alternativa –dijo Gage–. Si yo me
hundo, tú te hundes conmigo. Tenemos que arreglar
esto como sea.

–Siempre hay alternativas.

–Nadie te contrataría si supieran que has dejado a
un cliente en la estacada. Pero si me ayudas a solucionar este asunto...

–Muy bien, de acuerdo –lo interrumpió Lily. Lo
mejor para un relaciones públicas era tener buenas
relaciones con la prensa. El menor escándalo y su carrera estaría en serio peligro.

–Estupendo –Gage tomó el móvil y marcó un nú-

mero–. ¿Dave? Necesito un anillo de compromiso...
no sé de qué talla, pero que sea bien visible.

–¿Has llamado a David a las cinco de la madrugada para comprarme un anillo?

–Ya sabes la repuesta a esa pregunta –dijo él.

Lily apretó los puños, imaginando un anillo en su
dedo. El anillo de Gage. Era un símbolo de propiedad, marcándola como suya. Lo cual era absurdo
porque ellos no tenían una relación y no la tendrían
nunca. Pero todo lo que tuviera que ver con las relaciones y los matrimonios la ponía nerviosa.

–No me lo puedo creer...

–¿Cómo vamos a hacerlo?

Hora de ponerse a trabajar, pensó Lily. Debía enviar un comunicado de prensa.

–Llevamos algún tiempo trabajando juntos, somos
amigos y esa amistad se ha convertido en algo más.
La noche de la gala me pediste en matrimonio, por
eso aún no llevaba el anillo de compromiso. Ése es
un detalle del que todos los fotógrafos se habrían
dado cuenta.

–Estupendo, encárgate de eso. El anillo estará en
tu despacho en menos de una hora.

–Una proposición irresistible –bromeó Lily–. Tanto
como meter el anillo en un postre.

–Pensé que eso era lo que le gustaba a las mujeres
–dijo él, burlón.

–No, el anillo se ensucia y, si no lo ves, te puedes
romper un diente.

–Lo tendré en cuenta si algún día pido en matrimonio a alguien.

–¿Piensas hacerlo?

–No, la verdad es que no.

–Ya me lo imaginaba.

–¿Y tú? Dices que no te interesan nada las campanas de boda... ¿pero hay algún un novio por ahí al que tengas que explicarle todo esto?

–No –respondió Lily–. Y aunque lo tuviera, te dije cuando me contrataste que el trabajo era lo primero para mí y lo decía en serio.

–¿Dejarías a tu novio para medrar en tu carrera?

–Sí –contestó ella, sin vacilar–. No me digas que tú no harías lo mismo con tus amantes.

–Por supuesto que sí. Pero la mayoría de las mujeres no lo ven del mismo modo.

–Pasaré por alto lo de «la mayoría de las mujeres» por el momento. Tal vez a algunas mujeres no les importa que otra persona tenga demasiado control sobre sus vidas, pero a mí sí. Mi carrera es lo primero y, si saliera con alguien, tendría que ser alguien que entendiera eso.

–Ningún hombre va a entender que seas la prometida de otro

–Entonces no sería el hombre adecuado para mí –Lily sonrió–. Al menos, no sería nada permanente –añadió después porque no quería contarle que ella no tenía relaciones de ningún tipo.

–Yo tampoco creo que vaya a encontrar a la mujer de mi vida por el momento y eso, irónicamente, nos hace increíblemente compatibles.

Ella sonrió de nuevo.

–Supongo que, irónicamente, eso es verdad.

–Bueno, ve a preparar el comunicado de prensa.

Haremos el anuncio formal esta misma mañana. Empieza a llamar a los medios y diles que tenemos una historia que contar. Cuanto más los distraigas, mejor.

Lily asintió. Ése era su trabajo, lo que hacía mejor. Sólo era trabajo, nada más, no había razón para sentir nada en absoluto.

De nuevo, apretó los puños, intentando imaginar cómo sería sentir el anillo en el dedo antes de darse la vuelta para ir a su despacho.

La frenética energía de una rueda de prensa era algo que normalmente Lily disfrutaba. Le encantaban el caos, el ruido, los murmullos de emoción, los destellos de las cámaras. Siempre sabía lo que iba a decir o lo que su cliente iba a decir.

Pero aquella mañana sentía ganas de vomitar.

Gage apretó su mano y Lily sintió una especie de descarga eléctrica subiendo por su brazo. Le gustaría poder culpar a la rueda de prensa, pero sabía que no era eso. Gage Forrester ejercía ese efecto en ella.

Gage dio un paso hacia el micrófono, levantando su mano para que el anillo que le había puesto unos minutos antes en el dedo fuera visible para todos.

—Gracias por venir —empezó a decir—. Antes de que empiecen a volar los rumores, queremos hacer un anuncio: le he pedido a Lily Ford, la persona encargada de llevar las relaciones públicas de mi empresa que se case conmigo y ella ha aceptado.

Entonces, como si se hubiera roto una barrera invisible, los fotógrafos empezaron a hacer fotografías y los periodistas a hacer preguntas.

–¿Esto tiene algo que ver con la noticia que se ha publicado sobre su hermana, señor Forrester?

Lily notó que Gage se ponía tenso.

–No estamos hablando de mi hermana o de los ridículos rumores que se han publicado sobre ella. Cualquier otra pregunta sobre ese asunto y la conferencia de prensa habrá terminado.

–¿Han fijado una fecha? –le preguntó una periodista.

–No, seguimos buscando un sitio para casarnos –respondió Lily.

–¿Esto significa el fin de su vida de soltero? –le preguntó otro.

–Por supuesto –respondió Lily, con más sequedad de la que pretendía. Normalmente se mantenía fría y calmada en esas situaciones, aunque lamentaba el absurdo y exagerado interés de la prensa por las celebridades, pero ser el centro de atención no le hacía ninguna gracia.

–Jamás pensé que me casaría –empezó a decir Gage–. Pero cuando conocí a Lily... bueno, ella es todo lo que quiero –añadió, volviéndose para mirarla.

Lily se quedó sin aliento al ver el brillo de sus ojos azules.

Parecía decirlo de corazón, lo cual era completamente absurdo. Pero si era capaz de parecer sincero mientras mentía de ese modo, resultaba comprensible que fuera un rompecorazones.

Y lo peor de todo era que aun sabiéndolo, la afectaba. Su corazón latía como loco y tenía el estómago encogido.

Y cuando miró sus labios, casi esperaba que inclinase la cabeza para besarla...

Lily sacudió la cabeza para apartar tan ridículos pensamientos. Ella no quería besarlo, era absurdo. Ella sabía lo que pasaba cuando le dabas tanto poder a un hombre sobre tu vida y nunca cometería ese error. Su vida era justo como le gustaba: ordenada y absolutamente controlada por ella misma.

El resto de las preguntas pasaron como uno torbellino y Lily siguió sonriendo, su rostro sereno. Era una profesional proyectando una imagen de calma cuando, en realidad, sus pensamientos eran un barullo.

No quería pensar en la mano de Gage sujetando la suya o en el calor que la hacía sentir.

—Gracias, no habrá más preguntas. Los dos tenemos mucho que hacer y no quiero tener que despedir a mi prometida.

Los periodistas rieron y ella apretó los labios para disimular una mueca.

En cuanto estuvieron solos en la limusina, Lily apartó la mano.

—La próxima vez, intenta no actuar como si mi proximidad te ofendiera.

Ella volvió la cabeza entonces, pero el impacto de sus ojos azules fue más intenso de lo que había anticipado. Después de trabajar con Gage durante varios meses debería estar acostumbrada... pero aquél era un nuevo Gage. Era absolutamente serio sobre su trabajo y se mostraba siempre seguro de sí mismo. No era la clase de hombre que se enfadase por pequeños detalles.

Sabía que quería mucho a su hermana, sabía que era muy protector con ella, pero no se había dado cuenta de hasta qué punto.

–No he actuado como si tu proximidad me ofendiera –replicó, mirando por la ventanilla–. Me he mostrado serena y tranquila.

–Y tiesa.

–Lo siento, intentaré mirarte con ojos llenos de amor a partir de ahora.

–Muy bien –murmuró él.

–Nadie se ha dado cuenta. Y si fuera así, lo atribuirían a los nervios.

–Haces comunicados de prensa diariamente.

–Pero no informo a la prensa todos los días de que estoy prometida. Nunca hablo de mí misma.

–Sí, lo sé. Eres muy discreta sobre tu vida privada.

¿Su vida privada? Ésa sería una conversación divertida. El gimnasio cuatro noches a la semana, cena para uno y luego alguna película en televisión. Si no fuera alérgica, seguramente tendría un gato o un perro.

–Por eso se llama vida privada, Gage, aunque parece que tú no te has enterado.

–Entonces dime una cosa: ¿crees que serviría de algo intentar esconder mi vida privada? Tú sabes cómo son los medios y, si no eres sincero sobre lo que ocurre cuando se cierra la puerta, se lo inventan.

–Eso es cierto, pero tú tiendes a... jactarte de ello.

–No, salgo con mujeres conocidas y yo también lo soy. Eso se convierte en noticia, pero no es mi intención. No voy a quedarme en casa todo el día.

Su forma de decirlo, su voz ronca e íntima en los confines de la limusina, hacía que su corazón se acelerase. ¿Por qué?, se preguntaba Lily. ¿Por qué tenía el poder de llenar su cabeza de imágenes de cuerpos desnudos y sudorosos? Los demás hombres nunca le hacían eso.

Le gustaban los hombres, pero a distancia. Como en las páginas de las revistas o en las películas. Pero implicarse personalmente... la ponían nerviosa y por eso no se excitaba. Un orgasmo requería perder el control y ella no era capaz de hacerlo, o de querer hacerlo con otra persona.

Pero era como si Gage fuera capaz de saltarse todas sus normas y hacer que deseara cosas que no había deseado nunca. Las barreras parecían caerse por voluntad propia, sin que pudiera hacer nada. Pero no podía ser, el trabajo era demasiado importante para ella como para tener una aventura con su jefe.

Tal vez a otras personas no les importaba arriesgar sus puestos de trabajo, pero ella no era así.

Su madre había sido el peor ejemplo. Cada hombre con el que se acostaba consumía todo lo que tenía; toda sus emociones, su tiempo, el respeto por sí misma... y eso había hecho que su infancia fuera un infierno. Entonces no podía hacer nada, pero ahora dependía de ella y había decidido mantener el control.

Fin de la historia. Así que sus hormonas tendrían que lidiar con ello.

–No, claro, supongo que no puedes quedarte en casa –murmuró, sacando el iPhone del bolsillo para entrar en Internet–. Parece que nuestro compromiso es una gran noticia.

–¿Y Maddy?

–No diría que la historia se ha enterrado, pero no hay nada nuevo.

–Muy bien.

Gage sacó el móvil del bolsillo de la chaqueta y llamó a su hermana, poniendo el altavoz.

–¿Estás bien, Maddy?

–Sí, estoy bien.

No parecía disgustada, pero él sabía que había estado llorando.

–Todo está arreglado, no te preocupes.

–He visto las noticias, pero no quiero que hagas nada por mí, Gage. Ya soy mayorcita y puedo solucionar mis problemas.

–Éste no. Callahan es un canalla muy listo, deja que yo me encargue de todo.

–Tienes que dejar que me defienda sola.

–Lo sé, lo sé –murmuró él, con el corazón encogido–. Después de esto, te lo prometo.

Sabía que Maddy era una adulta y entendía que quisiera librar sus propias batallas. Y, si era sincero, estaba más que dispuesto a no meterse en su vida, pero no iba a dejar que lidiara sola con aquello.

–Voy a enviarte al chalé de Suiza durante un par de semanas, hasta que se olviden del asunto.

–Gage...

–Maddy, deja que lo solucione.

La oyó suspirar al otro lado del teléfono.

–Muy bien, de acuerdo, iré a Suiza. ¿Vas a seguir adelante con tu falso compromiso?

–¿Cómo sabes que es falso? –Gage miró a Lily, que estaba mirando por la ventanilla de la limusina. Tenía los hombros rígidos y las piernas cruzadas... y menudas piernas. No era muy alta, pero tenía unas piernas largas y bien torneadas que parecían suplicar que las pusiera alrededor de su cintura...

Gage cerró la puerta a esas fantasías.

–Porque no es tu tipo –dijo Maddy–. Es demasiado... estirada.

Lily giró la cabeza y Gage pulsó el botón para desconectar el altavoz.

–Que lo pases bien en Suiza, cariño. Yo me encargaré de todo.

Cuando guardó el móvil en el bolsillo, Lily volvió a mirar por la ventanilla, con el ceño fruncido. Le gustaría tocarla, ver si podía soltarle el pelo o desabrochar el primer botón de su blusa. O todos los botones. Era fácil imaginarla desnuda... pensar en esa piel de porcelana en contraste con sus sábanas de raso negro era la fantasía más erótica que su subconsciente había creado nunca.

Dos cosas evitaban que explorase esa fantasía: primero, que era su empleada y segundo, que tenía «soy una persona seria» escrito en la cara. Y él no tenía relaciones serias ni románticas porque durante sus primeros años de juventud había tenido demasiadas responsabilidades.

Sus padres se habían portado más o menos bien con él, pero Maddy había sido una sorpresa de última hora y su madre no había querido dejar de trabajar. Por supuesto, su padre siempre había puesto su carrera por delante de todo lo demás y tampoco tenía tiempo para Maddy, de modo que sólo quedaba él, quince años mayor que su hermana.

A los veinticinco años, cuando ganó su primer millón como constructor, Maddy había llamado para decirle que llevaba tres días sola en casa y no había nada en la nevera. Atónito, Gage fue a buscarla y habían vivido juntos hasta que se marchó a la universidad. Eso había sido muy serio para un hombre soltero y joven que tenía su propia carrera en la que pensar. Afortunadamente, tenía buenos amigos que lo habían ayudado a llevar su trabajo y sus nuevas obligaciones.

No lo lamentaba y no lo cambiaría por nada, pero eso había terminado. Había criado a una niña cuando era demasiado joven para hacerlo y no tenía intención de pasar por algo así otra vez. Había lidiado con la adolescencia de Maddy, amenazando a los chicos que iban a buscarla si le ponían la mano encima, la había ayudado a encontrar un vestido para el baile de graduación...

Y a pesar de que Lily no parecía dispuesta a tener hijos de inmediato, seguía siendo una persona muy seria. Seguramente la clase de mujer a la que había que cortejar antes de mantener una relación física.

Él prefería mujeres divertidas, sin complicaciones. Y si eso lo convertía en un frívolo a ojos de la prensa, le daba igual. Él era quien tenía que vivir su vida y, mientras fuera feliz, la opinión de los demás le importaba un bledo.

Salvo en lo que se refería a Maddy.

—¿Y ahora qué? ¿Tendremos que ir juntos a galas y cenas? —le preguntó Lily, con sequedad. Lo que Maddy había dicho la había molestado, eso era evidente.

—Yo estaba pensando en un fin de semana romántico —dijo Gage, disimulando una sonrisa al ver que se ponía colorada.

—¿Y el trabajo?

–Será un viaje de trabajo, por supuesto. Pensaba ir a Tailandia para ver cómo va la construcción del hotel y éste es el momento más adecuado. Maddy estará en Suiza y los periodistas se olvidarán de ella.

–Pero no se van a olvidar de nosotros.

–Tenemos que seguir adelante, Lily. Si descubren que el compromiso es un mentira, tu credibilidad quedará destruida y tu carrera también.

Qué conveniente que a él no lo afectase el asunto, pensó ella. Pero había una fina línea entre una mentira y una verdad a medias. Ella evitaba las mentiras siempre que era posible, pero la imagen de su cliente o, en aquel caso, la imagen de Maddy era su única preocupación. Si descubrían que era mentira, los medios no volverían a tomarla en serio. La credibilidad, una vez dañada, era imposible de reparar.

–Entonces, imagino que tendremos que ir a Tailandia.

Capítulo 5

ERA tarde cuando el avión privado de Gage aterrizó en la isla de Koh Samui. Un coche los esperaba en la pista para llevarlos al *resort*, por supuesto. Lily no había esperado nada menos. Gage era muy eficiente... o al menos lo era la gente que contrataba.

Después de respirar la agradable brisa del mar, Lily subió a la limusina y Gage se sentó a su lado. Llevaba el primer botón de la camisa desabrochado, la corbata en el bolsillo de la chaqueta, las mangas subidas hasta el codo revelando unos antebrazos musculosos y morenos. Seguía oliendo bien a pesar de las horas de viaje.

–¿No te parece que la limusina es un cliché? –le preguntó.

–A mí me parece más bien algo práctico. Tengo un conductor, sitio para trabajar... –Gage la miró a los ojos– o para hacer lo que quiera.

Lily levantó una mano.

–No me apetece saber nada sobre tus conquistas.

Gage alargó una mano apara quitarle el prendedor con el que sujetaba su pelo, dejando que cayera sobre sus hombros. Deslizó los dedos entre los mechones, dándole un ligero masaje en el cuello... la presión de sus dedos era muy agradable y le gustaría inclinar la cabeza y dejar escapar un gemido de placer.

Pero en lugar de hacerlo, se apartó.

—¿Qué haces?

—Puede que tú no quieras hablar de mis conquistas, pero hay periodistas en el hotel y no nos vendría mal dar la impresión de que estamos enamorados —Gage pasó un dedo por su mejilla—. Te has puesto colorada.

—Hace calor.

—Sí, es verdad —asintió él, apartando la mano.

—¿Cómo va el proyecto? —le preguntó Lily. Cualquier cosa para romper la tensión, tan real que parecía una fuerza física. Y lo peor era que estaba segura de que también él la había sentido.

—Va bien —respondió Gage—. La mayoría de las villas individuales están terminadas. La parte principal del *resort* sigue en construcción, pero la villa en la que nos alojaremos está preparada. Incluso tendremos servicio a nuestra disposición.

—Yo no necesito servicio. ¿Cómo crees que me manejo en la vida diaria?

—Pensé que tendrías una señora de la limpieza.

Eso significaría dejar entrar a una extraña en su casa. Tal vez la gente podría pensar que era una exagerada, pero durante su infancia había tenido que vivir con su madre y el hombre del mes, sin privacidad alguna, y por lo tanto era algo que valoraba muchísimo. Había tenido que esforzarse para mantener su inocencia en un entorno como ése.

—No todos somos multimillonarios, Gage.

–Pero yo sé lo que te pago. Podrías contratar a una persona que limpiara tu casa.

–No sabes los gastos que tengo. Tal vez haya comprado una casa en la playa.

–No, tú eres demasiado sensata.

Lily sonrió.

–Pues resulta que tengo un apartamento en la playa.

La Costa Oeste, el mar, había sido su sueño desde que era pequeña. Había visto el mar por primera vez cuando tenía diecisiete años, cuando se mudó a California, y su objetivo era poder verlo algún día desde su dormitorio. Había tardado algunos años, pero dieciocho meses antes por fin le habían dado la llave de su nuevo dúplex frente al mar, una casa por la que había trabajado sin descanso. Y había sido la mejor sensación del mundo.

La recompensa para ella después de años de trabajo era su independencia. En todos los sentidos.

–No pareces ese tipo de persona.

–¿Ah, no?

–¿Haces surf? ¿Te gusta nadar?

–No –respondió Lily.

–Por eso no pareces ese tipo de persona.

–Solía soñar con el mar –dijo ella entonces, sin pensar–. En Kansas tenemos campos de maíz, pero no hay mar y pensé que, si podía verlo todos los días... sería como si el mundo se abriera para mí, con infinidad de posibilidades.

En cuanto terminó la frase deseó no haberla dicho. Nunca se lo había contado a nadie, ni siquiera a sus amigas. Su sueño era algo propio, de nadie más. Tenía un buen grupo de amigas pero no les contaba cosas profundas y así era como le gustaba relacionarse con la gente. Ahora se sentía horriblemente expuesta... y con Gage precisamente. Gage, que siempre parecía capaz de ver en su interior, como si supiera cosas que ella no sabía.

—Es un bonito sueño. Y lo has conseguido, ¿no?

—Sí, una parte de él.

—Quieres tener éxito.

—Quiero tener la agencia de relaciones públicas más importante del país, sí.

—Lo entiendo –dijo Gage–. También yo quiero conseguir más, completar mis ambiciones. Eso es lo que me da energía. En los negocios no puedes pararte, el dinero no espera a nadie. Si no estuviera construyendo este hotel, lo haría otra empresa y yo me habría perdido una gran oportunidad.

La limusina entró por una carretera recién asfaltada flanqueada por palmeras y otras plantas tropicales.

Forrestation no las había destruido como temían algunos. Con la excepción de la carretera, Lily apenas podía ver signos de civilización.

El *resort*, parcialmente construido, estaba en la cima de una colina, con una fabulosa panorámica del cristalino océano y sus playas de arena blanca. Varios caminos de tierra partían del edificio principal perdiéndose entre los árboles. Seguramente llevarían a las villas privadas, pensó.

La limusina se detuvo y ella bajó sin esperar a que Gage le abriese la puerta.

—La casa tiene vistas al mar, espero que te guste.

Lily se aclaró la garganta. Le molestaba haberle

contado que su sueño había sido tener una casa frente al océano.

–Muy bien. ¿Y dónde me alojaré yo?

–Nos alojaremos en la casa que he construido para mi uso personal.

Eso sorprendió a Lily.

–¿Vamos a alojarnos juntos?

–El consejo de administración vendrá de visita y debemos parecer una pareja de enamorados.

–¿Pero es una casa grande?

–Tiene seiscientos metros cuadrados, así que no tendrás que verme siquiera. A menos que desees hacerlo, claro.

La mirada de Gage era tan ardiente que su temperatura corporal se puso por las nubes.

–No –consiguió decir, sabiendo que sonaba antipática.

–¿Y si tuviéramos que hablar de algo?

–Entonces te buscaría.

–¿Me buscarías? –repitió él, con un tono que dejaba claro lo que estaba pensando.

–Para hablar, quiero decir. No te hagas ilusiones.

–¿A qué creías que me refería, Lily?

–Sé perfectamente a qué te referías, no soy tonta.

Gage se limitó a mirarla de arriba abajo, haciendo que sintiera como si estuviera desnudándola. Como si ya estuviera desnuda y él pudiera verlo todo.

–Muy bien, ¿dónde está la casa?

–Al final de ese camino.

Gage la sorprendió abriendo el maletero de la limusina y sacando él mismo las maletas... pero el camino no estaba hecho para los tacones y, cuando Lily perdió el equilibrio, él la sujetó con una mano. Estaban muy cerca y su corazón latía violentamente. Era como la noche de gala, cuando estaban bailando. Gage era tan sólido, tan masculino. Le gustaría apretarse contra él, dejarse ir, descubrir por fin lo que era el placer sexual con un hombre.

Lily se apartó, nerviosa, respirando agitadamente. Cuando lo tocaba se olvidaba de todo salvo del deseo que sentía por él. Gage era el último hombre en la tierra con el que tendría una relación pero algo, probablemente su innegable atractivo, la afectaba más de lo que era aconsejable.

Era algo elemental, primitivo y absurdo.

—Lo siento —murmuró.

—Ten cuidado —le advirtió él.

Su voz sonaba más ronca de lo normal y Lily se dio cuenta de que también lo afectaba su proximidad. Y eso no solucionaba nada, al contrario.

Nerviosa, empezó a jugar con el anillo de compromiso, recordándose a sí misma por qué no podía tener una relación con Gage o con cualquier otro hombre. No quería ser de nadie. No quería que nadie la controlara o manipulara sus emociones. Había visto lo que el amor podía hacer, lo que exigía de uno, y no era algo que estuviera dispuesta a entregar.

Lo siguió sin decir nada, con mucho cuidado para no volver a tropezar, hasta que llegaron a la casa, construida sobre cuatro pilones de madera, directamente en el mar.

La tradicional arquitectura tailandesa había sido mezclada con un toque de modernidad y el porche que daba la vuelta a la edificación ofrecía una panorámica de 360 grados. Parecía rústica pero Lily sabía que tendría todas las comodidades, algunas reservadas sólo a los mortales más poderosos.

–Me encanta.

–A mí también me gusta. Yo mismo la diseñé.

–¿Ah, sí?

Gage se encogió de hombros.

–La arquitectura era lo que me interesaba cuando decidí ser constructor. Me gusta construir hoteles funcionales y hermosos que se mezclen con el paisaje.

–Tienes que decir esas cosas públicamente, Gage.

Ahora sabía algo sobre él y él sabía algo sobre ella. Y eso provocó una extraña opresión en su pecho.

–Entonces tu trabajo sería demasiado fácil.

Lily puso los ojos en blanco.

–Ah, claro, y eso no puede ser.

El interior de la casa era precioso, la decoración sencilla y tradicional, con una paleta de colores claros que hacía que la vista se concentrase en el exterior, en los vívidos colores de la playa y el mar, con los que ninguna construcción humana podría rivalizar.

El salón estaba unido a la cocina y, como había imaginado, esta última contenía todos los electrodomésticos necesarios.

–¿Dónde está mi habitación? –le preguntó, desesperada por tener un poco de espacio.

–Por aquí –dijo él, señalando un arco en el salón.

No había puerta, sólo una pared inteligentemente colocada para que la cama no se viera desde el salón. El dormitorio tenía un cuarto de baño enorme, pero sólo privado en parte porque tampoco tenía puerta.

–¿En esta casa no hay puertas?

–No, eso comprometería la integridad del edificio.

–Compromete la decencia –replicó Lily.

–Prometo que me quedaré en mi zona y no pasaré por aquí.

–Mira, yo vivo sola por una razón. No me sentiría cómoda aquí, me gusta la privacidad.

–Lo entiendo.

Y era cierto, entendía su deseo de privacidad. Haber vivido con su hermana durante ocho años había limitado seriamente la suya, dictando lo que podía o no podía hacer en casa. Por supuesto, ahora que Maddy no vivía con él podía llevar mujeres a su apartamento, pero se había acostumbrado a los hoteles cuando quería sexo.

Y ahora que tenía la privacidad que necesitaba, la casa a veces le parecía solitaria, pero no quería compartirla con nadie. No quería que ninguna mujer dejara su cepillo de dientes en el cuarto de baño. Era un compromiso que no deseaba. No tenía nada que ofrecerle a una mujer salvo el mutuo deseo de pasarlo bien en el dormitorio.

Aunque Lily no lo molestaba en absoluto. Claro que Lily no era su amante.

–Yo también vivo solo.

–Necesito darme una ducha –dijo ella abruptamente.

Gage no pudo evitar imaginarla desnuda, el pelo mojado cayendo por su espalda... y de inmediato sintió que su cuerpo despertaba a la vida. Tal vez no iba a ser tan fácil convivir con ella, pensó, si quería que su relación siguiera siendo exclusivamente profesional. Le resultaba un poco feo acostarse con una mujer a la que pagaba un sueldo, pero la decencia empezaba a parecerle cada vez menos importante.

Y Lily no sería un pasatiempo, pensó, viendo que se ponía colorada. No, sería mucho más que eso. A pesar de su aire de confianza en la oficina, sólo hacía falta un roce, un comentario con doble sentido para que su confianza despareciera. O se ponía tensa o se apartaba y se ponía colorada como una cría. Y él no quería lidiar con eso. No podía hacerlo. Él no quería amor ni matrimonio.

Su carrera era demasiado importante y la había retrasado durante ocho años. No lo haría otra vez, por nadie. Maddy y él habían sido algo secundario en casa de sus padres, para quienes sus carreras eran lo más importante, y él no quería hacerle lo mismo a otra persona. No obligaría a nadie a preguntarse qué podía hacer para llamar su atención, para despertar su interés.

De modo que el matrimonio no era una opción para él.

Nos veremos a la hora de la cena –le dijo, con voz ronca.

Lily asintió con la cabeza.

–Muy bien.

Gage se dio la vuelta, luchando contra el deseo de abrazarla y besarla, de descubrir si le devolvía el beso o se apartaba.

La deseaba más de lo que recordaba haber deseado a ninguna otra mujer. Daba igual que supiera que era la mujer equivocada para él, su cuerpo la deseaba.

Intentó imaginar a Penny, la última de una larga lista de conquistas, de la que se había despedido unos meses antes. Pero no podía hacerlo. La única mujer a la que deseaba era Lily.

Cuando Lily apareció de nuevo una hora más tarde iba ataviada como solía hacerlo. Había vuelto a sujetarse el pelo en un moño, su carmín era de un rosa pálido, a juego con el color de sus uñas... y sus zapatos de tacón.

Su interminable colección de zapatos nunca dejaría de fascinarlo. La ropa que llevaba al trabajo siempre era de colores neutros, negra, marrón o beis, pero llevaba un arcoíris en los pies. Él había salido con otras mujeres que llevaban zapatos originales, pero siempre combinados con joyas y vestidos llamativos. Lily sabía vestir y con una figura como la suya todo le quedaba bien.

—Tengo hambre —anunció.

—Servirán la cena enseguida.

—Pensé que íbamos a reunirnos con el consejo de administración.

—Mañana —dijo Gage—. Acaban de llegar y quieren descansar en sus habitaciones... y yo no he querido insistir.

—Ah, qué considerado por tu parte —dijo ella, burlona—. Aunque de haber sabido que íbamos a cenar aquí no me habría arreglado —parecía enfadada pero seguramente no era por su atuendo, sino por estar a solas con él.

—Yo creo que te habrías arreglado de todas formas

–dijo Gage. Incluso se habría puesto otra capa de ropa. Estaba claro que no era inmune, que también ella sentía esa atracción. Y también estaba claro que pensaba luchar contra ella con todas sus fuerzas.

–Bueno, supongo que si cenamos juntos es en cierto modo una cena de trabajo.

–No, no es una cena de trabajo –la contradijo Gage.

–Si estuviéramos en un restaurante, me quedaría con la cuenta y la incluiría en mi lista de gastos.

Era un reto y Gage lo sabía. Lo deseaba pero no iba a dejarse llevar y estaba dejándoselo bien claro.

Le encantaría soltar su pelo de nuevo, acariciar los suaves mechones y desabrochar los botones de su blusa...

No debería, pero la tentación que representaba era casi imposible de resistir. Ya ni siquiera quería hacerlo.

–Siéntate, Lily.

Ella se sentó en el sofá mientras Gage sacaba una botella de pinot gris y dos copas.

Unos minutos después, una camarera apareció con un carrito que dejó frente al sofá. En él había una variedad de pescados, ensaladas y platos de arroz y durante unos minutos cenaron en silencio. Otra sorpresa, ya que era raro que Lily permaneciese callada. Siempre se le ocurría algún comentario irónico y ésa era otra de las cosas que le gustaban de ella.

Pero aunque solía llenar los silencios, apenas habían tenido conversaciones personales. Sólo hablaban de trabajo, que era como a él le gustaba. Le había sorprendido que le contara que vivía frente al mar y enseguida se había dado cuenta de que lamentaba habérselo contado.

No debería importarle si vivía frente al mar y, sin embargo, le importaba.

Era fácil mirar a Lily y ver a una persona unidimensional, casi un accesorio en su vida, y estaba seguro de que también ella lo veía así en cierto modo. Ninguno de los dos había intentando nunca conectar. No veía para qué, sería absurdo. Cuando estaba en el trabajo, estaba en el trabajo, cuando estaba con una mujer, quería disfrutar. Sólo Maddy y algún amigo íntimo lo conocían bien.

Pero, de repente, parecía haber un cambio en su relación con Lily.

«Es porque quieres verla desnuda».

Eso era todo. El sexo estaba nublando su buen juicio y aunque generalmente solía pensar que estaba por encima de eso dada su experiencia, Lily era extremadamente excitante y una parte de él, la parte que había bajo el cinturón evidentemente, quería explorar aquella nueva situación. Mientras otra parte, la del cerebro y el sentido común, le decía que no hiciera nada.

—¿Has hablado con Maddy? —le preguntó ella mientras tomaba un sorbo de vino.

—Hemos hablado mientras tú te duchabas —respondió él—. Lo está pasando bien en Suiza, sin fotógrafos.

—Siento mucho que tenga que pasar por todo esto. No es justo. Si una mujer tiene relaciones sexuales con un hombre, él lo utiliza contra ella. Y si lo rechaza, sigue encontrando la manera de usarlo contra ella.

—No te gustan mucho los hombres, ¿no?

—Me gustan los hombres a los que conozco personalmente. El hombre como especie... a veces no me cae muy bien. O, más específicamente, las tradiciones culturales que les permiten hacer cosas que a una mujer no le perdonarían nunca.

–¿Hablas por experiencia?

Lily pasó la mano por el borde de la copa. Lo hizo de una manera tan sensual que Gage sintió el impacto en la entrepierna. Irónico e inapropiado considerando el tema de conversación. Pero él era un hombre y ella era una mujer.

–Nada que ver con lo que Maddy está sufriendo, pero sé lo que es que un hombre suponga lo que no debe suponer.

–¿Jeff Campbell hizo suposiciones de ese tipo?

Ella asintió con la cabeza.

–Así es. En parte me alegré de cancelar el contrato porque no quería tener otra conversación incómoda ni tener que explicarle que un amistoso saludo sólo es un amistoso saludo y no una invitación al sexo.

–A mí me llamas sexista por decir lo mismo de las mujeres con las que he trabajado.

Lily frunció el ceño.

–No hubo repercusión alguna para ti cuando despediste a tu ayudante.

–¿Crees que es agradable llegar a la oficina y encontrarte a tu ayudante desnuda? ¿Y si hubiera sido al revés?

–Sí, lo sé, tanto los hombres como las mujeres pueden ser horribles, pero lo que te pasó a ti no ocurre normalmente. Lamentablemente, lo contrario ocurre a menudo –dijo ella–. Pero estábamos hablando de Maddy...

–Vino a vivir a mi casa cuando tenía diez años.

Mis padres no podían cuidar de ella, así que lo hice yo. Estuvo conmigo hasta hace cuatro años, cuando se fue a la universidad.

–¿Tú la has criado?

–Sí –respondió Gage–. Bueno, más o menos. Entonces tenía veinticinco años y no sabía cómo hacerlo, pero no tuve más remedio. Sé que no fui el mejor sustituto de unos padres, pero hice lo que pude. El chico que la llevó al baile de graduación tenía bien claro que no podía tocarla o se le caería el pelo, por ejemplo. Una increíble cantidad de jóvenes pierden la virginidad en el baile de graduación, ¿lo sabías?

Era raro oír a Gage hablando así, como un padre preocupado. Siempre había pensado que era un poco frívolo, un tipo sin preocupaciones serias aparte del trabajo, la clase de hombre poderoso que sabía que nadie lo miraría con desprecio por hacer cosas que otros hombres no podían hacer.

Pero, como esa reserva natural que aún no había compartido con el público, había mucho más en Gage Forrester de lo que se veía a simple vista. Había criado a su hermana, había estado a su lado cuando más lo necesitaba.

–Maddy volvió a casa a las diez esa noche –siguió Gage.

–¿Eso significa que a su cita no se le cayó el pelo?

–Si le hubiera hecho algo, no habría vivido para contarlo.

–¿Vas a matar a Callahan también?

–Podría ser. Quiero mucho a Maddy y pensar en lo que le está haciendo sufrir ese canalla hace que me hierva la sangre.

–Lo entiendo. En cierto modo eres más un padre que un hermano para ella.

Lily sentía que sus defensas se debilitaban poco a poco. Si no fuera más que un playboy sin corazón, sería fácil olvidar la atracción que sentía por él. Pero también era una buena persona, una persona responsable. Siempre le había gustado Gage, pero ahora le gustaba más y eso complicaba las cosas de una manera extraordinaria.

Nerviosa, tomó otro sobro de vino, pero enseguida se dio cuenta de que fortificarse con alcohol no era la mejor idea.

–Estoy cansada... debe de ser la diferencia horaria –le dijo–. Debería irme a la cama.

Gage asintió.

–Buenas noches, Lily.

Más tarde, en la cama, mientras intentaba conciliar el sueño, no podía dejar de escuchar su voz ronca dándole las buenas noches. Y era demasiado fácil imaginar que estaba a su lado, abrazándola.

Lily se abrazó a la almohada, intentando contener esa extraña sensación de vacío. Un vacío que, aparentemente, sólo Gage podría llenar.

Capítulo 6

EL DESAYUNO con el consejo de administración fue relativamente agradable. Eran hombres de negocios y no esperaban que Gage y ella intercambiaran gestos de afecto, pero sí querían saber cómo les iba a afectar el escándalo de Maddy.

—En absoluto —dijo Lily—. El incidente apenas ha interesado a los medios internacionales porque William Callahan no es famoso en el mundo entero. Además, hemos decidido publicitar la reserva natural que Gage ha creado en Koh Samui.

—Los cínicos podrían decir que he comprado esas tierras para no tener competencia —le dijo Gage cuando los miembros del consejo se fueron a jugar al golf.

—Sí, es posible —asintió ella—. Pero tus motivos no son lo importante.

—¿De verdad lo crees?

—En este contexto, sí. Pueden especular sobre tus motivos, pero lo importante es que lo has hecho. Al menos, así lo verán los que están preocupados por el impacto medioambiental.

—¿Te apetece dar un paseo?

Lily levantó las cejas.

—¿No tenemos trabajo que hacer?

—No, hoy no. He pensado llevarte a ver la isla. La

idea de este *resort* es aprovechar la belleza natural de Tailandia, por eso no he construido un campo de golf ni hay bares en la playa. Y sería buena idea que te familiarizas con el hotel, ¿no crees?

–Ah, ya veo. Utilizas mi trabajo en contra mía, no tienes vergüenza.

–Podría ser –asintió Gage, burlón.

Los dos se quedaron en silencio y cuando Lily se pasó la lengua por los labios notó que él seguía el movimiento con los ojos. Que pudiera afectarlo de ese modo le daba una sensación de poder que no había sentido nunca. Ella no tenía experiencia mientras Gage se había acostado con la mitad de la guía telefónica...

Pero no lo estaba imaginando, también Gage lo sentía, estaba segura.

Apartando la mirada, intentó respirar con normalidad y pensar con cierta lógica. Eran adultos y eso significaba que la atracción sólo podía terminar en un sitio: en la cama. Muy bien para la mayoría de la gente, pero ella tenía menos experiencia que la mayoría de la gente y Gage era un hombre de treinta y siete años con toda la experiencia del mundo. Era una combinación incongruente, absurda.

–Lleva un bañador –dijo él, rompiendo el silencio por fin.

–No he traído bañador.

–¿No has traído bañador a una isla?

–Es un viaje de trabajo.

–Yo creo que es algo más que eso –dijo Gage, bajando la voz.

Lily negó con la cabeza.

–No digas eso. No hables de ello

–¿Porque si no hablamos de ello no lo sentiremos?

–Porque es una estupidez. Trabajamos juntos.

Ni siquiera fingió no saber de lo que hablaba. ¿Para qué?

Por mucho que quisiera negarlo, había una atracción entre ellos. Una atracción que, si era sincera consigo misma, había estado ahí desde el primer día. Gage la afectaba como no la había afectado ningún hombre y no era algo con lo que estuviera preparada para lidiar.

–La verdad es que no tengo costumbre de nadar –dijo por fin.

–¿Entonces voy a tener que tirarme al mar para salvarte la vida?

–Sé nadar, pero no lo hago a menudo.

Gage esbozó una sonrisa.

–Le pediré a alguien del hotel que te consiga un bañador. Lo pasarás bien, en serio.

El viaje en barco por el sur de Koh Samui fue increíble. El agua era absolutamente transparente, los peces que nadaban cerca de la embarcación visibles desde la cubierta.

Lily consiguió relajarse, incluso delante de Gage, lo cual era extraño. Pero el paisaje era tan precioso y el mar estaba tan en calma que, sencillamente, era imposible no sentirse en paz.

Ni siquiera el biquini la ponía nerviosa. Claro que iba tapada con una camiseta y un pantalón corto.

No solía usar biquini, sino bañador, al menos desde

los dieciséis años. El novio que tenía su madre entonces pareció pensar que eso era una invitación... afortunadamente, era más un imbécil que un canalla. Pero el recuerdo de un beso que olía a alcohol le había dejado claro que a veces los hombres veían invitaciones donde no las había.

No creía que Gage intentara aprovecharse, por supuesto. Él nunca haría algo así, pero el biquini era su mayor preocupación. Sin su ropa, que era como una barrera, temía olvidar que no podía dejarse llevar por la atracción que sentían.

«Así que no lo olvides».

Gage llevó el yate hasta una cala rodeada de rocas que creaban una barrera natural. El agua era cristalina allí también, Lily podía ver puntitos plateados nadando de un lado a otro.

—Ahora entiendo que hicieras el *resort* aquí —le dijo.

—Visité Tailandia por primera vez cuando estaba en la universidad y supe entonces que quería hacer algo aquí, pero estaba esperando el momento adecuado.

—¿Tú levantaste solo el negocio?

—Empecé con casas residenciales que reformaba, luego encontré una parcela que subdividí para hacer apartamentos y ése fue el principio. Después, empecé a buscar inversores.

—¿Y los hoteles?

—Son más ventajosos que los pisos. La industria es más estable porque hay mucha gente que sigue yendo de vacaciones haya crisis o no.

Era un buen razonamiento, el mismo que ella había hecho antes de abrir la agencia. No lo había hecho porque amase las relaciones públicas, sino porque se le daba bien y ganaba dinero. Así conseguía poner toda la distancia posible entre ella y la Lily que había dejado en Kansas.

–¿Y tú? –le preguntó Gage–. ¿También abriste tu negocio sola?

–Así es.

–¿Sin ayuda de nadie?

–Sin ayuda de nadie. Nadie en mi familia hubiera sabido cómo ayudarme... bueno, no es que tenga mucha familia, sólo mi madre y el hombre de turno.

Eso era más de lo que había pensado compartir con él. ¿Cómo lo hacía?, se preguntó. Tenía una manera de hacer que le desnudara su alma sin que ella se diera cuenta, de saberse comprendida cuando nunca antes lo había deseado.

–Hay que ser muy trabajador y muy decidido para llegar arriba sin ayuda de nadie –dijo Gage.

–Sí, lo sé –asintió Lily–. ¿Por qué no te ayudó a ti tu familia? Tus padres tienen dinero.

–Yo no habría aceptado su dinero después de lo que le hicieron a Maddy –respondió él, con un brillo de furia en los ojos.

Gage Forrester era mucho más de lo que había pensado. Lo creía un playboy frívolo y despreocupado... ¿de verdad era así como lo había visto sólo una semana antes? Siempre había intuido cierta intensidad en él y había pensado que era simple ambición. Pero era más, mucho más.

–Al menos Maddy te tenía a ti.

No había habido nadie para ella. Su madre estaba

demasiado ocupada con su vida de telenovela y, desde luego, no había tenido un aliado en ninguno de los hombres con los que compartía su vida.

Entonces experimentó un extraño anhelo... ¿cómo sería tener a alguien que la apoyase, que estuviera a su lado pasara lo que pasara? Alguien a quien importase más que nada, que hiciera sacrificios por ella como Gage los había hecho por Maddy.

Pero no había nadie y ella no quería a nadie, se dijo a sí misma. Eso era lo que había hecho débil a su madre: la necesidad de tener un hombre a su lado. Necesitaba compañía, drama, peleas y sexo para sentirse viva. Lily se sentía viva por sí misma. Se empujaba a sí misma, se animaba, se hacía compañía. Si hacía algo que la defraudase, no tenía a nadie más a quien culpar.

Normalmente, esos pensamientos la fortalecían, pero en aquel momento... la hacían sentir sola. Había dejado de soñar con un gran amor tanto tiempo atrás que no sabía que aún tuviera aquel anhelo enterrado en alguna parte.

—Sí, claro que me tenía a mí —la voz de Gage interrumpió sus pensamientos—. Nunca la hubiera dejado sola.

«Qué suerte», pensó Lily.

—Vamos a nadar un rato —dijo entonces.

Lo había dicho sin pensar, para olvidar aquel extraño anhelo. Pero no quería estar en biquini delante de Gage. Valoraba mucho su imagen, el escudo que colocaba frente a ella todos los días, pero si no se apartaba de Gage, corría el peligro de hacer algo mucho más estúpido.

–Pensé que no te gustaba nadar.

–El agua es demasiado irresistible.

Después de echar el ancla, Gage se quitó la camiseta y Lily se quedó boquiabierta. Con traje de chaqueta era un hombre increíblemente atractivo, pero con esos vaqueros bajos de cadera revelando una línea de vello que se perdía bajo la cinturilla y el torso desnudo era una fiesta para los sentidos.

Tanto que tuvo que apartar la mirada.

Tenía un torso ancho y fuerte, de pectorales y abdominales marcados, cubierto de un suave vello oscuro...

Ella vivía frente al mar y veía hombres en bañador todos los días. Incluso le gustaba mirarlos, pero nunca había sido incapaz de apartar la mirada.

Ahora de verdad necesitaba lanzarse al agua y esperaba que estuviera lo bastante fresca como para sacarla de aquel absurdo estupor.

Cuando Gage empezó a desabrochar sus vaqueros, el provocativo gesto la devolvió a la realidad.

–¿Qué haces?

Él esbozó una sonrisa mientras se bajaba el pantalón... para revelar el bañador que llevaba debajo.

Sin pensar, Lily se quitó la camiseta y el pantalón, tirándolos sobre la cubierta y Gage la miró de arriba abajo con una expresión que debía de ser muy parecida a la suya.

No, él no parecía sorprendido. Al contrario, parecía saber muy bien lo que quería y cómo conseguirlo.

Lily habría dado cualquier cosa por tener esa seguridad, esa confianza, por creer que podía tener lo que quería.

Las barreras que ella misma se había impuesto nunca habían sido un problema; sencillamente, estaba trabajando para conseguir sus objetivos y haciendo todo lo posible para poner kilómetros de distancia entre ella y su pasado.

Pero ahora, por primera vez, empezaba a preguntarse si se habría perdido algo en el camino.

Una parte de ella querría decirle que no solía usar biquini pero otra parte, la más cabezota, se negaba a hacerle ver que se sentía incómoda a solas con un hombre en un paraíso tropical, llevando apenas un trocito de tela que cubría lo más imprescindible.

En lugar de eso, se soltó el pelo, dejando que cayera sobre sus hombros mientras se dirigía a la escalerilla.

Podía sentir los ojos de Gage clavados en ella, el calor de su mirada como una caricia. Sintió un escalofrío y supo, sin tener que mirar, que sus pezones se marcaban bajo la tela.

Estaba en la escalerilla cuando Gage se lanzó al agua de cabeza.

–Estoy impresionada –le dijo cuando apareció a su lado, riendo.

–Yo también –dijo él, sin molestarse en disimular su admiración.

Lily apartó la mirada, avergonzada. Los hombres le habían dicho piropos desde que estaba en el instituto y su inmediata respuesta había sido siempre una frase que los desanimara.

Siempre estaba a la defensiva, pero aquello era diferente. Le gustaba que la mirase así, como si los dos estuvieran atrapados por esa atracción, incapaces de escapar. Tenía la sensación de conocer los pensamientos de Gage.

Lily se metió en el agua pero no soltó la escalerilla.

—Sabes nadar, ¿no?

—Sí, claro. Pero hace mucho que no lo hago.

Gage tocó el anillo de compromiso en su dedo.

—No lo pierdas. No quiero tener que enviar a un equipo de buzos a buscarlo.

Ella miró su mano. Había olvidado el anillo.

—Puedo dejarlo arriba.

—Espera, yo lo haré.

Gage le quitó el anillo y subió rápidamente a cubierta.

Mientras esperaba, Lily flexionó los dedos. Curiosamente, cuando le puso el anillo le pareció que sería una carga, una molestia. Ahora lo echaba de menos, como si le faltara algo. Una ironía que no le hacía ninguna gracia.

—¿Puedes ir nadando hasta la playa? —le preguntó Gage, en el agua de nuevo.

—Sí, creo que sí.

—A ver quién llega antes

Lily tuvo que sonreír.

—Me conoces demasiado bien. Sabes que no puedo resistirme a un reto.

Riendo, Gage empezó a nadar hacia la playa y ella lo siguió, buceando para ir más rápido. Pero cuando por fin sacó la cabeza para buscar aire, Gage ya estaba en la playa, tumbado sobre la arena.

—Te has aprovechado, estoy desentrenada.

—Ah, entonces no deberías haber aceptado el reto.

—Yo siempre acepto los retos.

–Por eso pierdes algunos.

Haciendo una mueca, Lily se sentó sobre la arena, a su lado.

Gage tenía problemas para respirar, pero no era por el ejercicio, sino por la mujer que estaba a su lado. Había visto a Lily dispuesta a lidiar con la prensa y vestida para una gala, pero nunca la había visto así, con el pelo mojado cayendo por su espalda. No llevaba maquillaje y vio que tenía pecas en la nariz y en los pómulos. Parecía otra persona.

Y luego estaba su cuerpo, un cuerpo que lo había inspirado a lanzarse de cabeza al agua para que no pudiera ver la reacción que provocaba en él. Sus curvas eran siempre excitantes, pero bajo ese biquini rojo eran sencillamente irresistibles.

Sus pálidos pechos, altos y firmes, los pezones marcados bajo la tela mojada, sus largas piernas desnudas... más perfectas de lo que había imaginado, lo tenían más excitado que nunca. La deseaba y todas las razones por las que se había dicho a sí mismo que no podía tenerla habían dejado de ser importantes.

Ella se echó hacia atrás, apoyando los codos en la arena.

–Debería tomarme unas vacaciones o ir a la playa de vez en cuando. Tú tienes tiempo para pasarlo bien y trabajas tanto como yo.

–Viví ocho años sin mucha vida personal y he aprendido a encontrar tiempo para pasarlo bien –dijo Gage.

–Yo necesito hacerlo. Antes de venir a Tailandia no me daba cuenta, pero ahora que estoy aquí...

Lily se puso de lado y el corazón de Gage dio un

salto. En esa postura, sus pechos estaban a punto de salirse del biquini, pero ella no parecía darse cuenta.

Lily no era ingenua pero parecía totalmente inconsciente del poder que podía tener sobre un hombre. Del poder que tenía sobre él en ese momento.

—Yo creo que... mi vida está concentrada exclusivamente en el trabajo. Y me encanta, pero nunca salgo con nadie.

—No me lo creo.

—Bueno, he salido con algunos chicos —dijo Lily—. De hecho, últimamente he tenido una serie de desastrosas citas con hombres a los que mis amigas querían que conociera.

—¿Por qué sales con ellos? ¿Por qué que no sales con alguien que te guste a ti?

Lily soltó una carcajada.

—Para eso tendría que salir de mi casa o de la oficina en alguna ocasión.

—Podrías tener al hombre que quisieras —murmuró Gage.

El brillo de sus ojos oscuros lo excitaba como nunca.

—Nunca he deseado a ningún hombre.

—Me deseas a mí —dijo él. No tenía sentido seguir negándolo.

—Yo... a veces creo que sí —susurró Lily.

Pero enseguida apartó la mirada. Era raro verla tan insegura, tan vulnerable. Le gustaría que se mostrase más confiada, que le demostrase con algún gesto que estaba dispuesta a tener una aventura.

Pero no era así y eso hacía que quisiera abrazarla, protegerla, apretarla contra su pecho hasta que se relajase.

Conteniendo el aliento y sin pensar en las consecuencias, Gage inclinó la cabeza para buscar sus labios y esperó para ver cuál era su reacción. No era su estilo, pero Lily no se parecía nada a las mujeres con las que solía salir.

Ella lo miró con expresión insegura y Gage la besó de nuevo, de manera más insistente esta vez, acariciando sus caderas. Cuando deslizó la mano hasta sus nalgas ella dejó escapar un gemido y Gage aprovechó para apoderarse de su boca.

Lily puso las manos sobre sus bíceps mientras él besaba el pulso que latía en su garganta... pero luego capturó su boca de nuevo, empujándola hacia él hasta que casi estuvo encima de su cuerpo, los muslos femeninos apretando su erección, la presión un placer y una tortura al mismo tiempo.

–Gage... –Lily apoyó la cabeza en su pecho, su corazón latiendo con tal fuerza que hasta él podía sentirlo–. ¿Cómo lo haces?

Gage rió, el persistente dolor en la entrepierna recordándole que aquello no había terminado.

–¿Hacer qué?

–Me haces olvidar que esto no puede ser. Me haces olvidar que he decidido que esto no pasara... no puedo pensar en nada cuando me besas.

–Eso está bien.

–No, no está bien. No sé lo que es...

Lily se apartó entonces para levantarse con piernas temblorosas. Se sentía mareada, como si estuviera a punto de perder el conocimiento. Nunca la habían besado así, nunca nadie la había hecho olvidar quién era y dónde estaba.

Normalmente, cuando algún hombre la besaba sólo podía pensar en cómo iba a decirle que no cuando le preguntase si podía subir a su casa a «tomar un café». Pero tenía la impresión de que Gage podría haberle quitado el biquini y no se habría dado ni cuenta. Ni se habría enfadado. De hecho, tenía la sensación de que habría disfrutado tanto de sus caricias que habrían terminado haciendo algo que los dos lamentarían.

–Ya hemos dejado claro que a ninguno de los dos le gustan las cosas serias y eso significa que, si nos acostáramos juntos, sólo sería una aventura.

Gage se levantó, su erección marcada bajo el bañador. Lily intentó valientemente no mirar, pero fracasó. Nunca había visto algo así y era una tentación.

Y no necesitaba que la tentase. No necesitaba perder la cabeza.

–Así son todas mis relaciones, Lily.

–¿Y mi trabajo?

–Tu trabajo no está en peligro en ningún caso.

–Entonces, supongo que la cuestión es si yo me conformaría con tener una aventura.

–¿Crees que podrías querer algo más?

–No, no quiero nada más. Me gusta mi vida como es pero... –Lily había visto llorar a su madre cuando algún hombre no la llamaba, peleándose cuando la engañaban, gritando cuando rompían con ella.

Y se había esforzado tanto por no ser como su madre...

Había evitado las relaciones por miedo pero sabía que olvidaría todo eso si tenía una relación con Gage.

El sexo parecía ejercer un extraño efecto sobre las

mujeres; un efecto que iba más allá del simple placer físico. Y ella no quería estar sometida a eso.

–¿Te preocupa que nos resulte incómodo trabajar juntos? –le preguntó Gage.

–Sí –respondió ella. Entre otras cosas–. Mi trabajo es muy importante para mí y no tengo intención de comprometerlo por una simple aventura.

Gage levantó una mano para acariciar su cara.

–Sería una aventura muy interesante.

Ella cerró los ojos, intentando controlar los latidos de su corazón.

–Estoy segura.

El deseo libraba una batalla contra el sentido común. Lo deseaba, pero tenía miedo. Miedo de que el deseo que sentía por él fuera superior a ella. Miedo de perder el control, de entregarle algo que se había ganado con mucho esfuerzo.

Pero eso no la había preocupado mientras estaba besándola. Entonces no le había preocupado nada.

Sentía como si estuviera al borde de un precipicio, a punto de lanzarse al agua sin saber lo profunda que era. Si daba un paso atrás, nunca sabría lo que era, pero todo volvería a la normalidad, a la vida que ella conocía. O podía saltar sin saber lo que iba a pasar, sin saber si sobreviviría.

–No puedo... –dijo por fin. Era demasiado. La hacía sentir demasiado.

Había un brillo de frustración en sus ojos azules, pero Gage tomó su cara entre las manos con ternura.

–Si cambias de opinión, siempre puedes venir a mí –le dijo, con voz ronca–. Pero tendrás que venir a mí, Lily. Yo no fuerzo mis atenciones en mujeres que no las desean.

Luego se lanzó al agua y empezó a nadar hacia el barco y ella experimentó una abrumadora sensación de tristeza. Casi desearía que la hubiera seducido...

Ahora todo dependía de ella y sabía que nunca encontraría valor. Y lo odiaba. Odiaba ser tan débil; una debilidad que había podido ignorar o negar hasta que conoció a Gage. Una debilidad que aún tenía miedo de intentar superar.

LILY desapareció en su habitación cuando llegaron a la casa y reapareció dos horas después con el escudo puesto. Llevaba el pelo perfectamente peinado, el maquillaje ocultando sus pecas.

—¿Algún plan para esta noche? —le preguntó, sus tacones repiqueteando sobre el suelo de madera.

—Vamos a invitar a los miembros del consejo a una tradicional cena en la playa... con el baile tradicional.

—Ah, qué bien. ¿También lo harás para los clientes habituales?

Gage asintió con la cabeza.

—Sí, claro. La primera vez que visité Tailandia venía con unos amigos y no teníamos dinero. Vinimos con mochilas y comíamos en los mercados callejeros... quiero llevar ese elemento al *resort*. Lujo pero con la posibilidad de vivir la cultura del país.

Lily apretó los labios.

—Vamos a poner eso en el folleto digas lo que digas. No entiendo por qué no quieres contarle al público las cosas buenas que haces.

Gage dejó escapar un suspiro.

—Como tú misma dices, se llama vida privada por

algo. No tiene sentido compartir mi vida privada con la prensa y no le cuento a nadie que yo crié a Maddy porque temo avergonzarla. Ella cree que no merecía el cariño de mis padres y no pienso contarle al público las circunstancias de su vida, no sería justo para ella.

—¿Y lo de la reserva natural o tu respeto por la cultura tailandesa?

—Es algo personal.

—Pero no lo es en realidad. Tiene que ver con tu negocio, con tu imagen. ¿Por qué no decirle a todo el mundo que eres una persona decente?

Gage soltó una carcajada.

—Mis padres hacían tantas donaciones benéficas que eran considerados la pareja más generosa de San Diego. Hay placas con sus nombres en hospitales y colegios... pero eso no los convierte en buenas personas.

Gage sabía mejor que nadie que la imagen pública y la privada eran dos cosas bien diferentes. Sus padres, por ejemplo, eran las personas más egocéntricas del mundo... incluso más que algunas de sus antiguas amantes.

Los grandes gestos significaban muy poco cuando lo único que había detrás era un deseo de publicidad. Él había trabajado sin descanso para levantar su negocio, decidido a impresionar a sus padres... pero ellos nunca le habían prestado la menor atención.

Había ganado su primer millón, sus primeros dos millones, y aun así esperó hasta que, por fin, dejó de importarle. Probablemente fue el día que Maddy lo llamó para decir que llevaba tres días sin comer, no porque sus padres fueran pobres, sino porque estaban tan ocupados con sus vidas que ninguno de los dos se había molestado en recordar que tenían una hija pequeña.

–Que mis padres tuvieran tiempo de firmar un cheque para ser queridos por el público y conseguir así más negocios no los convierte en buenas personas. A mí no me gusta ese juego.

No sabía qué tenía Lily que le hacía contarle esas cosas tan privadas, cosas que no le contaba a nadie. Si fuera otra mujer o cualquier otra empleada, sencillamente habría dejado que pensara lo que quisiera sin darle ninguna explicación, pero no era otra mujer y tampoco era una simple empleada. Y no estaba seguro de lo que sentía al saber que no entraba en ninguna de esas categorías.

–Lo entiendo –dijo ella–. Entiendo que tus padres puedan motivar lo que haces o lo que no haces –añadió, mirándolo a los ojos por primera vez desde que se besaron en la playa–. Para mí... mi infancia también fue difícil. Las relaciones de mi madre con los hombres era lo único importante para ella. Yo odiaba verla controlada por una emoción que ella llamaba amor pero que no lo era en realidad.

–Por eso tú no tienes relaciones.

Lily asintió con la cabeza.

–Por eso no tengo relaciones. No quiero convertirme en mi madre, no quiero que nadie controle mi vida de esa manera.

–Yo no intentaría controlarte –dijo Gage–. No me gustan las relaciones tóxicas. Las mujeres con las que salgo son libres para hacer lo que quieran. No tengo intención de forzar a nadie a vivir como yo quiero porque no tengo intención de añadir a nadie a mi vida de manera permanente.

Lily se mordió los labios. Sentía la tentación de aceptar su oferta. Había salido de su dormitorio con el escudo puesto, decidida a resistirse y seguir adelante como siempre. Pero eso era imposible. Ahora lo sabía porque conocía el poder del deseo.

Desear satisfacción sexual no era lo mismo que desear a otra persona. No era sólo desear placer, era tocarlo, saborearlo, explorarlo. No era sólo desear un encuentro sexual... eso sería mucho más fácil. Era desear a un hombre específicamente, a Gage, a nadie más.

Pero el miedo no había desaparecido. Estar con él era complicado y no sólo porque fuera su jefe. Acostarse con él significaría tirar todas sus barreras, que no podría controlar todo el tiempo...

Lo sabía por el beso en la playa. Una ironía ya que siempre había pensado que cuando decidiera acostarse con un hombre su problema sería dejar de controlarlo todo.

Había imaginado que le sería imposible llegar al orgasmo porque estaría demasiado preocupada por ser vulnerable. No había anticipado que un hombre pudiera robarle el control como lo hacía Gage.

Cuando la tocaba quería rendirse, quería que la llevara en ese viaje que su cuerpo anhelaba. Y eso era aterrador.

Lily cerró los ojos y tragó saliva.

–Dame hasta después de la cena –le dijo–. Lo decidiré entonces.

Gage la miró con una expresión indescifrable.

—¿Decidir?

—Si estoy o no preparada para tener una aventura –dijo ella–. Contigo –añadió.

—Ya imagino que no te referías a uno de los miembros del consejo.

Lily rió.

—Quiero estar segura del todo. Sé cómo la gente puede darle la vuelta a las cosas, trabajo con los medios de comunicación.

Gage se echó un poco hacia delante, tan cerca que podía sentir su aliento en la cara. Lily cerró los ojos y sintió un escalofrío que empezaba en sus hombros y la recorría entera.

—Esto no es lo tuyo, ¿verdad? No estás acostumbrada a tener aventuras.

Ella abrió los ojos entonces.

—¿Eso es lo que crees?

Y era cierto. Era una virgen de veintisiete años, pero no pensaba decírselo. No quería que pensara que él era especial o que a ella le pasaba algo raro. O que iba a empezar a salivar cuando viera un anillo de diamantes. Aquello no era algo emocional para ella, era una necesidad física.

Confiaba en Gage en cierto modo, pero ésa era la única emoción. Había tenido oportunidad de observarlo con las mujeres con las que salía. No era manipulador o controlador, era sincero sobre lo que quería y cuando rompía con alguien, ambos quedaban satisfechos. Eso era todo lo que ella quería.

Y tenía que hacerlo. Tenía que controlar su vida, su cuerpo, su sexualidad. Parte de su vida había sido

controlada por los actos de su madre, pero ahora sabía que debía dar un paso adelante. Era su oportunidad, si era lo bastante valiente.

—No he tenido tiempo de salir con nadie desde que
empecé a trabajar para ti —le dijo, aunque no fuera
toda la verdad.

—Pero no olvides que sería una aventura. Las mujeres pueden ser muy emocionales cuando se trata del
sexo, y si ha pasado algún tiempo...

Lily lo miró a los ojos.

—¿Te parezco la clase de persona que no sabe lo
que quiere?

—No, la verdad es que no.

—Deja que yo me preocupe por eso, te prometo
que no tengo fantasías sobre el amor y los finales fe-
lices. Soy demasiado práctica. Además, sólo sería
una aventura, ¿no? Seguramente se me habrá olvidado en unos meses.

Gage la miró con expresión intensa mientras la tomaba por la cintura, apretándola contra él.

—No lo olvidarás, Lily —le dijo con voz ronca, inclinándose para besarla.

Era un beso diferente al que habían compartido en
la playa, lleno de fuego y de pasión. Lily abrió los labios para él, sus lenguas bailando mientras enredaba
los dedos en su pelo y él apretaba sus nalgas, haciéndola sentir la dureza de su erección.

Pero entonces se apartó bruscamente, respirando
de manera agitada. Y cuando lo hizo, Lily tuvo
miedo de caer al suelo.

Nerviosa, se llevó una mano a los labios, que de-
bían de estar hinchados.

–Después de cenar –dijo él–. Pero cuando lo decidas quiero que estés completamente segura.

–Sé lo que quiero –afirmó Lily, con una confianza que no sentía en realidad–. ¿Me deseas? Me refiero a mí, por lo que soy.

No sabía por qué, pero eso le parecía importante. No quería que imaginase a alguna de sus rubias modelos mientras estaba con ella en la cama, era una cuestión de orgullo.

Gage tomó su mano derecha y la puso sobre su torso para que notase los latidos de su corazón.

–¿Qué te parece?

–Creo que sí –murmuró ella.

Cuando miró hacia abajo pudo ver la marca de su deseo bajo el pantalón y tragó saliva. No había lugar para ser tímida si iba a tener una aventura con él. Gage no quería una tímida virgen en su cama, eso era evidente por el tipo de mujeres con las que salía, y por eso tendría que ser una virgen segura de sí misma, una virgen que pudiera fingir más experiencia de la que tenía. Bueno, no tenía ninguna experiencia, pero sí deseo.

Y, por eso, bajó la mano para tocar su erección. Gage echó la cabeza hacia atrás, apretando los dientes.

–Esto lo deja bien claro.

–Ten cuidado –le advirtió él–. O al final no iremos a cenar.

Lily experimentó un escalofrío de placer junto con una descarga de adrenalina. Aquél era un poder nuevo para ella, un poder que no había anticipado. Por el comportamiento de su madre en lo que se refería al sexo, había pensado que los hombres tenían todo el poder, pero ahora sabía que no era así. En aquel momento, acariciándolo, ella llevaba el control. Era *ella* quien lo volvía loco de deseo.

–Y eso no puede ser –logró decir, con voz temblorosa–. Estoy deseando cenar.

Gage se inclinó hacia delante para besar su cuello.

–Y yo estoy deseando probar el postre.

La luz de la hoguera y el calor del día combinado con la música lenta y seductora hacían que Lily sintiera como si estuviera bajo un hechizo. Tal vez era así, porque no sabía qué clase de embrujo la había hecho pensar que podría tener una relación sin ataduras con Gage Forrester. Pero incluso en aquel momento no tenía miedo, ni siquiera después de haber tenido tiempo para pensar en lo que significaría para ella. Lo que la haría sentir.

Lo deseaba, eso era todo.

¿Por qué su desastrosa infancia iba a impedir que tuviera lo que deseaba? Nunca se había dejado llevar por ello en otras áreas de su vida. De hecho, estaba decidida a superarlo como fuera. Pero en lo que se refería a los hombres había dejado que la afectase.

No había ningún hombre con el que le hubiera gustado tener una oportunidad pero, si no descubría cómo era con Gage, sabía que lo lamentaría el resto de su vida.

Sería un romance de vacaciones... no, ni siquiera un romance, sólo sexo. Descubriría lo que era, satisfaría su curiosidad y seguiría adelante. Y él también.

Eran adultos, no había ninguna razón para que no se portaran como tales. Ninguna razón en absoluto.

Lily miró a Gage, recortado contra las llamas rojas de la hoguera. Era un hombre tan guapo y besaba de una manera tan apasionada, tan ardiente...

Pronto sabría cómo era sin ropa. Pronto, toda ella sería suya. Y él sería suyo.

–Creo que ésta es una inversión perfecta, señor Forrester –estaba diciendo uno de los consejeros.

–Sí, lo es –asintió Lily–. Y lo que Gage está haciendo aquí es más que simple turismo. Está ofreciendo una auténtica experiencia para los clientes.

El hombre sonrió.

–No es mala idea que tu relaciones públicas endulce el trato, Forrester.

Gage se acercó un poco más, pasándole un brazo por la cintura.

–Lily tiene más integridad profesional que nadie que haya conocido nunca. Incluido yo. Nuestra relación no tiene nada que ver con el trabajo. Se la recomendaría como relaciones públicas a cualquiera.

Lily se quedó sorprendida al escuchar el halago y se lo dijo cuando los miembros del consejo estaban demasiado borrachos como para prestarles atención.

–Es cierto, eres muy buena en tu trabajo. Mi atracción por ti no tiene nada que ver con eso.

–¿Y cuando nuestra relación termine piensas despedirme?

Odiaba la inseguridad que notaba en su voz. ¿Qué le importaba a ella lo que pensara hacer? Habría otros clientes, de modo que daba igual que siguiera en Forrestation o no. Había hecho un gran trabajo para la compañía y tenía muchas pruebas de ello.

—No, en absoluto. No tendré ningún problema en seguir trabajando contigo. Sigo llevándome bien con casi todas las mujeres con las que he salido y, si no es así, suele ser culpa de ellas, no mía.

—Cuando nos vayamos de Tailandia, todo habrá terminado —dijo Lily, con más seguridad de la que sentía. Pero era vital, absolutamente necesario poner un límite a esa aventura.

—¿Quieres que firmemos un contrato? —bromeó Gage.

—No creo que sea necesario, pero tampoco veo la necesidad de llevarlo a la oficina.

—Es una negociadora muy dura, señorita Ford.

—He aprendido del mejor, señor Forrester.

Gage se inclinó para besarla en la frente.

—Deberías llevar el pelo suelto siempre. Es mucho más sexy.

Sí, iba a hacer lo que quería hacer. Lo que debía hacer, pensó Lily, mientras Gage la besaba de nuevo. Quería aquello, quería algo para sí misma, algo que no fuera sólo trabajo.

Porque no podía controlar el deseo que sentía por él. Y no quería controlarlo.

—Creo que deberíamos ir a la casa —murmuró, besando su mejilla.

—Buena idea.

Lily estaba en la habitación de Gage, mirando la enorme cama... y no se sentía tan segura como en la playa. Seguía deseándolo, pero sus inseguridades habían vuelto.

Un conjunto de ropa interior sexy habría ayudado, pensó. La ropa siempre ayudaba a meterse en el papel, a crear la imagen que quería proyectar. La usaba en el trabajo y en aquel momento necesitaba urgentemente algo que la ayudase a mostrarse como una mujer segura de sí misma.

Pero no tenía ropa interior sexy porque no había imaginado que iba a ocurrir nada.

Gage se colocó a su espalda, envolviéndola con sus brazos y besando su cuello suavemente, haciéndola sentir la evidencia de su deseo en la espalda. Una evidencia muy clara.

—Apaga la luz —le dijo en voz baja.

Él le dio la vuelta para mirarla.

—Quiero verte. He fantaseado contigo tantas veces... quiero ver tus ojos cuando llegues al clímax.

Lily sintió que le ardía la cara y sabía que estaba ruborizándose como la virgen que era.

—¿Eso te molesta? —le preguntó Gage.

—No, no... me gusta oírte hablar así —respondió ella. Y era cierto.

Oírlo decir esas cosas la ayudaba a perderse, a olvidar quién era y a abrazar el deseo que se había apoderado de ella.

—Pero me sentiría mejor con la luz apagada.

Gage levantó su barbilla con un dedo.

—¿Siempre haces el amor con la luz apagada?

Hacer el amor. Era la primera vez que lo llamaba así. Tal vez le parecía demasiado crudo decir que era sexo, tal vez era una manera caballerosa de comportarse. Pero le gustaría que no lo hiciera, que no complicase las cosas haciéndola pensar que iban a hacer el amor cuando sólo iban a tener relaciones sexuales.

–Yo... –Lily intentó decir algo que no fuera una mentira–. Prefiero la luz apagada.

Gage apagó la luz. Las ventanas estaban abiertas y la luz de la luna sobre la cama era mejor que una bombilla.

El corazón de Lily parecía a punto de salirse de su pecho cuando Gage empezó a desabrochar su camisa, que cayó al suelo un segundo después. Podía ver la forma de sus músculos a la luz de la luna y tragó saliva, con la garganta seca de repente.

–Ven aquí.

Ella dio un paso adelante, temblando de deseo y de miedo. No debería ser algo tan importante, sólo era sexo. Todo el mundo lo hacía y luego se daban la vuelta como si no hubiera pasado nada. Ella haría lo mismo.

–Bésame –le pidió, porque cuando la besaba todo tenía sentido, todo parecía estar bien.

Él no se movió, ofreciéndole una media sonrisa que podía ver a la luz de la luna; el resto de su cara escondido entre las sombras.

–Te lo dije, Lily, tú tendrás que venir a mí.

Ella contuvo el aliento mientras daba otro paso adelante y se ponía de puntillas para besarlo en los labios.

Gage capturó su boca, el beso volviéndose apasionado de inmediato. Lily le echó los brazos al cuello, dejando escapar un gemido cuando él empezó a acariciar sus pechos por encima de la blusa.

–Te he deseado desde el día que te conocí –murmuró Gage, inclinando la cabeza para besar su garganta–. Te he querido desnuda, en mi cama, ardiendo de deseo.

–Y ahora me tienes –musitó ella, las palabras escapando de su garganta antes de que pudiera analizar lo que significaban.

–Sí, es cierto.

Gage desabrochó los botones de su blusa con dedos expertos. Lo hacía parecer tan fácil, tan natural que Lily olvidó lo nerviosa que estaba.

La blusa y el sujetador desaparecieron en un segundo y Lily echó la cabeza hacia atrás, dejando escapar un suspiro de placer. Lo único que podía hacer era disfrutar de lo que le hacía porque no había esperanza de hacer otra cosa.

Gage inclinó la cabeza para acariciar uno de sus pezones con la lengua...

–Sabes tan bien como imaginaba –musitó.

Le quitó el pantalón y las braguitas a la vez, poniéndose de rodillas para acariciarla con la boca, sus labios y lengua haciendo maravillas en su clítoris. Lily se agarró a sus hombros, intentando no perder el equilibrio, intentando no derretirse.

La tensión empezó a nacer en su estómago, tan potente que pensó que se le iban a doblar las piernas. Respiró profundamente, intentando controlar esa insoportable sensación de placer. Sabía lo que significaba: estaba al borde del orgasmo, todo su cuerpo temblando por el esfuerzo de contenerlo mientras Gage seguía dándole placer.

Echó la cabeza hacia atrás, luchando contra la ma-

rea que amenazaba con abrumarla. La había llevado
tan arriba que temía lo que pudiera pasar. Lo que podría hacer. O lo que Gage podía hacerla sentir.

—Para, por favor —musitó, porque necesitaba un
momento para recuperar la cordura.

—¿No te gusta? —preguntó Gage, incorporándose
para quitarse los pantalones.

Ella negó con la cabeza, sus ojos clavados en el
cuerpo masculino. Nunca había visto un hombre desnudo y su cuerpo era tan diferente al suyo. Era tan
masculino, tan musculoso, su erección dura y tentadora. La asustaba desearlo tanto, pero quería tenerlo
dentro de ella, lo necesitaba.

Lily se sentó en la cama, todo su cuerpo temblando por dentro y por fuera, y Gage se inclinó sobre ella para deshacer el moño, extendiendo el pelo
sobre sus hombros.

—He fantaseado muchas veces con ver tu hermoso
pelo sobre mi almohada, pero es más sexy de lo que
había imaginado.

Lily no sabía que hubiera tanta charla durante el
sexo, pero Gage sabía decir las cosas apropiadas. Sus
palabras eran como caricias que la llevaban a la cima
de nuevo.

Y esta vez no había nada que pudiese pararla. Era
como si su cuerpo le perteneciera a él, como si sólo
él pudiese controlarlo. Como si tuviera el poder de
despertar la respuesta que quería.

Lily cerró los ojos, olvidando todo lo que no fuera
el deseo que recorría sus venas.

—Te deseo, Gage. Te necesito —murmuró, pasando las manos por su espalda. Su cuerpo era perfecto,

todo lo que el cuerpo de un hombre debía ser. Y era todo suyo, al menos por esa noche, para explorar y tocar a placer.

Gage alargó una mano para sacar un preservativo de la mesilla y se lo puso con un rápido movimiento. Luego la besó, abriendo sus piernas suavemente para colocarse entre ellas.

Le encantaba tenerlo así, tan cerca, sintiendo su cuerpo desnudo apretado contra el de ella, pensó Lily, abriendo las piernas un poco más y esperando poder acomodarlo.

Gage puso una mano en su espalda para levantarla un poco antes de empujar...

Lily experimentó un ligero dolor, pero pasó enseguida y, de repente, se sintió completa. Tan deliciosamente completa. Nunca en su vida se había sentido así. Tenerlo dentro era una sensación increíblemente satisfactoria y creaba una necesidad que sólo él podía responder.

–¿Lily? –su voz era ronca, los tendones de su cuello marcados, una prueba de lo difícil que le resultaba mantener el control.

Ella lo besó, sintiéndolo temblar en su interior.

–Gage...

Gage se apartó antes de volver a entrar en ella y Lily se arqueó hacia él, la sensación tan exquisita que pensó que iba a romperse. Agarrándose a sus nalgas, envolvió las piernas en su cintura mientras intentaba seguir su ritmo. El clímax empezó a crecer, la tensión dentro de ella llegando a niveles que había creído imposibles.

Si la cima a la que había llegado antes la había asustado, aquélla era completamente aterradora. Todo su cuerpo temblaba, el deseo de liberarse tan increíble que no podía luchar más, no quería hacerlo. Necesitaba terminar pasara lo que pasara. No había alternativa, le había entregado el control.

–Oh, Gage, por favor... –susurró, sin saber muy bien lo que estaba pidiendo.

Él acarició sus pechos, tirando suavemente de sus pezones, la nueva estimulación lo que necesitaba para enviarla al precipicio. El dique se rompió entonces y el placer amenazó con abrumarla por completo. Se quedó inmóvil un momento, arqueando la espalda, la boca abierta para intentar recibir oxígeno mientras Gage empujaba de nuevo, con más fuerza esta vez.

Con el placer llegó una oleada de emoción que la hizo abrazarse a él, escuchando los latidos de su corazón, sus jadeos. Temblando, Lily se llevó una mano a la cara y notó que una lágrima rodaba por su mejilla.

Capítulo 8

GAGE miró las lágrimas que rodaban por su cara y se asustó.

—¿Te he hecho daño? —le preguntó, angustiado.

Nunca había estado con una virgen, pero estaba seguro de que Lily lo era. Y eso provocaba en él una extraña emoción. Una con la que nunca antes había lidiado en su vida y con la que no quería lidiar en aquel momento.

—Yo... —Lily intentó respirar—. No, no.

Gage se tumbó de lado. Necesitaba un poco de espacio, una oportunidad de recuperar la cordura.

Pero luego la tomó entre sus brazos, dejándola llorar. Todo en él le pedía que saliera corriendo, pero sabía que debía quedarse y abrazarla hasta que se hubiera calmado un poco.

Lily se apartó, pasándose una mano por los ojos hinchados. Era raro verla perder la compostura, pensó. Claro que mientras se deshacía entre sus brazos no había mantenido la compostura. Y ahora, con la nariz roja y el cabello despeinado, seguía siendo preciosa. Posiblemente más hermosa que nunca.

—No pasa nada, estoy bien.

—¿Por qué no me lo habías dicho? ¿No crees que

me habría gustado saberlo? –le preguntó, la angustia que sentía haciendo que la pregunta sonara más brusca de lo que pretendía.

–No, Gage, no lo sabía. Pero mi experiencia o falta de ella no es asunto tuyo.

–Te dije que esto era algo temporal.

Lily lo miró, con los ojos brillantes.

–Y yo te dije que todo habría terminado cuando nos fuéramos de Tailandia. Nada ha cambiado, no te preocupes. No te conté que era virgen porque no tiene importancia para mí –le dijo, suspirando–. Creo que debería irme a mi habitación. Esto ha sido un error.

Pero cuando iba a levantarse, Gage sujetó su brazo.

–No, vas a quedarte conmigo, en mi cama.

No sabía por qué le importaba tanto, él no era la clase de hombre que abrazaba a una mujer después de hacer el amor con ella. De hecho, solía marcharse del hotel cuando su amante se había dormido. Si ella no se iba antes.

Pero no le parecía bien haberse llevado la virginidad de Lily y dejar que durmiera sola. Gage dijo una letanía de palabrotas en su mente. No quería que le importase haber sido su primer hombre, no quería que Lily fuera diferente en ningún aspecto. Tenía razón, era su decisión. Era una mujer de veintisiete años, no una cría a la que hubiera seducido.

–Estaría más cómoda en mi habitación.

–Una pena porque la cláusula cinco de nuestro contrato dice que compartiremos cama siempre que hagamos el amor.

–No recuerdo haber aprobado esa cláusula –bromeó Lily.

–Y yo no recuerdo que tú dijeras nada sobre ser virgen.

–Ya te he dicho que no tiene importancia.

Gage dejó escapar un suspiro de exasperación.

–Sí importa, Lily. No sabías lo que ibas a sentir, no sabías que llorarías.

Ella se encogió de hombros.

–Son lágrimas de alivio, de liberación... no lo sé. Pero no voy a mentir, ha sido un orgasmo fantástico.

Gage notó que apartaba la mirada mientras lo decía.

–Lo último que quiero es hacerte daño, pero no puedo darte más de lo que te he ofrecido.

–En serio, no quiero más de lo que me has ofrecido. ¿Por qué crees que era virgen a los veintisiete años? No porque estuviera guardándome para un hombre especial, sino porque no he querido hacerlo hasta ahora.

–Quédate conmigo esta noche –insistió Gage–. No quiero convertir esto en algo sórdido haciendo que duermas sola cuando estás... tan emocionada.

Lily se quedó un momento pensativa y, por fin, asintió con la cabeza.

Unos minutos después, Gage se levantó para ir al baño a tirar el preservativo. Su corazón seguía latiendo con fuerza por la potencia del orgasmo y cuando volvió a la cama la envolvió en sus brazos. Lily merecía eso, no significaba nada. Era su primera vez y merecía tener un buen recuerdo, pensó. De hecho, merecía algo más de lo que el podía darle.

Había contado con una segunda vez, pero no quería hacerle daño.

Y le preocupaba que fuera demasiado tarde para eso.

Seguía oscuro cuando Lily abrió los ojos, con el brazo de Gage sobre su cintura, sujetándola, la espalda apoyada en su torso.

Cuando miró el reloj de la mesilla comprobó que eran casi las cinco de la madrugada.

Pero no quería que Gage despertara y la viera así, despeinada y con los ojos hinchados. Necesitaba su armadura, algo que la ayudase a estar calmada cuando tuviera que enfrentarse al hombre en cuyos brazos se había deshecho unas horas antes. El hombre que ahora sabía que era virgen antes de estar con él, el hombre que la había abrazado mientras lloraba.

Intentando no despertarlo, Lily se levantó de la cama y fue a su habitación para encender el ordenador... y frunció el ceño al ver una noticia sobre Maddy.

Mientras se duchaba, intentó encontrar la forma de hacer que el público se olvidase de ese escándalo. Pero mientras el agua se deslizaba por su cuerpo, sus ojos estaban llenos de lágrimas. Otra vez.

Estaba sentada al borde de la cama, poniéndose unos zapatos azules, cuando Gage apareció.

–Tienes un gusto muy original en calzado.

–Me gustan mucho los zapatos –dijo ella, con el corazón acelerado.

Gage estaba en la entrada de la habitación, con un pantalón vaquero y nada más.

–¿Por qué no estás en la cama, Lily?

–Me he levantado temprano.

–Pero nuestra noche no había terminado –dijo él entonces.

–Lo sé.

–Cuando despierte por la mañana espero encontrarte en mi cama y no quiero que estés vestida –Gage tiró de su mano para levantarla y Lily puso las manos sobre su torso desnudo–. Te quiero desnuda y dispuesta para mí.

–Yo espero lo mismo –lo retó ella, más confiada ahora que llevaba su escudo puesto.

Era más fácil encontrar confianza cuando todo estaba en su sitio. Se sentía en su elemento, como si fuera una negociación profesional.

–Me parece muy bien –Gage besó su cuello y ella cerró los ojos–. Ah, hay una ventaja cuando llevas ese moño, que puedo besarte en el cuello como me gusta.

–Tengo mucho trabajo que hacer esta mañana –dijo Lily–. Por lo visto, un «testigo» nos ha visto buscando sitio para celebrar la boda.

–¿Ah, sí? –Gage hizo una mueca.

–Lo sé, es un poco horrible, pero hay nuevos detalles sobre el caso de Maddy. Si los medios insisten en publicarlo sin pruebas, yo no me siento culpable por engañarlos.

–Son unos buitres. Lo único que quieren es alimentarse de las desgracias de otros, conseguir un beneficio por las miserias de los demás. Así que miente todo lo que quieras –dijo él–. Para eso te pago, además.

–¿Para que sea un demonio?

Gage sonrió.

–Entre otras cosas –murmuró, acariciando su cara–. Voy a comprobar mi correo. Nos vemos después, en el desayuno.

Lily asintió con la cabeza mientras salía de la habitación y luego se dejó caer sobre la cama. Cuando sonreía así... la hacía sentir como si su corazón fuera demasiado grande para su pecho.

«Sólo es sexo, nada más».

Suspirando, se levantó para mirar su ordenador, decidida a olvidarse de Gage y concentrarse en el trabajo. Después de todo, aquella aventura duraría sólo unos días más. Su trabajo, sin embargo, era una constante en su vida. Era lo que más le importaba y no estaba dispuesta a comprometerlo pensando que su relación con Gage era más de lo que era en realidad. Y ella no quería que fuera algo más. La nueva conexión física que había entre ellos era más que suficiente.

Seguía preguntándose por qué se había dejado llevar por la atracción que había entre ellos y una parte de ella desearía haberse alejado del precipicio en lugar de saltar a lo desconocido.

Gage tenía razón sobre una cosa: no sabía lo que iba a sentir. Había pensado que el sexo le daría placer, pero no sabía la conexión que forjaría entre ellos.

Por supuesto, no estaba pensando de manera racional cuando aceptó tener una aventura con él. Había seguido sus instintos, no lo que le decía el intelecto. Y ése había sido su primer error, pero ya era demasiado tarde. Ahora lo sabía. Ahora sabía que debía dejarlo llegar a su conclusión natural o siempre sentiría lo que sentía en aquel momento: algo misterioso, casi demasiado bueno para ser real. Como si pudiera ponerse a llorar sólo con recordar lo que había sentido cuando Gage estaba dentro de ella.

Suspirando, se levantó de la silla, intentando llevar aire a sus pulmones.

Era demasiado tarde, pensó. Ya estaba hecho. Había tomado una decisión y asumiría las consecuencias. No tenía sentido lamentarlo. Lo único que podía hacer era seguir adelante. Y cuando terminase volvería a vivir como lo había hecho siempre, con el recuerdo de esos maravillosos momentos robados en los brazos de Gage Forrester.

Logró contener las lágrimas la segunda vez que estuvieron juntos... hasta que escapó a su habitación con la excusa de darse una ducha. Y allí se dejó ir, las lágrimas rodando por sus mejillas mientras estaba bajo el agua.

No sabía qué causaba esa emoción en una persona como ella, siempre tan controlada. Lily cerró el grifo y se secó a toda prisa con la toalla antes de volver a la habitación de Gage.

También esa noche había aceptado apagar la luz para hacer el amor. Incluso había bajado las persianas porque ahora sabía lo inexperta que era, pero había sido implacable dándole placer. La había llevado más arriba que la primera vez, hasta un punto que le parecía imposible.

Lily apretó los labios al recordar cómo había perdido el control. Siempre le hacía eso, en la cama o haciéndole hablar de cosas que normalmente se guardaba para sí misma.

—Eres preciosa —dijo él, alargando un brazo para tocarla.

Muchos hombres le habían dicho que era preciosa, pero nunca cuando estaba desnuda. Aunque Gage no podía ver mucho con la luz apagada, claro. Estaba acostumbrada a despertar la atención de los hombres, pero que le dijeran que era preciosa nunca la había afectado como la afectaba cuando lo decía él.

Le daba igual lo que pensaran de ella si no tenía interés. Pero con Gage... era como si lo deseara de nuevo, a pesar de la potencia del último encuentro. Físicamente, estaba lista para otra vez. Emocionalmente, no sabía si podría soportarlo.

—¿No te gusta que te digan que eres guapa? —le preguntó Gage cuando no respondió.

—Sí me gusta. Gracias.

—Estás muy tensa, Lily —murmuró él cuando se tumbó a su lado.

—No estoy acostumbrada a esto, ya lo sabes.

Gage no sabía qué lo hacía abrazarla, consolarla cuando le parecía que estaba angustiada o triste. No era lo que estaba buscando, pero no podía resistirse a la tentación.

Era la responsabilidad de estar con una virgen, pensó. Nunca lo había hecho y no lo habría hecho de haber sabido que una mujer tan aparentemente segura de sí misma podía tener tan poca experiencia sexual.

Lo creyera Lily o no, lo recordaría para siempre. Incluso él recordaba a su primera amante y habían pasado veintidós años desde entonces. Le gustase o no, dependía de él que tuviera un buen recuerdo ya que eso iba a afectar a su relación profesional.

Pero cuando la abrazaba experimentaba un sentimiento protector, posesivo que no había experimentado
nunca. No quería ni pensar en Lily con otro hombre...

Era suya.

Gage se apartó un poco, apretando los dientes. No
era suya. No quería que fuera suya. No podía serlo.

Estaba teniendo una respuesta incontrolable por
ser su primer amante. Algo que no había imaginado
pudiera pasarle nunca. Él no era un hombre tradicional, le gustaba que las mujeres fueran tan liberadas
como él mismo... a menos, claro, que esa mujer fuera
su hermana. Pero siempre había buscado mujeres con
experiencia y que lo afectase tanto que Lily no la tuviera no tenía sentido.

Pero después de la primera vez, después de esa explosión de emociones, había sentido que ella luchaba
contra ese deseo cada vez que estaban juntos. Y no le
gustaba. Quería que respondiera como él, quería llevarla a los límites del placer, quería robarle todas sus
inhibiciones y que hicieran el amor a la luz del día.

No debería querer nada de eso y nada de eso debería importarle porque no tenía nada que ofrecerle.
¿Qué clase de marido sería él? Un hombre que ponía
el trabajo y los negocios por encima de todo, un hombre que sería tan mal marido y padre como lo había
sido el suyo.

Gage la apretó con más fuerza contra su pecho. Su
virginidad, sus lágrimas durante el clímax... nada de
eso debería importarle.

Pero le importaba.

Capítulo 9

S E MARCHARÍAN de Tailandia por la noche para volver a San Diego. Para volver a la realidad. De vuelta a ser jefe y empleada. A menos, claro, que estuvieran rodeados de periodistas. Entonces seguirían siendo una pareja cuando en realidad sólo eran dos personas que acababan de terminar una aventura sexual.

Lily suspiró mientras se apoyaba en el respaldo de la hamaca, intentando fingir que estaba relajada. Eso era lo que estaban haciendo, relajándose en la isla donde habían compartido su primer beso. Pero no estaba relajada en absoluto, al contrario. Ojalá no sintiera nada. Tal vez debería sentir cierta tristeza porque sus noches de sexo con Gage habían terminado, pero no aquel peso en el corazón que le impedía respirar.

Gage había estado nadando mientras ella lo miraba, estudiando los movimientos de su atlético cuerpo. Ahora se dirigía hacia ella y Lily no podía hacer nada más que admirarlo. Su amante. El amante cuyo cuerpo apenas había visto porque sólo hacían el amor en la oscuridad. Conocía el calor de su cuerpo, su sabor... se le encogió el corazón al pensar eso, pero intentó disimular.

—Nos vamos esta noche –dijo Gage.

–Lo sé.

–¿Sigues queriendo que todo termine en Tailandia?

–Es lo mejor. Hemos tenido una aventura de cuatro días y ya ha terminado. Cuando volvamos a San Diego seguiremos como antes. Así es como tiene que ser, especialmente con el asunto de Maddy todavía coleando. Yo no puedo distraerme y tú tampoco.

–La verdad es que me distraes mucho –le confesó él, inclinándose para darle un beso en la cara–. Eres preciosa. Me gusta cómo te vistes para trabajar, pero también me gustas en biquini... y sobre todo me gustan tus pecas –bromeó Gage, pasando un dedo por el puente de su nariz.

–Pues a mí nunca me han gustado.

–¿Por qué? Son parte de tu belleza.

Cuando iba a desabrochar el lazo del biquini, Lily sujetó su mano.

–¿Qué haces?

–Quiero verte –respondió él, mirándola con expresión intensa.

Lily apartó la mano y dejó que deshiciera el lazo.

–No necesitas nada para ser preciosa. Eres la mujer más guapa que he visto nunca.

Esas palabras le llegaron al corazón, tal vez porque sabía que era la última vez que estarían juntos.

Las otras veces se había mostrado tímida, había intentado esconderse en la oscuridad, tras el maquillaje o tras la armadura de su ropa, pero ya no quería esconderse. No necesitaba hacerlo. Iba a aprovechar aquel momento con Gage, el último momento, iba a dejarse llevar por el placer que él le daba.

De modo que se levantó para quitarse el biquini y dejarlo caer sobre la arena.

Gage contuvo el aliento, su mirada clavada en ella como una caricia. Había pensado que estaría dándole el poder si era vulnerable con él, pero era al contrario, era ella quien se sentía poderosa.

Sabía que Gage intentaba controlarse, lo veía en el brillo de sus ojos, en la tensión de su magnífico cuerpo.

–Quítatelo –le dijo, señalando el bañador, la erección marcada bajo la tela.

Gage esbozó una sonrisa mientras la obedecía, revelando su cuerpo desnudo a la luz del sol.

Lily alargó una mano para acariciar su miembro.

–Tú eres precioso –le dijo.

Estaba perdida en el momento, en la sensación, en los sentimientos. En Gage.

–Llevas un preservativo, ¿verdad? –le preguntó cuando pudo encontrar su voz.

Gage se inclinó para sacarlo del bolsillo del pantalón que había dejado sobre una hamaca.

–No he sido boy scout, pero me tomo mis promesas muy en serio.

–Y yo me alegro.

Ella misma rasgó el sobrecito, sin vacilar, esperando que la confianza que sentía en ese momento hiciera que su inexperiencia no pareciese torpeza. Pudo ponérselo sin ningún problema, la carne dura bajo su mano provocando una emoción de la que sabía no se cansaría nunca.

Y luego lo besó, apretándolo suavemente. Notó

que Gage gemía de placer y eso fue más que suficiente parea alimentar las llamas de su deseo.

–Quiero estar encima –le dijo, sin saber muy bien si había dicho esas palabras en voz alta.

Pero era Gage y siempre había sido sincera con él, ¿no? ¿Por qué no iba a serlo ahora? Era su última oportunidad para estar con él y quería tener el control.

Gage temía estar al borde del infarto. Lily, su tímida amante, no estaba siendo tímida en absoluto. Sabía que era preciosa, admiraba lo que había podido ver de su cuerpo y no la había presionado por deferencia a su falta de experiencia. Pero ahora estaba gloriosamente desnuda delante de él, sus pezones tan rosados como sus labios. Una tentación a la que no pensaba resistirse. A la que no podría resistirse.

Después de tumbarse sobre la arena capturó uno de sus perfectos pezones con los labios y tiró de él, sintiéndola temblar entre sus brazos mientras la ayudaba a encontrar la posición adecuada. Lily echó la cabeza hacia atrás, dejando escapar un gemido de placer.

Fue una batalla para él intentar controlarse en cuanto estuvo dentro. La increíble sensación, combinada con la visión de su glorioso cuerpo, lo tenía al borde del abismo.

Y cuando empezó a moverse, marcando un ritmo lento al principio y luego más rápido, más agresivo incluso, sólo pudo sujetar sus caderas para mantenerla anclada a él.

Cuando el orgasmo se acercaba vio que se mordía los labios y echaba la cabeza hacia atrás, luchando contra él como hacía siempre antes de dejarse llevar. Y en cuanto ella llegó al clímax, Gage se dio permiso a sí mismo para dejarse llevar con un gemido que no pudo contener.

Lily apoyó la cabeza en su hombro, con la respiración agitada, y él pasó una mano por su pelo antes de envolverla en sus brazos, disfrutando del momento. Nunca había sentido nada así en toda su vida.

Siempre había disfrutado del sexo, pero había sido algo estrictamente físico. Cuando estaba con Lily era algo más. Algo que nunca hubiera imaginado.

Gage sintió una extraña presión en el pecho. Lily se había entregado a él, no sólo su cuerpo, sino algo más. Había dejado a un lado sus inseguridades por él...

Y ahora, sintiendo una ternura inesperada, lo único que podía hacer era agradecer que aquél fuera su último encuentro. No podía permitir que las cosas fueran más allá. ¿Cómo podía pedirle nada cuando él no tenía nada que dar a cambio?

Era imposible estar sentada al lado de Gage en el avión sólo unas horas después de haber hecho el amor en la playa. Él había vuelto a ponerse el traje de chaqueta y repasaba documentos sobre la construcción de su hotel en Inglaterra, totalmente concentrado. Había vuelto a ser su jefe y, sin embargo, Lily no podía dejar de recordar esos momentos en la playa, cuando se habían entregado el uno al otro.

Esta vez no había llorado. Se había sentido tan poderosa al principio, tan asombrada de dar el primer paso. Pero cuando sintió el orgasmo se dio cuenta de que, si ella tenía poder sobre Gage, también Gage lo tenía sobre ella. Pensaba que podría mantener el control, pero era una vana esperanza.

Había pensado que unos días en Tailandia serían suficiente para satisfacer su curiosidad, pero era mucho más complicado que eso. La realidad era que sentía algo por Gage, y desde luego, no era lo mismo que había sentido antes de llegar a Tailandia.

No sabía lo que era y no quería explorarlo, pero sentía algo...

—¿En qué estás trabajando? —le preguntó, sintiéndose como una tonta. Sabía en qué estaba trabajando y era muy triste que se viera reducida a hacer comentarios sin sentido para entablar conversación.

—En el hotel Hayden. Quiero ver si mi base de datos es la misma que la del informe que me envió el contratista.

—Ah.

—Se hace tarde y tenemos que ir a la oficina en cuanto aterricemos en San Diego. Deberías dormir un poco —dijo Gage.

Sola. Debería sentirse encantada, pero no era así. Se le encogía el corazón al pensarlo y no podía entender por qué. Pero tampoco podía evitarlo.

—Muy bien, tú también deberías dormir entonces.

No sabía por qué había dicho eso. Sonaba más como una esposa que una empleada o una amante.

Gage levantó la mirada del ordenador, con una sonrisa en los labios. Qué guapo era, pensó. Lo había sido antes de ir a Tailandia, por supuesto, y seguramente mejoraría con la edad. Y ella no podía dejar que la afectase de ese modo.

–Más tarde –dijo él entonces.

No había una promesa en sus palabras como la hubiera habido el día anterior. Significaba que dormiría más tarde, nada más.

Y eso era exactamente lo que ella iba a hacer.

Lily se levantó del asiento para ir al dormitorio del jet, al pequeño, no al principal, para no encontrarse con Gage por accidente.

–Una pena –murmuró.

Después de quitarse los zapatos se tumbó en la cama, vestida. Y se estiró, diciéndose a sí misma que le gustaba tener la cama para ella sola después de haberla compartido con Gage durante los últimos días. Pero no le parecía espaciosa, le parecía fría y solitaria.

Era terrible que después de cuatro días le resultara extraño estar sin él.

HE PENSADO que esto te vendría bien —dijo Lily, dejando una taza de café sobre el escritorio de Gage.

Los dos sufrían por el jet lag y menos horas de sueño de las habituales. Al menos, ella.

Él, por supuesto, parecía totalmente relajado mientras le daba las gracias. Sólo su ceño fruncido dejaba ver que también lo necesitaba.

—¿Qué tienes para mí esta mañana? —le preguntó, sin apartar los ojos del ordenador.

Lily respiró profundamente. Todo iba a salir bien. Sería fácil. Estaba de vuelta en su elemento, no en una isla tropical básicamente diseñada para que los clientes perdieran la cabeza.

—Nada que se refiera a Maddy, afortunadamente, pero no deberíamos romper el compromiso todavía. Sería demasiado obvio.

—Por supuesto —asintió él.

—La información sobre la reserva natural de Koh Samui está siendo muy bien recibida por los medios. Ha salido en todas partes esta mañana.

—Bien.

—No pareces muy entusiasmado.

—Ya te lo dije, Lily —Gage levantó la mirada—. La

preocupación por mi imagen empieza y termina con lo que afecte a mi negocio. A nivel personal no es una prioridad.

–Eres un cabezota, Gage Forrester –murmuró ella, intentando contener los locos latidos de su corazón que la atormentaban desde que despertó por la mañana.

–No veo que eso sea un problema.

–¿Qué hay de malo en dejar ver que uno es una buena persona?

–¿A gente a la que no conozco y a la que no tengo el menor interés por conocer?

Ella miró la pantalla de su ordenador.

–No te convierte en tus padres que el público conozca esa otra faceta tuya.

–No tienes por qué mezclar a mis padres con esto –replicó Gage, enfadado–. Tú haz tu trabajo y yo haré el mío, Lily.

Sus padres y su pasado eran dos temas de los que Gage no quería hablar ahora que sólo era su empleada de nuevo, pensó ella. Cuando era su amante había compartido esas cosas, pero ya no parecía tener interés.

Daba igual, se dijo. Y tenía razón, además. Lo que había descubierto sobre él durante su breve relación, si podía llamarla así, no tenía nada que ver con su asociación profesional.

De modo que tendría que fingir que no sabía nada de su pasado, que no había sacrificado muchas cosas por su hermana, una hermana de la que él era responsable. Tendría que fingir que no sabía cómo era debajo de esa camisa...

Por supuesto, eso no era un problema para Gage. Tener aventuras temporales era algo que hacía a menudo, por eso había decidido acostarse con él, de modo que no podía quejarse.

—Muy bien, pero sería más fácil si siguieras mis consejos.

—Te he dado permiso para que anuncies lo de la reserva natural.

—Y ha ayudado mucho, como yo sabía. Dejar que la gente especule sobre ti e incluso que cuente mentiras no es bueno para la empresa.

—Por supuesto, tú no tienes el menor problema en contarle mentiras a la prensa.

Lily lo fulminó con la mirada.

—Ellos estaban contando mentiras y a ti no parecía importarte.

—¿Para proteger a Madeline? Claro que no. Y vamos a seguir así hasta el sábado.

—¿Ah, sí?

—La hija de un valioso cliente se casa y la boda se celebrará en el San Diego Forrester mañana. Me ha pedido que acuda y, por supuesto, eso significa que debo ir con mi encantadora prometida.

Lily miró el anillo que seguía llevando en el dedo. Una cosa era hacer de pareja enamorada en la isla, otra muy diferente revivir el idilio en San Diego.

Tendría que tocarlo, tomar su mano, incluso besarlo.

No habían ido de la mano en Tailandia, ni siquiera cuando los miembros del consejo de administración estaban con ellos. Y ése era un ejemplo de lo que había sido su relación. O, más bien, de lo que no había sido. Sólo era una relación sexual. Esos pequeños gestos de afecto de las parejas no tenían nada que ver con ellos.

—Muy bien, de acuerdo.

Tendría que acudir. Era su trabajo proteger la imagen de Gage y, si no iba con él, habría preguntas. De modo que tendría que ir y hacer el papel de su vida.

Y también significaba comprar un vestido. Lily compró un vestido negro con un volantito para ocultar el exagerado escote y en cuanto entró en el San Diego Forrester del brazo de Gage, con el anillo de compromiso brillando en su dedo, sintió que aquél era su sitio. Como si fuera lo más natural que estuviera allí con él.

Era un sentimiento peligroso, pero uno que debía aceptar, al menos esa noche. No había otra opción. Esa noche era la prometida de Gage Forrester. Intentaría no concentrarse en el hecho de que era en realidad la *falsa* prometida de Gage.

Lily respiró profundamente, intentando contener una punzada de dolor en el corazón.

El hotel estaba magníficamente decorado, todas las mesas con manteles de lino blanco y orquídeas blancas.

Gage puso una mano en su cintura en cuanto entraron en el salón y ella tuvo que hacer un esfuerzo para no derretirse. Era tan raro lo natural que le parecía el gesto, lo fácil que era apoyarse en él.

Pero debía contenerse, por atractivo que fuera y por muy bien que oliese. Eso era algo que había notado desde el primer día, pero ahora era diferente, más íntimo. Ahora sabía que olía a un jabón especial...

No debería pensar esas cosas, se dijo. Debería concentrarse en lo que estaba haciendo y nada más.

Gage saludó al padre de la novia y a otros invitados que parecían interesados en celebrar algún evento en el hotel.

–Has sido muy inteligente –dijo Lily mientras se sentaban a la mesa.

–¿A qué te refieres?

–Sabes cómo hablar con la gente para despertar su interés por tus hoteles.

–Por supuesto. Eso es parte de mi trabajo.

–Y este hotel es muy bonito –Lily se pasó la lengua por los labios, nerviosa cuando Gage clavó en ella sus ojos azules.

–Sí, lo es.

Su mirada estaba clavada en ella, en su escote. Había elegido aquel vestido por esa razón, se avergonzaba de admitir. Una vez le había dicho que no compraba su ropa basándose en los deseos de los demás, pero había sido así aquel día. Sabía que el vestido se ajustaba a su figura y que Gage lo encontraría irresistible...

Pero era tan frustrante verlo en la oficina, ardiendo por él mientras intentaba mostrarse amable. No sabía lo que quería, no sabía qué esperaba de él o de sí misma. Sólo sabía que se sentía infeliz, que su cama le parecía fría y solitaria. Que ya no encontraba solaz en su apartamento frente a la playa o en su soledad.

–Gage...

Él tomó su mano, acariciándola con el pulgar, y Lily cerró los ojos.

–He pensado mucho en ti –dijo él–. En el tiempo que pasamos en Tailandia...

–No, por favor –lo interrumpió ella, apartando la mano.

–Has intentado negar la atracción que hay entre nosotros, pero no ha servido de nada.

Lily tragó saliva.

–No tenemos por qué hacer nada. De hecho, es lo que debemos hacer.

–¿Es lo que tú quieres?

–No –susurró ella.

–¿Entonces qué quieres?

Iba a hacer que lo dijera en voz alta. Por primera vez en su vida, desearía que alguien se lo pusiera fácil, que Gage la tomase entre sus brazos y la llevara a una de las suites.

Pero la estaba haciendo elegir, estaba dejando que asumiera las consecuencias y eso significaba que más tarde no podría culparlo a él.

–Te deseo –le dijo en voz baja–, pero no quiero desearte.

–Eso es muy bueno para mi ego, cariño –bromeó Gage.

El corazón de Lily se aceleró.

–Una noche más –dijo entonces.

–Una noche más –repitió él, levantándose de la silla.

–¿Qué haces?

–Nos vamos.

–¿No es una grosería marcharse ahora? –Lily miró a los camareros que estaban empezando a servir el banquete.

–No tan grosero como quitarte el vestido aquí mismo y hacerte el amor delante de todo el mundo.

–Tú no harías eso.

–¿No? –la retó él.

Un segundo después se dirigían a los ascensores.

–Nunca pensé que lo haría, pero tú me haces sentir cosas... –Gage se detuvo, empujándola suavemente hacia la pared para buscar su boca–. Me obligas a hacer cosas... cuando estoy contigo a veces no me conozco a mí mismo.

–A mí me pasa igual –le confesó ella, la pared y las manos de Gage lo único que evitaba que cayera al suelo.

–Mi apartamento está aquí, en el hotel.

–¿De verdad?

–Así es más fácil dirigirlo, especialmente al principio –dijo él, mientras subían al ascensor–. Pasa la noche conmigo, Lily.

–Gage...

Él no la dejó terminar la frase. La empujó contra la pared del ascensor, besándola con urgencia, y ella apartó su corbata para desabrochar los botones de la camisa con dedos temblorosos. Pero le temblaban tanto que no era capaz de hacerlo, de modo que la abrió de un tirón, enviando botones al suelo, para acariciar su estómago, los abdominales marcados. Era tan hermoso, pensó, con el corazón desbocado.

Gage levantó su vestido.

–¿Estás intentando matarme? –susurró, con voz ronca.

–No era mi objetivo. Si estás muerto, no me vales de nada.

Él rió mientras besaba su garganta, metiendo los dedos bajo la delgada tela de las braguitas... haciéndola gemir cuando rozó su clítoris.

–¿Te gusta? –murmuró.

Lily sólo pudo asentir con la cabeza mientras él seguía haciendo magia con las manos. Cuando deslizó un dedo en su interior sintió cómo se contraía de placer y supo que estaba a punto de llegar al clímax.

–Córrete para mí –susurró Gage. Y ella ya no pudo desobedecer la orden.

Agarrándose a sus hombros, las manos bajo la camisa destrozada, clavó las uñas en su espalda... y gritó su nombre.

Cuando por fin volvió a la realidad, se bajó el vestido, intentando arreglarse el pelo.

Se había olvidado de todo salvo de cuánto lo deseaba. Se había olvidado de su propia seguridad, de la decencia, de todo.

Y no podía lamentarlo. Aún no. Porque aunque su cuerpo seguía temblando por el efecto del orgasmo, quería más. Lo quería a él.

–¿El ascensor está parado?

Sonriendo, Gage pulsó un botón y cuando llegaron a la última planta marcó un código que los llevó directamente a un moderno apartamento.

Lily salió del ascensor con piernas temblorosas, mirando alrededor. El apartamento era definitivamente Gage: muebles de líneas sencillas, colores neutros. Era un sitio precioso y, aunque opulento, sorprendentemente funcional.

Pero una cosa era tener una aventura de vacaciones, otra muy diferente ir a su casa y dormir en su cama.

Empezaba a asustarse, pero cuando Gage la tomó por la cintura e inclinó la cabeza para besarla dejó de pensar. Las relaciones, los sentimientos, el compromiso, todo eso la asustaba y la hacía desear salir corriendo. Pero Gage no. Por alguna razón, a pesar de todo, él no la asustaba.

–¿Quieres tomar algo?

Lily rió.

–No, aún no. Tenemos cosas a medias –le dijo, mirando los faldones de la camisa fuera del pantalón–. Me gusta ese aspecto.

–He sido atacado por una fiera en el ascensor –bromeó él, tomando su mano para llevarla por el pasillo.

Había fotografías en las paredes. Fotografías de Maddy en su época del colegio, fotografías del día que se graduó en la universidad, y Lily pensó de nuevo que Gage era un hombre maravilloso que intentaba esconder que lo era.

Una parte de ella quería descubrirlo todo sobre él, pero otra parte no quería saber nada más. Incluso querría olvidar lo que ya sabía.

Su dormitorio era una habitación muy masculina, con una cama grande, una pantalla de plasma montada en la pared y poco más. No era una guarida de iniquidad como había pensado. Estaba convencida de que tendría un jacuzzi y una barra para strippers en medio del dormitorio y fue un alivio ver que no era así. Aunque no debería importarle.

Gage se quitó la camisa y la tiró al suelo, seguida de los pantalones y los calzoncillos, mientras ella levantaba las manos para desabrochar la cremallera del vestido.

–Espera un momento –dijo él entonces–. Deja que lo haga yo.

Bajó la cremallera mientras Lily se apoyaba en su torso, con los ojos cerrados.

–Eres preciosa, la mujer más bella que he visto nunca. Nunca me cansaré de mirarte –murmuró cuando estuvo desnuda.

–Gage...

–Vamos a la cama –dijo él, su voz ronca, exigente. Lily intentó darse la vuelta para mirarlo, pero Gage se lo impidió llevándola hacia la cama y colocando dos almohadas para que se apoyara, de espaldas a él.

Sabía lo que iba a hacer y la emocionaba, la excitaba y la asustaba al mismo tiempo.

–¿Confías en mí, cariño?

Lily, con un nudo en la garganta, sólo pudo asentir con la cabeza. Confiaba en él. Estaba dándole más de lo que le había dado nunca a nadie y, aunque la asustaba, también le parecía tan necesario como respirar.

Lo oyó rasgar el sobre del preservativo y agradeció que siempre fuera tan concienzudo. Muchos hombres no lo eran, pero Gage jamás actuaba como si fuera un sacrificio.

Un segundo después, sintió la punta de su erección en la entrada de su cueva.

–¿Estás lista?

–Sí –murmuró ella, agarrándose al edredón, intentando contener un grito de placer cuando lo sintió dentro.

Gage sujetaba sus caderas, moviéndose adelante y atrás. Era algo tan elemental, tan primitivo. Estaba a su merced y, sin embargo, no tenía miedo. Sabía que nunca le haría daño, al contrario, estaba dándole placer, compartiéndolo con ella.

Gage alargó una mano para acariciarla y Lily sintió que se acercaba al orgasmo, más intenso, más fuerte que nunca. Gimió, apretando con fuerza el edredón, la tensión demasiado abrumadora porque sabía que cuando lo sintiera se rompería.

Sintió que sus músculos empezaban a temblar, que Gage clavaba los dedos en sus caderas. También él estaba cerca...

–Lily... –murmuró mientras se dejaba llevar.

Ella lo siguió, sintiendo que el miembro de Gage palpitaba en su interior. El orgasmo parecía interminable, uniéndolos hasta que estuvo segura de que ambos sentían lo mismo. Hasta que casi sintió que eran uno solo.

Gage le dio la vuelta y la tomó entre sus brazos para mirarla, apartando el pelo de su cara.

–¿Te ha gustado? –le preguntó. No había arrogancia en su voz, no se comportaba como si ya supiera la respuesta. Al contrario, como si necesitara saberla.

Y eso hizo que el corazón de Lily se encogiera dentro de su pecho. Gage no era la clase de hombre que se cuestionaba a sí mismo y que lo hiciera por ella... era imposible no sentir nada.

–Mucho. Ha sido increíble.

Gage la apretó contra su pecho mientras ella ponía la pierna sobre su muslo. Se quedaron en silencio un momento, esperando que sus corazones latieran a un ritmo normal.

—No es así como había imaginado tu dormitorio —dijo Lily por fin.

—¿Ah, no? ¿Y cómo lo habías imaginado?

—Con una barra de stripper.

Gage soltó una carcajada.

—Siento decepcionarte. Pero si quieres, instalaré una para ti. Las posibilidades son fascinantes.

Lily sonrió. Sorprendentemente, la idea de exhibirse delante de él no la hacía sentir vergüenza. ¿Cómo iba a sentirla cuando habían compartido tantas cosas?

—No traigo mujeres aquí.

—¿Quién lo hubiera dicho?

—En realidad, eres la primera mujer que pisa mi apartamento desde que Maddy vivía conmigo. No suelo... no solía verme con mis amigas aquí, ni siquiera en alguno de mis hoteles.

—¿Por qué?

Gage carraspeó.

—Probablemente por la misma razón por la que tú vives sola.

—¿Entonces por qué me has traído?

Él se encogió de hombros.

—Tú eres diferente. A ti te conozco y estaba impaciente.

Se le encogió el estómago al escuchar eso. Ella era diferente, decía. La conocía. La había llevado a su apartamento, un sitio donde no había llevado a otras mujeres.

Pero ella no debería ser diferente. Supuestamente, sólo era una más en una larga lista de conquistas. Una mujer de la que no querría nada. Y supuestamente, ella debía sentir lo mismo. No debería importarle.

Le gustaba mucho Gage, pero no podía haber nada más.

Debería levantarse, vestirse y volver a casa. Y seguramente era lo que Gage esperaba. Era diferente cuando estaban en Tailandia, pero allí, en San Diego, los dos tenían sus propias casas, su propio espacio.

Pero él seguía abrazándola y, por alguna razón, aunque le daba miedo, ese abrazo también era una fuente de consuelo. De modo que apoyó la cabeza en su pecho y no se movió. Nada había cambiado, sólo era parte de la aventura que había empezado en Tailandia. No podía ser nada más.

Capítulo 11

HE PENSADO que te vendría bien –dijo Gage, dejando una taza de café sobre la mesilla.

Lily se sentó en la cama, con las sábanas en la cintura.

–Gracias –murmuró, respirando el delicioso aroma. Era adicta, pero al menos Gage lo entendía. Lo entendía y lo compartía.

Estaban repitiendo la rutina de la oficina, pero al revés, pensó.

Gage se sentó al borde de la cama, con su taza en la mano. Y sólo llevaba un pantalón vaquero, el torso desnudo. Sí, ciertos aspectos de aquella nueva rutina habían mejorado.

–¿Qué planes tienes para hoy? –le preguntó, aunque lo lamentó de inmediato. ¿Qué le importaba a ella lo que Gage fuera a hacer en su día libre? Ellos no tenían una relación.

–Nada –respondió él–. Y eso es raro en mí. Normalmente visito a Maddy los domingos, pero está en Suiza pasándolo bien. Dice que allí nadie sabe nada del escándalo.

–Eso es genial, Gage –dijo Lily, aliviada. Ella sabía cuánto quería a Maddy, ahora más que nunca. A veces le parecía como si pudiera sentir las mismas emociones que él.

Gage estaba disfrutando de esa nueva Lily que no sentía vergüenza de estar desnuda. En aquel momento estaba tomando café con los pechos al descubierto como si no se diera cuenta. Pero él sí porque era la mujer más bella que había visto nunca. Y había visto muchas.

Normalmente, después de un par de encuentros, el misterio había desaparecido y ya no estaba cautivado por la belleza de su amante. Y en algunos casos, una mujer estaba más bella con ropa que sin ella. Claro que era lo mismo cuando se trataba de los hombres.

Pero no era el caso de Lily. Lo fascinaba por completo, desnuda o vestida, con un traje de chaqueta o con un biquini.

Seguía esperando lamentar haberla llevado a su apartamento y dejarla entrar en su espacio personal, pero no era así. Al contrario, le gustaba tenerla allí.

De no ser por esos años cuidando de su hermana, aquella habitación podría haber tenido una barra de stripper. Pero había criado a su hermana y eso lo cambió todo. Y seguramente para bien.

No sabía qué pensaba Lily. No sabía si se encontraba a gusto allí y no quería saberlo porque le gustaba tanto tenerla cerca... cuando nunca antes había querido llevar a otra mujer. Gage no quería saber qué significaba que no pudiera cansarse de ella.

La noche anterior había sido la más apasionada de su vida. Las únicas experiencias que se parecían eran las otras veces que había estado con Lily. Ella borraba el recuerdo de las demás mujeres... de hecho, ni siquiera podía recordar cuál había sido el atractivo de otras mujeres. Todas eran rubias, bronceadas, demasiado delgadas, demasiado operadas. No había nada genuino en ellas.

No eran como Lily, que era suave, natural y preciosa. Lily, a quien había abrazado durante toda la noche cuando nunca había querido hacer eso con otra mujer.

—Tengo que irme a casa —dijo ella entonces.

El primer pensamiento de Gage fue que no quería que se fuera. Definitivamente, nunca había sentido eso por otra mujer. Odiaba admitirlo, pero así era.

—¿Por qué?

—No tengo ropa aquí, sólo el vestido de anoche —Lily señaló el vestido negro a los pies de la cama—. Y cuando salga del hotel, todo el mundo se dará cuenta de que he dormido aquí.

—La solución más simple es que te olvides de la ropa por completo.

—No, gracias.

—Te llevaré a tu casa entonces. ¿Necesitas algo más?

—Normalmente voy al gimnasio los domingos.

No fue una sorpresa para Gage. Lily cuidaba mucho su apariencia, no hasta el punto de obsesionarse, pero sí lo suficiente como para dar una imagen perfecta a sus clientes. Por eso era tan divertido sacarla de sus casillas.

Si pudiera concentrarse en eso y olvidar todo lo demás, su aventura podría continuar durante el tiempo que ambos quisieran.

—Iré contigo. También yo voy al gimnasio los domingos.

Ella asintió con la cabeza, pero no parecía hacerle demasiada ilusión.

Lily Ford era muy reservada, pero cuando estaban en la playa o en la cama la barrera tras la que se escondía había empezado a caer. Y él disfrutaba de esos momentos. No debería. Su relación con ella no podía ir a ningún sitio. Aunque quisiera amor y matrimonio, Lily sería la mujer equivocada. ¿Qué podrían llevar ellos al matrimonio: una obsesión por el trabajo, por sus propias vidas?

En los negocios se entendían perfectamente, en la cama eran increíbles. Pero eso era todo. No podía haber nada más.

—Recuérdame que no vuelva a hacer ejercicio en mi vida —dijo Lily, frotándose el hombro mientras entraba en el deportivo de Gage.

—¿Demasiado para ti?

Suspirando, ella apoyó la cabeza en el respaldo del asiento.

—Normalmente no me gusta admitir la derrota, pero en este caso no me queda más remedio.

—¿Tienes hambre? —le preguntó Gage mientras maniobraba entre los coches.

—Mucho.

—¿Quieres que comamos fuera?

Lily hizo una mueca. Después de un ejercicio tan intenso no iba arreglada para estar en público.

—Yo puedo cocinar. Mi apartamento está cerca de aquí.

Gage vaciló un momento antes de cambiar de carril para tomar la dirección de su casa.

Lily no sabía por qué lo había invitado. Tenía la seguridad de que acabaría quedándose, que terminarían juntos en la cama y no era eso lo que debía pasar. Debería haberle dicho que la dejara en casa, poner distancia entre ellos.

Pero no lo había hecho. Incluso ahora, reconociendo que eso era lo que debería hacer, no dijo nada. Porque quería estar con él. Tal vez debería dejar de analizarlo todo y, sencillamente, dejarse llevar por sus deseos.

—Tengo dos plazas de garaje —le dijo cuando llegaron a su casa.

Cuando Gage aparcó el deportivo al lado de su utilitario, por un momento le pareció extrañamente familiar... casi como si compartieran casa, como si vivieran juntos.

Lily sacudió la cabeza mientras bajaba del coche.

—¿Se ve el mar desde aquí? —le preguntó él cuando llegaron arriba.

—Desde el dormitorio.

—Tendré que echar un vistazo —Gage esbozó una sonrisa.

—Más tarde, ahora tengo hambre.

—Más tarde —repitió él, tomándola por la cintura para besarla.

No la había besado en todo el día. De hecho, había actuado como si no hubiera nada entre ellos. Y le sorprendía cuánto lo echaba de menos.

—Definitivamente —Lily se apartó y fue a la cocina para mirar en la nevera.

–No sabía que supieras cocinar.

–Tengo que comer.

–Mi madre no cocinaba.

Ella rió, pero no había humor en esa risa.

–La mía tampoco –murmuró, sacando una lechuga–. Aprendí a hacerlo cuando me fui de casa. Antes sobrevivía gracias a pizzas congeladas o a lo que me daban los padres de mis amigas cuando se compadecían de mí.

–¿Tienes familia en San Diego?

–No, me fui de casa a los diecisiete años y lo único que buscaba era un sitio donde no conociera a nadie –respondió Lily, con cierta amargura.

–Y querías estar cerca del mar.

–Así es.

–¿Los hombres que salían con tu madre te hicieron daño? ¿Es por eso por lo que evitas las relaciones?

Ella respiró profundamente.

–No me hicieron nada, pero mi madre dependía tanto de ellos... y la mayoría eran horribles. Ella dejaba que lo controlasen todo, incluida a mí. Siempre vivíamos en unas casas diminutas, sin ninguna privacidad, y yo los oía discutir o hacer las paces. No sé qué era peor.

Lily sacó un pollo asado de la nevera y lo partió, usado vigorosamente el cuchillo.

–No todas las relaciones son así –dijo Gage.

–Y tampoco como la de tus padres.

Él decidió cambiar de conversación entonces y Lily lo agradeció.

Sirvió la cena en el comedor y Gage se sentó a su

lado, con una mano en su muslo, acariciándola distraídamente mientras comía. Era algo muy doméstico, los dos cenando después de que ella hubiera cocinado. No seguía los parámetros de una aventura.

Y tampoco lo era compartir los tristes detalles de su infancia. Pero Gage siempre conseguía que le abriera su corazón.

Terminaron viendo una película en el salón antes de ir al dormitorio para hacer el amor. Y fue asombroso, siempre lo era. Y, como siempre, Lily sintió que la barrera tras la que escondía su corazón se rompía mientras se deshacía entre sus brazos.

Cuando Gage la abrazó, una lágrima rodó por su rostro de nuevo, la emoción que guardaba dentro buscando una manera de escapar.

No sabía por qué sentía aquello, no estaba segura. Sospechaba algo, pero esperaba con todo su corazón estar equivocada.

Fueron a la oficina juntos al día siguiente a pesar de sus protestas. Y aceptó llevar una bolsa de viaje, por si acaso. No debería. Debería cortar aquella aventura de una vez por todas. Habían llegado a un acuerdo y deberían cumplirlo.

La relación, porque se estaba convirtiendo en eso, empezaba a escapar a su control. Quería estar con Gage casi tanto como quería respirar, pero no debería desearlo.

Un día, estaba sentada en su despacho con el cuaderno en la mano mientras Gage le hablaba de su nuevo proyecto en Goa, India.

–¿Algún problema con el lugar de construcción? –le preguntó.

–Creo que no. Es un viejo hotel y básicamente vamos a reformarlo para llevar más turismo a la zona.

–Estupendo. Me encanta cuando me lo pones fácil –Lily levantó la mirada y su corazón se aceleró al ver el brillo de sus ojos.

Había pensado que Gage, su amante, podría ser alguien diferente a Gage, su jefe. Después de todo, siempre había sido capaz de concentrase en su trabajo olvidando todo lo demás. Pero con él no era posible. Cada vez que lo miraba recordaba esos días en Tailandia, haciendo el amor, Gage mirándola a los ojos con expresión tierna...

–Y no lo hago muy a menudo ¿verdad?

–Te esfuerzas, eso es lo importante.

–Que no se entere nadie.

Lily sonrió

–Por supuesto que no.

Gage se levantó para darle un beso en el cuello.

–Eres una distracción.

Sabía que estaba bromeando, pero era cierto para ella. Gage la distraía. No podía pensar en el trabajo cuando estaba con él. De hecho, sólo podía pensar en él.

–Quiero invitarte a cenar esta noche –susurró Gage, acariciando sus hombros.

–Cenamos juntos hace unos días, en la boda de la hija de tu cliente.

–No, pero esta vez quiero que sea una cita de verdad.

—¿Por qué? ¿Para que nos hagan fotografías?

—Tampoco estaría mal.

Era importante, por supuesto. Gage siempre salía en público con la mujer del momento y su prometida no podía ser una excepción.

—¿Qué quieres hacer? ¿Necesito un vestido nuevo?

—Es una sorpresa, pero yo me he encargado de todo.

Lily se levantó.

—Entonces, será mejor que me ponga a trabajar. Tengo muchas cosas que hacer.

Gage levantó su barbilla con un dedo para darle un beso en los labios

—Nos vemos luego.

Ella sonrió, intentando no mostrar sus sentimientos en esa sonrisa.

—Nos vemos luego.

No necesitaba comprar un vestido nuevo porque ya había uno esperando en casa de Gage. Sobre su cama, dentro de una bolsa portatrajes.

—¿Lo has elegido tú o David? –le preguntó.

—David no tiene sentido de la moda. Lo elegí yo a la hora del almuerzo, pero le envié una fotografía a Maddy para ver si había acertado.

Le parecía un poco extraño que Gage eligiera su ropa. Nunca le había gustado que sus amigas se vistieran para un novio o dejaran que ellos dictasen su vestuario. Por supuesto, ella misma estaba empezando a pensar en Gage cuando compraba algo y ni siquiera era su novio. «Novio» era una palabra demasiado insípida para un hombre como Gage. Amante sería más correcto... y más excitante.

–Quiero ver cómo te queda –dijo él, sin dejar de mirarla.

–No pienso ponérmelo contigo mirando.

–Te he visto desnuda muchas veces –le recordó él–. Espero que no sea una revelación chocante para ti.

–Sí, bueno, pero esto es diferente.

–¿Por qué?

–No lo sé...

–Está bien, me iré porque me enseñaron que debía ser un caballero. Pero prometo quitarte ese vestido más tarde, de modo que tanto pudor es totalmente absurdo.

–Da igual –Lily se dio la vuelta–. Espero que seas un hombre de palabra.

–Siempre –la puerta se cerró y ella se volvió de nuevo, sacudiendo la cabeza.

Pero cuando abrió la bolsa, soltó una carcajada al ver el vestido que había dentro. Era de satén rojo, todo lo contrario a lo que ella solía ponerse. Nada de negro, nada de azul marino, nada de gris. Debería haberse enfadado, pero apreciaba su sentido del humor.

Y el vestido era precioso, debía reconocerlo. El escote redondo era discreto, la falda llegaba por encima de la rodilla y en la cintura tenía unas jaretas que destacaban su figura.

También había zapatos, negros por supuesto, para desafiar su gusto por el calzado de colores. Y le gustaban tanto como el vestido.

Lily salió del dormitorio con el vestido rojo y el pelo suelto.

—¿Qué te parece?

Gage la miró de arriba abajo, sin disimular el deseo que sentía.

—Eres preciosa. ¿Te lo he dicho alguna vez?

Sí, se lo había dicho muchas veces y cada vez le parecía más real.

—Un par de veces.

—He pensado que te gustaría el color —dijo él entonces, esbozando una sonrisa.

—Está claro que tomaste en cuenta mis gustos para comprarlo —bromeó Lily—. Pero la verdad es que me gusta.

—Me alegro porque a mí me encanta.

Gage levantó una mano para acariciar su pelo.

—Tu pelo es precioso, me tiene cautivado.

—Es fácil cautivarte.

—No, eso no es verdad —dijo él, muy serio, inclinando la cabeza para besarla. Fue un beso suave, tierno, el gesto más romántico que si la hubiera besado apasionadamente.

—Ya casi estoy lista —dijo Lily, notando que su voz sonaba ronca—. Sólo tengo que maquillarme.

Gage la siguió hasta el cuarto de baño y tomó su maquinilla para afeitarse mientras ella sacaba una barra de labios roja, a juego con el vestido.

Él se afeitaba mientras Lily se daba los últimos toques, intentando que no le temblasen las manos. Aquello era lo que hacían los matrimonios. Al menos, lo que ella imaginaba que hacían los matrimonios.

—Estoy lista —anunció.

Cualquier cosa para alejarse de aquella escena tan doméstica que la hacía experimentar un anhelo nuevo para ella... un anhelo que no quería sentir.

Todos los ojos estaban clavados en ellos cuando entraron en el famoso restaurante. Era por Gage, estaba segura. Llamaba la atención de hombres y mujeres y era por algo más que su atractivo, aunque también era un factor a tener en cuenta. No, era el aura de poder que proyectaba.

Gage la llevó a una mesa al fondo del local, sin esperar al maître.

—Es mi mesa, la tengo reservada —le dijo, apartando una silla. Estaba separada de las demás, en una especie de pequeño reservado.

—¿Vienes aquí a menudo?

—Es uno de mis sitios favoritos.

Lily no sabía si le gustaba ir a un sitio al que iba con otras mujeres. No debería importarle, por supuesto. Estaban allí para llamar la atención de los medios y que fuera uno de sus sitios habituales era una buena elección. Todo lo demás era irrelevante.

Pero no se lo parecía. Le parecía vital.

—La cena llegará enseguida.

—¿Ya has pedido la cena, sin preguntarme lo que quería?

—Siempre que vengo me sirven lo mejor de la carta, lo más fresco del día.

El pánico de antes empezaba a desaparecer. Sólo era una cena, se dijo. Pero también estaban el vestido y los zapatos. Y que se vieran todos los días...

Gage apretó su mano cuando el camarero se acercaba y Lily se preguntó si lo hacía de corazón o para que los vieran. No debería preocuparse por eso cuando la miraba como si fuera la única mujer a la que deseaba en el mundo, pensó.

Él era el único hombre al que ella deseaba. No podía imaginarse con otro. Nunca había conocido a un hombre como él y dudaba que fuera a conocerlo en el futuro. Y eso era lo que le daba pánico. Hasta ese momento había estado fingiendo que encontraría a la persona adecuada cuando estuviera lista para hacerlo.

Era un pensamiento razonable. Si sentía una atracción física por Gage, ¿no le valdría cualquiera otro?

No.

—No es fácil disfrutar de la cena cuando lo único que quiero es llevarte a casa para hacerte el amor.

Lily se ruborizó, algo que Gage encontraba tremendamente atractivo. Que fuera capaz de hacerlo le parecía una novedad, pero era algo más que eso. Con Lily siempre era algo más. Lo atribuía a que hubiera sido virgen, pero no era tan sencillo.

Esa noche, cuando salió del dormitorio con ese vestido rojo, Gage había sabido que había algo más. No estaba seguro de qué iba a hacer al respecto pero sabía que no era sólo una diversión temporal. No era una distracción para la prensa o una simple aventura. Habían pasado ese punto tiempo atrás.

Ella lo miró, con expresión burlona.

—Yo tengo fantasías similares con tu camisa.

—¡Ya has destrozado dos de mis camisas favoritas!

—Es por tu bien —bromeó ella, con una sonrisa en los labios.

Le encantaba hablar con Lily, le encantaba su ingenio, su sentido del humor, su compañía. Ella entendía su negocio, era estupendo hablar con ella y en la cama... nunca había experimentado nada parecido.

Normalmente, después de unas semanas empezaba a aburrirse de la amante de turno, pero no podía imaginar que Lily lo aburriese nunca. Y no sabía qué significaba eso, de qué podía servir. El no sabía cómo dar amor ni cómo recibirlo. Adoraba a Maddy, pero era un cariño diferente y dudaba que pudiera sentir amor por otra persona.

Pero, por el momento, daba igual. Esa noche se perdería en su cuerpo otra vez. Esa noche estaría dentro de ella y, cuando eso ocurriera, nada más importaría.

Cenaron rápidamente, olvidándose de la prensa, y en cuanto pagó la cuenta salieron del restaurante.

Gage tomó su mano y Lily rió, caminando a toda prisa sobre sus tacones. Y cuando la besó, sintió que se le encogía el estómago.

—Deberíamos darnos prisa —le dijo, con voz ronca.

—Estoy de acuerdo.

Capítulo 12

ESTAR con Gage, hacer el amor con él, era siempre asombroso. Pero nunca había sido así. La acariciaba casi con reverencia, buscando sus labios con ansia. Y cuando la hizo suya, de verdad sintió que no sabía dónde empezaba uno y terminaba el otro.

Lily clavó las uñas en sus hombros, enredando las piernas en su cintura, arqueándose hacia él para dar y recibir placer. Pero era más que eso.

Gage se puso tenso sobre ella, los tendones de su cuello marcados, un gruñido sordo señalando su orgasmo. Lily lo abrazó, sintiendo los salvajes latidos de su corazón. Era mucho más que sexo, mucho más que una aventura.

Y no sabía si podía enfrentarse con ello.

Antes de que Gage y ella empezaran a acostarse juntos habían sido colegas, casi amigos, y luego se habían convertido en amantes. Pero había mucho más. Estar con él la hacía sentir más viva que nunca y eso la asustaba.

Cerró los ojos, esperando no ponerse a llorar otra vez. Porque ya no sería sólo una reacción provocada por el orgasmo, sino por los sentimientos que estaban explotando dentro de ella.

Gage la apretó contra su corazón y Lily apoyó la

cabeza en su pecho. Aunque le parecía necesario mantener cierto control, cierta distancia, sencillamente no podía hacerlo. Quería estar con Gage.

Él enredó los dedos con los suyos y besó su hombro, el gesto lleno de ternura que la emocionó.

–Gracias por todo lo que has hecho por Maddy –le dijo, con voz ronca.

Lily sintió una opresión en el pecho. No quería que lo que acababa de pasar entre ellos, lo que estaba pasando durante las últimas semanas, fuera una forma de darle las gracias por ayudar a su hermana.

–De nada –murmuró.

–Maddy ha tenido suficientes problemas en la vida como para añadir uno más... nunca perdonaré a mis padres por lo que le hicieron –Gage apretó su brazo–. Y la peor parte es que yo sería un padre peor que el mío.

Ella levantó la cabeza para mirarlo.

–¿Por qué dices eso?

–Mi trabajo es mi amante. Y, como una amante, se interpondría con una familia.

– Pero tú has criado a Madeline.

–Y no lo cambiaría por nada del mundo –dijo Gage–. Pero dejé muchas cosas en suspenso por ella durante esos años y, si tuviera hijos, tendría que hacerlo de nuevo.

–Eso es verdad.

–Tú no quieres tener hijos, ¿no?

Lily se mordió los labios.

–No, yo tengo el mismo problema que tú con el trabajo.

No había pensado tener hijos, de hecho nunca había querido casarse pero, de repente, la idea le parecía muy triste. Que Gage dejase claro que no quería tener hijos con ella era tan definitivo... aunque tenía razón.

Pero, por un momento, deseó que no fuera así. Deseó que fueran dos personas diferentes, que supieran cómo tener una relación. No, era imposible. Si el trabajo no fuese un problema, sería otra cosa.

–Maddy y yo nos queremos mucho –siguió Gage–. Crecimos dependiendo el uno del otro por necesidad, pero creo que no tengo nada más que dar.

Ella lo miró. Tenía los ojos cerrados y parecía a punto de quedarse dormido...

Había dormido a su lado cada noche esa semana, escuchando el sonido de su respiración. Pero algún día ni siquiera tendría eso. Tenía que ser así, no había futuro para ellos.

Y, de repente, sintió una punzada de dolor en el corazón.

Lo amaba.

Lo amaba y no quería hacerlo. No quería aquella relación, no quería tener que sacrificar sus ambiciones, no quería desviarse del plan de vida que se había trazado. Era imposible que Gage y ella pudieran casarse cuando el trabajo ocupaba todo su tiempo.

Cuando ella temía estar enamorada.

¿Y si acababan odiándose el uno al otro? ¿Qué pasaría cuando Gage se cansara de ella?

Lily estuvo a punto de reír. Podría estar enamorada de Gage, pero Gage no lo estaba de ella. Le había dicho más de una vez que nunca tenía relaciones serias y que para él sólo era una aventura más. Y ahora le había dejado claro por qué no estaba hecho para el matrimonio o la paternidad.

Se había engañado a sí misma pensando que también quería una simple aventura, pero siempre había sido algo más. Había querido olvidar la influencia negativa de su madre y en lugar de eso había terminado con un hombre que no la amaba. Amaba a un hombre que no quería amar.

Con cuidado, Lily se levantó de la cama para ir al salón. Daba igual lo que sintiera por Gage, ahora que sabía lo que sentía tenía que romper con él. Había hecho lo que se había prometido a sí misma, y a él, que no haría nunca: se había enamorado de su primer amante.

Suspirando, se dejó caer en el sofá, con el corazón latiendo de tal modo que pensó que se le iba romper. El dolor era tan profundo que pensó que ya estaba roto.

No podía hacerlo, no podía quedarse.

Una lágrima rodó por su rostro.

Si se quedaba, se lo entregaría todo. Todo lo que había aprendido a guardarse dentro, todas las emociones que había aprendido a contener. Y no sería suficiente. Ella no era suficiente. Su cariño no había sido suficiente para su madre, ¿por qué iba a serlo para Gage?

Lily se tapó los ojos con las manos, intentando contener las lágrimas. Tenía que ser fuerte, se dijo. Tenía que romper con él antes de que lo hiciera Gage.

Eran las cuatro de la mañana cuando Gage despertó y descubrió que Lily no estaba en su lado de la cama.

«Lily no está en la cama».

En cualquier otro momento le habría molestado pensar algo así, darle un sitio en su casa a otra persona, pero con ella le parecía natural.

No sentía claustrofobia cuando pensaba en seguir con ella durante un tiempo ilimitado. La deseaba y, por el momento, todo iba bien. Podían seguir juntos hasta que los dos quisieran separarse.

Después de ponerse unos calzoncillos oscuros, Gage fue al salón. Lily estaba sentada en el sofá con una taza de café en la mano. Se había hecho un moño y estaba vestida... ¿por qué estaba vestida?

−¿Le ha pasado algo a Maddy? −preguntó, alarmado.

−No, Maddy está bien.

Gage había pasado mucho tiempo con Lily en los últimos meses y la conocía lo suficiente como para saber que estaba disgustada. Evidentemente, había ocurrido algo grave.

Su primer pensamiento fue que podría estar embarazada, aunque habían usado protección. Un millón de imágenes pasaron entonces por su cabeza... Lily embarazada, Lily con su hijo en brazos.

La idea debería aterrorizarlo porque él nunca había querido ser padre. No porque no le gustasen los niños, sino porque no quería ser tan mal ejemplo como sus propios padres. Tenía la misma ambición que ellos y Lily también. Habían hablado del asunto esa misma noche. ¿Cuándo iban a atender al niño si estaban todo el día trabajando?

Pero si había ocurrido, no había nada que hacer.

Si estaba embarazada, asumiría las consecuencias y sabía que ella lo haría también.

Un hijo.

De repente, la idea le parecía absurdamente maravillosa. Tal vez aquélla era su oportunidad de tener todo lo que había creído que no podría tener nunca.

–Lily, ¿qué te pasa?

–No puedo hacer esto, Gage.

Sus palabras lo golpearon como una tonelada de ladrillos. Porque sabía a qué se refería.

–¿No puedes hacer qué? –le preguntó.

–Eso, esta relación. Lo que hay entre nosotros. Acordamos que sería una simple aventura... –Lily señaló alrededor–. Pero dormir juntos, ir a cenar juntos, hacer planes, eso no es una aventura.

–Sí lo es. No es nada más, desde luego –el dolor que sentía en el pecho lo obligaba a ser más seco de lo que pretendía.

Era un golpe terrible pensar que podía tenerlo todo y descubrir un segundo después que Lily se había cansado de él. No tenía nada con qué retenerla, nada para hacer que se quedase.

Gage tragó saliva, intentando contener su angustia. Por eso no se dejaba llevar por las emociones, por eso no se encariñaba con nadie. Había querido a sus padres y su cariño no había significado nada para ellos. Ni siquiera el éxito había sido suficiente.

Y tampoco era suficiente para Lily.

–¿Entonces por qué vamos a prolongar esta situación? –le preguntó ella–. Voy a pedir un taxi.

–¿Por qué? Dentro de unas horas tienes que ir a la oficina. Yo te llevaré.

–No, es mejor que no...

–Sólo es una aventura, Lily. Los dos sabíamos que terminaría tarde o temprano y aceptaste que seguirías trabajando para mí.

Ella contuvo el aliento.

–Mi trabajo es muy importante para mí. Otra razón por la que creo que no es inteligente prolongar esta situación. No quiero que afecte a mi trabajo.

Algo en su forma de decirlo hizo que se le encogiera el estómago. Su trabajo era importante para ella. Lo que había entre ellos no.

No podía creer que unos minutos antes hubiera estado imaginando que iban a tener un hijo. Pero Lily no era diferente a sus padres y, en realidad, tampoco lo era él. Podía haber pensado por un momento que podría ser otra persona, que podría tener otra vida, pero no era posible.

–Voy a vestirme –murmuró, antes de volver al dormitorio.

Una vez solo golpeó la pared con el puño, esperando liberarse así del dolor, pero no era posible. Quería volver al salón y tomarla entre sus brazos, decirle que no podían romper. Quería llevarla de vuelta a la cama y darle placer hasta que ninguno de los dos pudiera pensar, hasta que no pudiera dejarlo.

Pero no tenía sentido. Aquello tenía que terminar tarde o temprano, eso era lo que quería. Lo que siempre había querido. Él no tenía relaciones permanentes, no quería estar atado a nadie durante el resto de su vida.

Pero no experimentaba sensación de libertad alguna al pensar en romper su relación con Lily. Sólo sentía un agujero en su interior y no sabía cómo iba a llenarlo sin ella.

Lily estaba sentada frente a Gage en la oficina, tomando notas. Agarraba el bolígrafo con tal fuerza que le dolía la mano... pero no, en realidad le dolía todo. Estar con Gage sin estar con él era una tortura.

Ella había aceptado la aventura en Tailandia y luego había instigado su defunción.

Pero lo había hecho porque era lo que debía hacer. Gage había dejado bien claro que su relación no era más que una aventura, pero se había enamorado de él.

Necesitaba alejarse, no volver a verlo durante un tiempo... pero era imposible porque trabajaban juntos. No iba a destruir su carrera sólo porque hubiera cometido el absurdo error de acostarse con el jefe. Y enamorarse de él.

Ni siquiera quería estar enamorada, de modo que la situación era de risa.

Pero si no quería amor ¿por qué pensar que pudiera encontrarlo con Gage aceleraba su corazón? ¿Por qué su vida, la perfecta vida que se había esforzado tanto en conseguir, de repente le parecía vacía?

La cama de Lily estaba vacía, como debería estarlo su corazón. Pero no era así; estaba lleno de amor, de dolor, de deseo.

Suspirando, se levantó de la cama para salir al balcón. Podía oír las olas golpeando la playa y respirar la brisa del mar.

Aquello era para lo que había trabajado tanto. Aquella vista, aquella casa, una casa que era suya, una vida que era sólo suya y no controlada por su madre.

Una lágrima rodó por su mejilla entonces. Había imaginado durante mucho tiempo que era libre. Había creído que al marcharse de casa, al dejar atrás a esa otra Lily había dejado atrás sus miedos.

Pero no era así. Los había llevado con ella. El miedo la había motivado, la había convertido en una triunfadora en la vida profesional, en lo que quería ser.

Pero también había dejado que la mutilara en cierto modo y seguía dejando que lo hiciera.

Lily cerró los ojos y respiró profundamente. Amaba a Gage. No sabía si él la amaba, si algún día podría amarla.

Su propia madre no la había querido como a la mitad de los hombres que habían pasado por su vida.

Le dolía pensar que lo que había evitado que tuviera relaciones sentimentales era el miedo a no ser digna de amor. Lo escondía concentrándose en cosas que se le daban bien e ignorando todo lo demás para no tener que enfrentarse con ello.

Pero no iba a seguir haciéndolo. Sentía como si estuviera al borde del precipicio otra vez, con el océano a sus pies. Podía darse la vuelta y salir corriendo como había hecho antes o podía enfrentarse con él. Lo había hecho en su vida profesional para ganarle la partida a sus competidores o lidiando con los medios de comunicación.

Era su vida personal, sus sentimientos, a lo que temía enfrentarse.

Respirando profundamente, Lily intentó aliviar el peso que sentía en el corazón. No sabía lo que diría Gage si le confesaba su amor, seguramente saldría corriendo, pero sabía que tenía que decírselo. No iba a seguir viviendo con el miedo a no ser una persona digna de ser amada, con el miedo a lo que podría pasar si se entregaba a una relación.

Gage le había preguntado una vez si confiaba en él y ella había dicho que sí. Pero era mentira. No había confiado en él. De ser así no habría sentido la necesidad de salir corriendo antes de darle una oportunidad a su relación.

Porque eso era lo importante. Estaba huyendo, había estado huyendo desde los diecisiete años.

Y no pensaba seguir haciéndolo.

Gage estaba frente a su escritorio a las seis de la mañana. No podía dormir sin Lily a su lado, sin tenerla entre sus brazos.

Y lo había dejado. Las mujeres nunca lo dejaban, era él quien rompía. Pero esta vez, Lily lo había dejado.

La quería de vuelta, pero si la tuviera no sabría qué hacer. Gage suspiró, frustrado. Quería algo que no podía tener. Quería darle a Lily cosas que no sabía si podría darle. Quería que sintiera algo por él cuando sabía que no era así.

No era la primera vez que le ocurría. Si sus padres no lo habían querido, ¿por qué iba a hacerlo Lily? La había dejado ir porque en el fondo siempre había pensado que no era una persona a la que nadie pudiese amar. Y por eso se había convertido en un hombre que no necesitaba amor. Y cuando Lily se marchó, se dijo a sí mismo que era lo mejor que podía pasar.

Pero una guerra se libraba en su interior; una guerra en la que un bando defendía lo que siempre había creído de sí mismo y el otro se apoyaba en un deseo nuevo, desconocido para él. Fuera cual fuera el resultado, lo hacía querer arriesgarse, lanzarse de cabeza para tener todo aquello que nunca había esperado sentir.

Siempre había sido el hombre que se hacía cargo de todo. Cuando Maddy lo había necesitado, él estuvo allí. Siempre. Nunca había habido una situación en su vida para la que no hubiera encontrado solución, pero ahora no podía hacer nada.

Gage miró alrededor. Siempre había considerado aquella empresa como su mayor logro, pero ya no se lo parecía. Y no le importaría dejarla por Lily.

Había algo que podía hacer, pensó. Algo que había jurado no hacer nunca desde que le dijo a su madre que la quería cuando tenía cinco años y ella se limitó a mirarlo, en silencio. Podía contárselo a Lily. Podía arriesgar su corazón, su orgullo. ¿Qué significaba todo eso si no la tenía a ella?

Gage se levantó justo en el momento en el que se abría la puerta. Lily entró en el despacho con el pelo sujeto en un moño y su proverbial traje de chaqueta.

–Hola, Gage.

Él la miró, recordando la primera vez que entró en su despacho con paso seguro y voz firme. En aquel momento no parecía esa mujer. Parecía vulnerable, emocionada.

–No te esperaba tan temprano.

–No podía dormir.

–Yo tampoco.

Sus ojos se encontraron y Gage supo que no podían conciliar el sueño por la misma razón.

–Gage, he estado pensando... tengo que decirte algo. Pensé que no necesitar a nadie me hacía fuerte –empezó a decir Lily–. No quería ser como mi madre, que necesitaba tener un hombre cerca todo el tiempo, así que he evitado siempre las relaciones. Pero entonces te conocí a ti y pensé que podría arriesgarme porque, como sólo estabas interesado en una aventura temporal, no exigirías mucho de mí –Lily respiró profundamente antes de seguir–. Pero no ha sido así, Gage, me lo has pedido todo. Me has retado y no has dejado que me escondiera –le dijo, levantando las manos para quitarse el prendedor, dejando que el pelo cayera sobre sus hombros–. Sigo intentando esconderme. No quería exponerme ante ti, ante nadie. Siempre he pensado que la imagen era parte de mi trabajo, pero estaba usándola para esconderme –mientras hablaba, se quitó la chaqueta, que tiró sobre una silla–. Mientras tuviera un escudo, podía hacer mi papel. Podía fingir que estoy segura de mí misma, que lo tengo todo controlado. Pero no es verdad. Tenía miedo... sigo teniendo miedo, pero no quiero seguir escondiéndome. He trabajado mucho, he sacrificado mucho para conseguir lo que tengo y me da miedo estar enamorada de ti porque temo no ser suficiente.

Con el corazón en la garganta, Gage atravesó el despacho y la tomó entre sus brazos.

—Tú lo eres todo para mí, Lily. Todo. No lo dudes nunca —empezó a decir, acariciando su pelo—. Te quiero cuando llevas un traje de chaqueta y estás dispuesta a comerte el mundo y cuando lloras después de hacer el amor. Te quiero a todas horas.

—¿Me quieres? —repitió ella, sorprendida.

—Sí, Lily, te quiero. Yo tenía tanto miedo como tú... creo que te he querido desde el primer día, pero no sabía qué hacer con ese amor. Me daba miedo no ser suficiente para ti, no poder darte lo que merecías. No poder darte los hijos que merecías. Temía ser como mis padres, pero lo dejaría todo ahora mismo si así pudiera tenerte.

—Yo también —dijo ella, con voz estrangulada—. Nada importa si no puedo compartirlo contigo.

—No tienes que abandonar nada por mí, Lily. Me encanta tu ambición, tu sentido del humor, lo trabajadora que eres. Nunca te pediría que fueras de otra manera.

—Yo tampoco te pediría que cambiases.

—El trabajo ya no es mi ocupación favorita —anunció Gage entonces, mirando sus hermosos ojos llenos de lágrimas—. Tú eres mi ocupación favorita y también lo serán nuestros hijos. Cuando me dijiste que no podías seguir así, estabas tan seria que pensé que ibas a decir que estabas embarazada y me sentí feliz. Me daba miedo porque pensé que no sería un buen padre, pero...

—Gage... —Lily puso una mano en su cara—. Serás un padre estupendo. Nuestros hijos te querrán y yo te querré también. No puedo evitarlo. Nuestros padres han sido un ejemplo espantoso, pero nosotros no tenemos por qué ser como ellos.

—No, es cierto.

—Por supuesto, si nos casamos, mi trabajo será más difícil porque tendré que esconderle tus defectos a la prensa... cuando los conoceré todos.

Gage rió mientras acariciaba su espalda.

—A ti te encantan mis defectos.

—Sí, es verdad. Y a ti lo mismo.

—Más de lo que puedas imaginar.

—Podemos hacerlo, Gage —dijo Lily, con voz temblorosa.

—Pues claro que sí. El amor no es lo que te dio tu madre, el amor no es lo que mis padres nos dieron a mi hermana y a mí, esto es amor, lo que siento por ti. Todo aquello por lo que he trabajado no es nada si no puedo compartirlo contigo.

—Eso es exactamente lo que yo siento. Todo lo que antes me hacía feliz ahora me parece vacío.

—¿Sabes una cosa? Creo que debemos firmar un contrato.

—¿Ah, sí?

—Uno que diga que vamos a estar juntos en lo bueno y en lo malo, en la salud y en la enfermedad hasta que la muerte nos separe.

—Lo firmaría ahora mismo —dijo ella, sonriendo entre lágrimas.

—¿Eso es un sí?

Se besaron entonces, un beso largo y profundo que contenía toda la pasión, todo el amor que sentían el uno por el otro.

–Es un sí –le confirmó Lily–. Pero no pienso sellar el acuerdo con un apretón de manos.

–Por supuesto que no –Gage rió, apretándola contra su pecho–. Se me ocurren muchas maneras de celebrar esta unión.

–Muéstramelas todas –le dijo ella al oído.

–Durante el resto de nuestras vidas, amor mío.

BIANCA™

MAISEY
YATES

ATRAÍDA POR SU ENEMIGO

Capítulo 1

ESTO es todo?
El hombre, alto, moreno y muy guapo que acababa de entrar en la pequeña boutique de Elsa miró con desprecio a su alrededor.

Ella se obligó a sonreír.

–Sí. Toda la ropa es parte de la colección de Elsa Stanton y en estos momentos no es mucho porque estamos trabajando... a nivel local.

La industria de la moda no era precisamente barata y Elsa todavía se estaba abriendo camino en ella, pero al menos podía producir su colección y venderla en su propia tienda, y eso ya era todo un logro.

–Tenía curiosidad por saber qué era lo que acababa de adquirir –comentó el hombre.

–¿Qué quiere decir?

–La marca Elsa Stanton y la tienda, tal y como está.

La voz del hombre era suave y ronca, como si estuviese repitiendo una frase que tenía muy ensayada, aunque, en realidad, fuese ridícula. Y, al mismo tiempo, había en él una autoridad, una aspereza, que hizo que a Elsa le costase expresar lo que tenía en mente.

Lo vio acercarse y se sintió como si le hubiesen dado un puñetazo en el estómago al reconocerlo. Era Blaise Chevalier, inversor despiadado, tiburón empresarial sin escrúpulos y estrella de la prensa amarilla. Era famoso, o más bien infame, en París. Más rico que Midas y más que guapo. De piel color moca, increíbles ojos caramelo y constitución perfecta. Podría haber sido modelo si hubiese poseído esa cualidad andrógina que poseían todos los modelos. No, Blaise era muy masculino, alto y con los hombros anchos, tenía un físico hecho para vestir un traje caro, hecho a medida.

Si no lo había reconocido nada más verlo, era porque las fotografías no le hacían justicia. En carne y hueso era muy distinto a como era en papel. No tenía ese aire de playboy despreocupado, solo un aire siniestro que la hacía estremecerse y una energía sexual que ningún fotógrafo había sido capaz de captar.

Lo vio meterse la mano en el bolsillo de la chaqueta y sacar unos papeles de color crema, gruesos, no como los que utilizaba ella para imprimir en su despacho. Sintió un escalofrío, pero se puso recta y estiró la mano.

Él le dio los documentos y se quedó mirándola con expresión indescifrable. Elsa leyó y notó cómo el estómago se le caía a los pies y se le nublaba ligeramente la vista.

—¿Le importaría traducirme? No hablo jerga legal con fluidez —le pidió.

–¿En resumen? Que ahora soy el acreedor hipotecario de su negocio.

Elsa notó calor en el rostro, como siempre que pensaba en la importante deuda que había adquirido para poner en pie el negocio.

–Eso ya lo veo. ¿Cómo... ha ocurrido?

Si se lo hubiese dicho otra persona, no lo habría creído, pero conocía a aquel hombre, aunque fuese solo de oídas. Y que estuviese allí con documentos del banco no era buena señal.

–El banco que le dio el préstamo ha sido absorbido por otra institución financiera. Han subastado la mayoría de los pequeños créditos, incluido el suyo. Y yo lo he comprado junto a otros mucho más interesantes.

–Entonces, mi negocio... ¿no le interesa? –le preguntó Elsa, apartándose un mechón de pelo rubio del rostro y sentándose en una de las sillas destinadas a los clientes.

–Podría decirse así.

Ella pensó que las cosas no podían irle peor.

Blaise Chevalier tenía fama de despiadado y caprichoso, de ser capaz de traicionar a su propio hermano con toda frialdad. Aplastaba empresas, ya fuesen grandes o pequeñas, si no le parecían rentables.

Y era el dueño de su boutique, de su taller, de su apartamento... hasta de sus máquinas de coser. De todo lo que a Elsa le importaba en la vida.

–¿Y a qué conclusión ha llegado? –le preguntó esta, poniéndose en pie de nuevo.

No podía venirse abajo en esos momentos. Había demasiado en juego. Su carrera, su colección, su vida. Todo por lo que había trabajado, un sueño que no estaba dispuesta a perder.

—Yo me dedico a hacer dinero, señorita Stanton. Y su boutique y su colección no hacen el dinero suficiente para cubrir los gastos y hacer que pueda ganarse la vida decentemente.

—Pero lo harán. Solo necesito un par de años. Con un poco de publicidad tendré una importante cartera de clientes y podré empezar a llegar a las pasarelas.

—¿Y después?

—Y después...

Elsa conocía la respuesta a aquella pregunta. Lo tenía todo planeado, hasta el color del vestido que llevaría a la Semana de la Moda.

—Después iré a la Semana de la Moda de París, a la de Nueva York, a la de Milán. Mi colección se venderá en más tiendas. Lo tengo todo en una carpeta, si quiere ver mi plan de negocio a cinco años.

Él la miró como aburrido, sin interés.

—No puedo esperar cinco años a que me devuelva el préstamo. Y, por lo tanto, usted tampoco dispone de cinco años.

Aquello la enfadó.

—¿Qué quiere que haga, que me pasee por la calle con un cartel para dar publicidad a mi negocio? —inquirió—. Todo necesita su tiempo. La industria de la moda es muy competitiva.

–No, estaba pensando en algo con más... clase –le dijo él en tono burlón–. A buscar una clientela más exclusiva, que no se limite a turistas y mochileros.

Su acento francés, que en otros hombres era encantador, sonaba diferente en él. Más duro. Y había algo más en su manera de hablar, un toque más exótico y fascinante.

Aunque eso no cambiaba el hecho de que hubiese entrado en la boutique como si fuese suya y luego le hubiese comunicado que, de hecho, era suya.

–¿Para qué, si me va a pedir que le devuelva un dinero que no tengo? –le preguntó Elsa.

–Yo no he dicho que vaya a hacer eso. He querido decir que espero que obtenga más ingresos en mucho menos de cinco años.

–¿Y se le ocurre algún truco de magia para conseguirlo?

Elsa sabía tratar a las personas como él, que pensaban que podían controlar a todo el mundo. Había aprendido por las malas a no tener miedo y a no mostrar ninguna debilidad.

–No me hace falta la magia –respondió él, sonriendo de nuevo.

No, claro que no. Además de ser famoso por su dureza, también lo era por haber abandonado la empresa de servicios de inversión de su padre para montar una propia.

En más de una ocasión, mientras luchaba por seguir adelante, Elsa había leído algún artículo acerca de él en un periódico y se había preguntado cómo habría conseguido tanto éxito solo.

—¿Sin polvos mágicos? —le preguntó, cruzándose de brazos.

—Solo los débiles necesitan suerte y magia —contestó él—. El éxito es para quienes actúan, para quienes hacen que las cosas ocurran.

Y, sin duda, él hacía que las cosas ocurriesen, y sin remordimientos.

—¿Y qué es exactamente lo que quiere que ocurra con mi empresa? —le preguntó Elsa con un nudo en el estómago.

Sabía que iba a perder el control del negocio o que, con un poco de mala suerte, iba a quedarse sin nada.

Sin taller. Sin tienda. Sin fiestas. Sin los amigos que había conseguido gracias al pequeño nombre que se había hecho. Estaba al borde del vacío. Ya había salido de él en una ocasión y no quería volver a caer.

—Tengo que admitir que la industria de la moda me interesa muy poco, pero su empresa estaba en el paquete de créditos que adquirí, así que investigué un poco y me di cuenta de que, tal vez, hubiese llegado el momento de empezar a tenerla en cuenta. Es mucho más lucrativa de lo que había pensado.

—Si juegas bien tus cartas, sí, se puede ganar mucho dinero.

Aunque para ella no era tan importante el dinero como el éxito.

—Si juegas bien tus cartas, pero usted no es precisamente una maestra en el juego, mientras que yo sí que lo soy.

Blaise se acercó más y pasó la mano por el respaldo de madera de la silla en la que Elsa había estado sentada. Esta retrocedió un paso, consciente de cómo movía él la mano por la madera labrada, casi como si la estuviese tocando a ella. Se le aceleró el corazón.

—No soy una novata. Estudié empresariales y diseño. Tengo un plan de negocio y un par de inversores.

—Inversores pequeños que carecen de contactos y de la financiación necesaria. Necesitas más que eso.

—¿Qué necesito?

—Publicidad y efectivo para que tu plan a cinco años lo sea a seis meses.

—Eso no es...

—Lo es, Elsa. Yo puedo hacer que estés en la Semana de la Moda de París al año que viene y, hasta entonces, que tu colección aparezca en portadas de revistas y vallas publicitarias. Una cosa es tener tu boutique propia y otra muy distinta, tener una distribución y un reconocimiento mundiales. Yo puedo darte eso.

Elsa notó que perdía las riendas, perdía el control. Apretó los dientes.

—¿A cambio de qué? ¿De mi alma?

Él rio.

—Ya dicen por ahí que he perdido la mía propia,

así que no tengo interés en la tuya. Se trata de dinero.

Para ella, era más que eso. El dinero era solo dinero. Podía ganarlo de muchas maneras. Para Elsa se trataba de convertirse en alguien. No quería que aquel hombre, ni nadie, participase en su negocio, ni en sus logros.

No lo quería, pero tampoco era tonta.

Tenía que devolver un importante préstamo y para devolverlo necesitaba tener éxito.

—¿Cree que puede darme órdenes?

—Sé que puedo. Como acreedor, tengo que estar satisfecho con el negocio. Y por el momento, no estoy convencido —le dijo Blaise, volviendo a mirar la boutique con desprecio.

Como si no fuese nada. Como si Elsa no fuese nada. Esta sintió que le ardía el estómago de emoción, de ira, de impotencia. De miedo. Lo que más odiaba era el miedo. En teoría, hacía mucho tiempo que había dejado de tener miedo.

—¿Y si no quiero que usted dirija mi negocio? —preguntó.

—Entonces, desconectaré. No puedo perder el tiempo con un negocio que no va a ir a ninguna parte y no soy de los que se sientan a esperar.

—Pero cobraría intereses por la inversión, ¿no?

—Un veinticinco por ciento.

—Eso es un robo —replicó Elsa.

—En absoluto. Trabajaré para ganarme ese dinero y esperaré que tú también lo hagas.

—¿Y pretende que haga lo que usted me diga?

Él agarró la silla con fuerza.

–Considérate afortunada, Elsa. En otras circunstancias, te cobraría muy caro por aconsejarte. En
este caso, si tú no ganas dinero, yo tampoco. Me parece más que justo.

–¿Y pretende que le dé la gracia por la OPA hostil?

–No es en absoluto hostil. Son negocios. Yo in-
vierto donde hay beneficios, y no pierdo el tiempo
si no los hay.

Elsa recorrió la boutique con la vista. No podía
reducirla a cifras y proyectos porque, para ella, era
mucho más, pero él lo había hecho.

E iría todavía más lejos. El brillo de sus ojos y la
firmeza de su mandíbula le hicieron saber que no
debía tomárselo a la ligera.

–Sales bastante de noche, ¿verdad?

Blaise vio cómo Elsa se ponía tensa y apretaba
los labios pintados de rosa. No le gustaba que la
juzgasen. De hecho, lo que no le gustaba era que él
estuviese allí.

Pero no podía negar que si había llegado a donde
estaba era porque había asistido a una fiesta importante. Al parecer, iba a casi todos los eventos que
tenían lugar en París, al menos, a los que conseguía
entrar, que, según había averiguado Blaise, eran casi
todos. Una guapa heredera estadounidense con un
pasado trágico siempre era bienvenida. Y Elsa se
aprovechaba de ello.

–Se llama promocionarse, ¿no hemos hablado ya
de ese tema? –inquirió ella, arqueando una ceja.

Sí, era muy guapa, era de constitución delgada, tenía los ojos azules y brillantes, perfilados en tono azul, que hacía que pareciesen todavía más grandes, más felinos. Era evidente que no le importaba llamar la atención. Iba vestida con un vestido negro corto con el que lucía sus largas piernas y unos botines abiertos por la punta que dejaban al descubierto las uñas de los pies, pintadas de rosa.

Blaise sintió deseo, pero lo contuvo. No estaba allí para eso, sino para hacer negocios. Y hacía mucho tiempo que había aprendido a separar ambas cosas.

—Es ineficaz —comentó—. Hace que aparezca tu nombre en las revistas, pero no te eleva al nivel al que esta boutique sugiere que deseas estar.

—En estos momentos solo necesito que mi nombre aparezca en las revistas. Yo ya hago todo lo que puedo para suscitar el interés por la marca Elsa Stanton.

—Pues no es suficiente.

—Gracias.

—Te rebaja.

Ella abrió mucho los ojos.

—Así dicho, parece que me dedique a bailar encima de una mesa mientras grito el nombre de mi empresa. Siempre me comporto de manera profesional.

—Tienes que rodearte de clientes en potencia. Dime, ¿esa gente con la que estás en las fiestas viene después a gastarse el dinero en tu boutique?

—Algunos...

–No los suficientes. Necesitas tener contactos en la industria. Contactos con la clientela que quieres en realidad.

–Estoy trabajando en ello, pero no todos los días me invitan a eventos exclusivos –comentó, cambiando el peso del cuerpo de pierna y apoyando una mano en su cadera.

Fue entonces cuando Blaise lo vio. La piel rosada y brillante que contrastaba con la cremosa perfección de sus dedos. Eso era lo que la había hecho famosa nada más llegar a París. Que era una heredera norteamericana que hacía gala de su dolor como si fuese un trofeo e intentaba sacar provecho de las cicatrices y de su tragedia personal. Los medios de comunicación se interesaban por su triste historia, por el incendio que la había marcado, y ella se aprovechaba de las circunstancias.

Una cualidad que Blaise admiraba. Al darse cuenta de que había adquirido su préstamo, había pensado que no podía perder el tiempo con una niña mimada que estaba jugando a ser diseñadora.

Pero después de ver las cifras de ventas y de hablar con un par de profesionales de la industria, que le habían asegurado que Elsa tenía talento, había cambiado de impresión. No estaba jugando, era buena.

Estaba trabajando duro para tener éxito, pero él sabía que podía ayudarla a ir más lejos.

Lo importante eran los beneficios. Y él iba a sacar los máximos beneficios posibles de Elsa Stanton.

–Pero a mí sí que me invitan. Y sé qué hacer cuando se presentan las oportunidades. Ya tengo contactos con los que tú solo podrías soñar. Habrás leído acerca de mi capacidad para aplastar empresas si es necesario, pero también sé levantarlas. De hecho, se me da estupendamente. La única cuestión es cuál de mis habilidades quieres que emplee con la tuya.

–¿Qué quiere a cambio? –le preguntó ella entre dientes.

–Muy sencillo. Que, cuando se trate de negocios, hagas lo que yo te diga. Al pie de la letra.

–Entonces, lo que quiere es tener el control, ¿no? No es tanto –le dijo ella con naturalidad.

–Lo que quiero es que tu marca se convierta en una marca conocida. Que todo el mundo al que le interese el mundo de la moda quiera tener algo de la siguiente colección de Elsa Stanton. Que tu ropa se venda en todas partes, tanto en boutiques de alta gama, como en centros comerciales. Y si tengo que asumir el control para conseguirlo, lo haré.

–¿Y si pudiese devolverle el préstamo?

–¿Preferirías seguir trabajando sola a aprovechar esta oportunidad?

–Es mi negocio, no una oportunidad para que usted gane dinero –le dijo ella, respirando con dificultad.

Blaise no pudo evitar fijarse en cómo ascendían sus pechos, y bajar después la vista a su estrecha cintura y a la curva de sus caderas. Era una pena que no mezclase el placer con los negocios.

–¿Crees que alguien te prestaría el dinero en estos momentos, Elsa?

Ella palideció.

–Supongo que no, pero mi plan de negocio es bueno y...

–Es un plan con muchas variables, me parece. Y aunque, en general, puede salir bien, no va a ser una garantía suficiente para ningún banco. Has acumulado mucha más deuda desde que pediste el préstamo.

–La moda siempre es cara. Lo último que he hecho me ha costado mucho dinero y solo he recuperado parte de la inversión.

Se dio cuenta de que no tenía elección, si no quería perderlo todo.

Respiró hondo e intentó recuperar la serenidad.

–Estoy dispuesta a trabajar con usted en lo que sea necesario para asegurarnos el éxito.

Blaise sonrió con malicia. Sabía que no estaba tranquila, sino más bien enfadada. Tenía los puños cerrados.

–No te lo tomes de manera personal, Elsa. Solo se trata de ganar dinero. Si en algún momento queda claro que no vamos a ganarlo, abandonaré el proyecto.

Elsa tendió la mano y él se la agarró con fuerza, haciéndole sentir como un latigazo que la dejó con las rodillas temblorosas.

Levantó la vista y lo miró, y vio calor en sus ojos. Atracción. Él miró sus manos unidas. La suya era grande y morena, la de ella, pequeña y pálida.

Le acarició con el dedo pulgar una de las cicatrices que tenía en el dorso.

Elsa dejó de sentir calor y se estremeció. Notó cómo la invadía el frío y apartó la mano.

–Será un placer hacer negocios contigo –le dijo Blaise sin apartar la vista.

Capítulo 2

AQUÍ es.

Elsa abrió la puerta de su taller y entró delante de Blaise. Habían pasado un par de días desde su primer encuentro en la boutique.

Él había tenido tiempo de valorar algunas de las otras empresas de las que era acreedor y de asegurarse que quería centrarse en la de Elsa. Cuanto más se había informado al respecto, más se había convencido de que era la que más potencial tenía.

Esa mañana, cuando la había llamado y le había pedido ver el taller, ella se había molestado. Incluso en esos momentos evitaba mirarlo. A Blaise le resultaba divertido.

El taller era espacioso y tenía el mismo estilo que su dueña. El techo era negro y las vigas de acero que lo recorrían eran de colores brillantes. Le recordaba al modo en que iba vestida Elsa.

En esa ocasión se había puesto unos leggings negros y una camisa larga con un cinturón. Y a Blaise le costó trabajo apartar la mirada de su redondeado trasero.

–Aquí tengo todas las muestras y los patrones –le

explicó esta, llevándolo hacia la pared del fondo, en la que había rollos de tela de muchos colores.

–Tienes una gran colección.

Ella puso los brazos en jarras y expiró.

–Sí, pero es un trabajo caro. Tengo un par de inversores, pero solo para empezar necesité mucho dinero y los desfiles son... bueno, que no puedo permitírmelos.

Blaise bajó la vista a sus labios, pintados de nuevo de rosa. No pudo evitar preguntarse si sabrían a chicle. O si sabían solo a mujer, dulce y terrenal al mismo tiempo.

Su cuerpo respondió ante la idea y tuvo que apretar los dientes para contener la atracción.

–Me gustaría ver detenidamente los registros de ventas de la boutique –le pidió, acercándose a las telas y fingiendo que las estudiaba.

–De acuerdo –respondió Elsa a regañadientes.

Se giró hacia ella, la agarró de la barbilla y la obligó a mirarlo. Era la primera vez que bajaba la guardia delante de él. Y solo duró un momento.

–¿Necesitabas algo?

–Solo los registros de ventas. Forma parte del negocio, Elsa. Necesito saber con qué estoy trabajando.

–Lo siento –respondió ella, retrocediendo–. No estoy acostumbrada a que nadie husmee entre mis cosas.

Sacó un ordenador portátil del enorme bolso que llevaba colgado del hombro y lo dejó en una de las mesas de trabajo. Lo encendió y se inclinó hacia delante.

–Te prometo que seré rápido e indoloro.

Elsa arqueó una ceja y lo miró de reojo.

–¿Eso les dices a tus citas? –le preguntó.

Y se arrepintió al instante. Sobre todo, al ver que él sonreía y le brillaban los ojos. Se acercó a ella con la mirada clavada en la suya.

–Mis citas no necesitan que las tranquilice –respondió en voz baja, acercando su rostro al de Elsa–. Saben lo que quieren y saben que voy a dárselo.

Esta estuvo a punto de replicarle, pero se contuvo. Blaise tenía un prestigio, y no era el único.

A ella también se la conocía en la industria por su atrevimiento, excesivo en ocasiones, pero era solo una manera de actuar, un muro que se había puesto para separarse del mundo. Para proteger a la mujer que había dentro de ella. Y en el contexto de las pequeñas fiestas y de los desfiles, funcionaba bien.

Pero allí, con Blaise, la situación era demasiado complicada para poderla manejar.

Estaban solos y lo tenía tan cerca que, solo con que él moviese la cabeza un poco, le tocaría la mejilla con los labios. La idea hizo que a Elsa se le secase la garganta y se le encogiese el estómago.

Intentó concentrarse en la pantalla del ordenador y se aclaró la garganta. Abrió la carpeta en la que tenía toda la información y giró el ordenador hacia Blaise.

Este recorrió varias páginas con la mirada sin cambiar de expresión. Era como un trozo de madera de caoba. Duro e implacable. Bello también, pero eso no cambiaba el hecho de que un choque con él sería devastador.

–Te va bastante bien –comentó, cerrando el ordenador.

Elsa expiró sin darse cuenta. Le gustase o no, su alianza era lo mejor para el futuro de su empresa.

–Sí. Es una tienda pequeña, pero está muy bien situada.

–Y, aun así, tienes muy pocos beneficios.

–Casi ninguno –admitió ella–. Es un negocio caro. Y ahora que hay más trabajo, he tenido que contratar a varios empleados.

Por mucho éxito que consiguiese, el negocio siempre le exigiría más. Más tiempo, más dinero, más mano de obra, y cuanto más aumentasen los ingresos, más aumentarían los gastos. Era casi imposible avanzar y, sobre todo, imposible conseguir el nivel al que parecía aspirar Blaise.

–Me gusta lo que he visto. Quiero invertir más.

A Elsa le entraron náuseas al oír la cifra.

Lo dijo con toda naturalidad, como si no fuese nada. Aunque, para un multimillonario, no debía de significar nada. Sin embargo, para una mujer que tenía que cenar sopa de sobre casi todas las noches, era mucho.

Manejaba importantes cifras de dinero, pero no le duraban nada en la cuenta corriente. Y jamás había soñado con una cantidad igual.

–Eso es... mucho dinero –comentó.

–Lo es, pero no me gusta hacer las cosas a medias. Quiero que la empresa tenga éxito y eso implica invertir lo que sea necesario para conseguirlo.

Era un terreno muy resbaladizo. No era un préstamo, sino una inversión en la que él ganaba poder y ella se endeudaba todavía más.

¿Pero acaso tenía elección? Si no aceptaba y continuaba a su paso, Blaise se impacientaría. Y allí se terminaría todo.

Nada de aquello le había importado tres días antes, cuando Blaise Chevalier había sido solo otro nombre más en los periódicos, pero en esos momentos era la fuerza motriz de la marca Elsa Stanton. Qué irónico, que hasta fuese el dueño de su nombre. Elsa tenía la sensación de que la poseía a ella.

Pero no le quedaba otra opción más que aceptar que estaría en deuda con él hasta que pudiese comprar su libertad. Porque tenía la esperanza de poder hacerlo algún día.

El dinero no le importaba, solo quería tener éxito.

—En ese caso, ambos queremos lo mismo —le dijo, sabiendo que era mentira.

Él sí que quería dinero.

Lo vio sonreír y se le aceleró el corazón sin saber por qué. Su sonrisa no era una expresión de felicidad, sino más bien el gesto de un depredador satisfecho al saber que estaba acorralando a su presa.

Y Elsa se sentía como una gacela delante de una pantera. A Blaise no le asustaba la sangre. Era un hombre que conseguía sus metas se interpusiese quien se interpusiese en su camino.

—Más o menos —dijo él muy despacio.

—En lo relativo al método, es posible que menos que más.

—Sí, es posible.

—¿De dónde es? —le preguntó Elsa, sintiéndose tonta nada más hacer la pregunta.

La había hecho por su acento, y porque este hacía que se le encogiese el estómago, pero en realidad no quería saberlo.

No quería que Blaise pensase que nada de él le interesaba.

—De Francia. Mi padre es un importante hombre de negocios francés, pero pasé parte de mi niñez en Malawi, con mi madre.

—¿Por qué no vivía en París?

Él se encogió de hombros.

—Mis padres se divorciaron y ella quiso volver a su país natal —le contó él sin ninguna emoción, en el mismo tono plano en el que hablaba siempre.

Y ella se preguntó si de verdad le habría resultado tan fácil marcharse de París a Malawi y separarse de su padre.

Aunque sabía que, en ocasiones, no estaba tan mal cortar los vínculos con la familia.

No obstante, sintió más curiosidad por él y hasta lástima por el niño que había sido.

Luego se dijo que lo mejor sería centrarse en los negocios y no en el exótico acento de Blaise. En el hombre y no en el niño.

—Entonces, teniendo en cuenta que es el cerebro —le dijo, rompiendo el incómodo silencio—, ¿cuáles son sus planes?

—Había pensado en una valla publicitaria en Times Square y en una portada en la revista *Look*.

Elsa tosió.

–¿Qué?

–Conozco a la directora de la revista. Me ha pedido que consiga una imagen de alguna creación tuya que pueda ir bien con la edición de primavera, y que la utilizará para la editorial y para la portada.

–Pero eso es... mucha publicidad.

–*Oui*. Te dije que era bueno.

–Muy bueno –admitió Elsa aturdida–. No puedo creerlo. ¿Y va a hacerlo solo porque lo conoce?

–Le he enseñado tu trabajo por Internet y se ha quedado impresionada. Así que no va a hacer una obra de caridad.

–Pero es...

–Te dije que podría convertir tu plan a cinco años en un plan a seis meses –le dijo Blaise en tono arrogante–. Tal vez quiera entrevistarte también.

Aquel era el tipo de publicidad con el que Elsa había soñado y que temía al mismo tiempo, que podría darle el éxito que se merecía, pero que también sacaría a la luz su vida privada.

Ya se había visto en esa situación a menor escala. Era fácil ponerse un muro delante, sonreír y reír, colocarse de tal manera que saliese la cicatriz del cuello en la fotografía. Darle a la gente lo que quería. No se molestaba en ocultar su pasado ni las marcas que este había dejado en su piel, pero no quería que saliese lo peor de él. Aunque pensase que ya no quedaba nada por decir que pudiese hacerle daño. Ya lo había oído todo, incluso de boca de su propia madre. Y había sobrevivido. No se había derrumbado entonces y no lo haría en esos momentos.

Iba a aprovechar la oportunidad al máximo. Si aquel hombre podía conseguirle una valla publicitaria, una portada y una entrevista, sentiría menos resentimiento por él.

–Eso sería estupendo, más que estupendo, increíble.

–Sé que te encanta la publicidad –comentó Blaise, sonriendo de medio lado.

–Me gustan las ventas que provoca la publicidad –dijo ella.

–¿Qué escogerías para la fotografía?

Elsa atravesó la habitación, agradeciendo que hubiese más distancia entre ambos. No sabía por qué, pero aquel hombre la ponía tensa.

Su aspecto, su fama, todo combinado era una mezcla muy potente. Una mezcla que le daba miedo no saber manejar. Siempre había trabajado con modelos masculinos, muchachos jóvenes, y alguna vez se había sentido atraída por alguno, pero lo había considerado normal. Al fin y al cabo, era una mujer y ellos, hombres.

Pero la sensación que le causaba Blaise solo con mirarlo era diferente. Era atracción mezclada con muchos nervios e ira.

Y él no era un muchacho que trabajase de modelo, era un hombre que, según la prensa, sabía muy bien cómo tratar a una mujer en la cama.

Elsa notó que le ardían las mejillas y apartó el rostro mientras fingía estudiar algunas prendas que había colgadas en un perchero. Tenía que centrarse y dejar de fijarse en lo bien que le sentaba el traje a Blaise.

No era su tipo, su traje, sí. Y eso era todo.

No tenía tiempo ni ganas de explorar una extraña atracción por un hombre que le había hecho una OPA hostil a su vida. No tenía tiempo ni ganas de sentirse atraída por nadie, pero mucho menos por él.

Se imaginó la expresión de horror en su rostro si se le insinuase. Si viese las marcas que había en su cuerpo. Un hombre que salía cada semana con una mujer más bella no querría saber nada de un producto defectuoso.

Y ella lo era.

—El azul, creo –dijo–. Este.

Sacó un vestido corto, de color azul, con las mangas largas, fruncidas.

—Con las botas adecuadas quedará estupendo.

Miró a Blaise y esperó ver... algo en sus ojos, pero su expresión siguió siendo neutral.

—Si piensas que funcionará.

—¿No quiere opinar? –le preguntó, sorprendida y aliviada al mismo tiempo.

—¿Por qué?

—Porque... ¿acaso no es por eso por lo que está aquí?

Blaise se acercó a ella con la vista clavada en el vestido. Levantó la mano, tocó la fina tela, y Elsa se sintió como si estuviese tocándola a ella de nuevo. Como si volviese a tocarle la cicatriz. Nadie lo hacía. Ese era otro motivo por el que dejaba algunas de sus cicatrices a la vista, porque hacían que la gente mantuviese las distancias.

Al parecer, Blaise, no.

Elsa se tocó el dorso de la mano, se lo frotó para dejar de sentir aquel cosquilleo.

—No me preocupa demasiado la moda. Así que te dejo a ti este tipo de decisiones.

—Entonces, ¿tengo poder de decisión?

Él la miró con intensidad.

—Yo no sería capaz de hacer nada con esas máquinas de coser, así que te dejo decidir a ti, que eres la experta. Cuando el experto sea yo, decidiré yo.

Elsa no había esperado tanto de él, pero, aun así, no se sintió bien. Había subestimado su propio poder en la situación. Y tenía que sacar el máximo partido de él.

—Entonces, ¿no pretende vestir a mis modelos? —le preguntó en tono frío.

—Jamás he hablado de eso.

—Pero de todos es conocida su reputación —comentó Elsa—. Pensé que estaba tratando con un pirata. Con una persona que se gana la vida lucrándose a costa de los demás.

Él rio. Fue un sonido casi oxidado, como si no estuviese acostumbrado a hacerlo.

—Veo que has leído muchas historias acerca de mí.

—¿No son ciertas? —preguntó ella, con la esperanza de que fuesen mentira.

—Sí —respondió él, mirándola a los ojos—. Todas

son verdad. Las decisiones que tomo, las tomo para sacar algún beneficio. No hago obras de caridad. Si te ayudo, es para conseguir lo mejor para la empresa y lo mejor para mi cartera. Eso es todo.

No lo dijo en tono amenazador, sino con más suavidad que nunca. Solo le estaba informando acerca de cómo eran las cosas.

La esperanza de Elsa se transformó en un enorme peso en el estómago.

–Bueno, supongo que tendré que sacar el máximo partido posible –comentó, nerviosa.

Era una sensación que no le gustaba. Estaba acostumbrada a tener siempre el control de la situación.

Pero en presencia de aquel hombre no parecía tenerlo. Ni siquiera estaba segura de poder controlar su cuerpo. La asustaba y eso la enfadaba. Era atractivo y cuando la miraba fijamente hacía que se le encogiese el estómago. Y eso la confundía.

Respiró hondo para intentar tranquilizarse. Siempre la había ayudado en momentos difíciles, cuando alguien había intentado herirla.

No estaba consiguiendo protegerse de él, de las cosas que le hacía sentir. La miraba como si pudiese ver en su interior y la hacía sentirse desnuda.

–¿Tienes alguna fotografía de ese vestido? –le preguntó Blaise, sacándola de sus pensamientos.

–Hago fotografías de todos.

–Excelente. Envíamelas por correo electrónico y yo se las mandaré a Karen, de *Look*.

–Por supuesto.

Blaise se giró para marcharse. Sin tan siquiera despedirse, como si su salida fuese suficiente. Elsa estaba en su propio estudio, pero se sentía como si aquel hombre acabase de decirle que podía retirarse.

Apretó los dientes para contener la ira, la ira y algo más, que le hacía sentir calor.

Volvió a abrir el ordenador y se dispuso a enviarle el correo a Blaise utilizando la dirección que aparecía en los documentos que este le había entregado. En los documentos que tanto poder le daban.

Poder sobre ella. Elsa odiaba aquella situación. Y también lo odiaba a él un poco. Se suponía que aquello tenía que ser mérito suyo, no de Blaise.

Adjuntó la fotografía y dejó el cuerpo del mensaje en blanco. No tenía nada que decirle. Trabajaría con él, haría lo que fuese necesario para mantener su negocio. Y, en cuanto pudiese, le devolvería el dinero que le debía y volvería a tomar las riendas. A su manera.

Miró el reloj del ordenador y juró entre dientes. Estaba invitada a un cumpleaños de alguien de la alta sociedad parisina y tenía que ir. Tal vez Blaise no lo considerase una forma de marketing eficaz, pero ella no estaba de acuerdo.

Quizás fuese el dueño de su negocio, pero no era el dueño de su vida.

E iba a ir a la fiesta.

ERA una profesional de aquella clase de eventos, de eso no cabía duda. Se llevó la copa a los labios, pero no bebió. A Blaise tampoco le gustaba el alcohol ni el aturdimiento que provocaba. Su idea de divertirse no incluía perder el control.

Vio cómo Elsa se acercaba a un pequeño grupo de mujeres. La vio reír y levantar ligeramente un pie para que pudiesen apreciar mejor los zapatos rosas que llevaba puestos.

El vestido era sin mangas y dejaba al descubierto las marcas de su piel. Eso no parecía preocuparla.

Nadie parecía mirarla con desprecio, pero mantenían las distancias. Blaise se preguntó si sería debido a las cicatrices. A Elsa no parecía importarle.

Era efervescente, segura de sí misma. Sonreía, cosa que no había hecho con él. Él no le caía demasiado bien, cosa a la que ya tenía que estar acostumbrado.

Blaise dejó la copa en la barra y avanzó entre la multitud. Elsa levantó la vista y abrió mucho los ojos, forzó la sonrisa al verlo.

—Señor Chevalier, no esperaba encontrármelo

aquí –lo saludó con amabilidad, aunque era evidente que estaba intentando guardar la compostura.

–No estaba seguro de poder asistir.

No solía ir a fiestas, pero solía hacerlo cuando quería encontrar rápidamente compañía femenina.

Aunque hacía tiempo que no sentía la necesidad. Estaba cansado de juegos. El sexo había sido una catarsis desde que Marie lo había dejado, una manera de intentar borrar los recuerdos, pero había terminado aburriéndole. De hecho, incluso le hacía sentirse mal.

Una de las mujeres que estaba con Elsa lo miró de tal manera que Blaise supo que solo tenía que mover ficha para tenerla en su cama esa noche. Un par de meses antes no habría dudado en hacerlo, pero en aquel momento se sintió incómodo.

Eso lo sorprendió. No recordaba la última vez que le había importado hacer algo inmoral. Hacía mucho tiempo que le habían arrebatado su última pizca de honor y él había accedido a ser el hombre que el mundo esperaba que fuese. Porque era más fácil ser ese hombre, era más fácil seguir el camino que él mismo se había trazado a dar marcha atrás hasta el lugar en el que se había equivocado.

–Pero lo ha hecho –comentó ella sin entusiasmo.

–Sabía que te alegrarías de verme.

Elsa sonrió de manera casi desdeñosa y se cruzó de brazos, haciendo que se le marcasen los pechos en el vestido. Blaise sintió deseo. Un deseo inesperadamente fuerte, en especial, después de que la invitación de la otra mujer solo le hubiese causado malestar.

–Pensé que estaba por encima de este tipo de actos.

–De eso nada –respondió él.

Las demás mujeres los observaban en silencio, con ávida curiosidad.

–Ven conmigo –añadió.

–Estoy bien aquí, gracias –respondió Elsa.

–Tenemos que hablar.

Las mujeres lo miraron a él y luego a ella. Una incluso sacó el teléfono móvil y envió un mensaje con toda rapidez, para difundir la información o para llamar a alguien.

–Pues hable.

–En privado.

Blaise se inclinó y la agarró de la mano. Varias personas más los miraron.

La última vez que le había tocado la mano se había dado cuenta de lo sorprendentemente suave que era, y la cicatriz, todavía más.

La vio separar los labios gruesos y rosados y abrir los ojos, como si no hubiese esperado el contacto. ¿Acaso no la acariciaban sus amantes? ¿O evitaban las partes de su cuerpo que no eran perfectas?

Él siempre había estado con mujeres muy bellas, así que le era imposible saber cómo reaccionaría ante el cuerpo desnudo de Elsa. Sus aventuras nunca le daban tanto que pensar. Esa era otra ventaja de las conquistas de una sola noche.

Pero dejó de pensar con lógica al imaginarse el cuerpo de Elsa. Solo podía sentir un deseo fuerte, elemental, que recorría el suyo con la fuerza de un ciclón.

Le agarró la mano con más fuerza y la sacó del grupo. Elsa lo siguió a regañadientes, tensa.

La llevó hasta una alcoba alejada de la pista de baile y apoyó el brazo en la pared, Elsa retrocedió, dio con la pared y abrió mucho los ojos.

Verla acorralada, asustada, le hizo sentirse fatal, pero entonces la vio cambiar de gesto y su actitud se volvió desafiante.

—¿Qué era lo que querías?

—Hablar contigo. Y como estábamos llamando la atención, he decidido sacarle partido.

—Pues habla.

—Tengo que admitir que la primera vez que te vi no te di el crédito que te mereces.

Ella lo miró sorprendida.

—¿Qué?

—Que no me di cuenta del dinero que podía ganarse con la moda si las cosas se hacían bien.

—No eres un gran conocedor del sector, ¿eh?

—Solo si cuenta salir con modelos.

Ella contuvo una carcajada.

—Salvo que hablases con ellas en la cama del precio de la lana hilada a mano, no, no cuenta.

—Entonces, tengo que admitir que no conozco el sector.

Elsa apretó los hombros contra la pared, como si quisiese fundirse con ella y clavó la vista en algo por encima de su hombro. Inclinó ligeramente la cabeza y Blaise vio que la cicatriz rosada se extendía por la curva de su cuello. Parecía dolorosa. Sin cicatrizar, pero tenía que estarlo.

No era bonita y apartaba la atención de la cremosa belleza de la piel que la rodeaba. Lo atraía con su irregularidad. Todo en ella lo hacía. Levantó la mano y pasó el dedo índice por la piel dañada. Sorprendentemente suave. Como toda ella.

Elsa se apartó. De repente, ya no parecía tan segura de sí misma.

—No —le dijo, alejándose.

—¿No?

Él la agarró de la mano y la hizo volver. Ella obedeció, seguramente solo porque todo el mundo estaba pendiente de ellos. La vida sexual de Blaise fascinaba al público y se daba por hecho que cualquier mujer que lo acompañase era su amante. Siempre había sido así.

Se puso tenso al pensar en pasar la noche con Elsa y se le aceleró el pulso. Su cuerpo respondía a ella de manera elemental, sin preocuparse por las cicatrices que estropeaban su piel perfecta.

Elsa se inclinó para hablarle y que la oyese a pesar de la música.

—No me toques como si tuvieses derecho a hacerlo. Has adquirido mi negocio, no a mí —le advirtió en voz baja, temblorosa.

—Lo sé.

—Entonces, ¿lo haces por morbo? Es una cicatriz, mi casa se incendió. Pensé que lo sabías. Por si te interesa el tema, el artículo del *Courier* no estuvo mal.

Elsa tenía el corazón acelerado y le ardía el estómago. Odiaba aquello. Odiaba lo que una simple caricia le había hecho sentir. Era como si hubiesen sacado a la luz todas sus inseguridades, todas sus limitaciones.

Odiaba que las cicatrices todavía la hiciesen sentirse así. Por mucho que fingiese haberse acostumbrado, todavía odiaba vérselas en el espejo. Odiaba notarlas con las puntas de sus dedos cuando se duchaba.

Nadie… nadie se las había tocado así, como Blaise pasaba el dedo pulgar por su mano, como le había acariciado el cuello.

Solo un hombre antes le había tocado las cicatrices, y había sido para humillarla.

Sus padres habían dejado de tocarla después del incendio. Habían dejado de darle abrazos y habían guardado las distancias, se habían sumido en su culpabilidad.

La caricia de Blaise le había afectado como una descarga eléctrica. Entonces lo había mirado, había visto la perfección de su piel y se había acordado de por qué no podía permitir que la tocase.

Se había sentido avergonzada y no había querido que él se diese cuenta. Ni siquiera quería reconocerlo. Solo quería salir corriendo de allí, pero se sentía paralizada, atrapada. Todos los invitados de la fiesta estaban pendientes de ellos y también había periodistas. Y Elsa no quería que dijesen de ella que se había marchado de la fiesta como Cenicienta del baile.

Era fuerte. No iba a huir.

–Supongo que como tienes la costumbre de tomar cosas que no te pertenecen, no se te ha pasado
por la cabeza que tal vez yo no esté de acuerdo –le
dijo–. Negocios. Mujeres.

La mirada de Blaise se volvió fría.

–Solo tomo lo que no está bien protegido. Como
tu negocio, por ejemplo. Si no estuvieses tan endeu-
dada, no tendría tanto poder sobre ti.

–Ya. Así que la culpa de esto la tengo yo. ¿Significa eso que tu hermano tuvo la culpa de que tú le
robases la novia? Fue justo antes de la boda, ¿no?
Te acostaste con ella y luego lo hiciste público.

Blaise la fulminó con la mirada.

–Me dijiste que todo lo que había dicho de ti la
prensa era verdad, ¿no?

Él no se inmutó.

–Veo que te has informado –le dijo–, pero no me
estás contando nada que no sepa.

Era cierto. Elsa había buscado información acerca
de él en Internet. Y se había sentido indignada al enterarse de que había traicionado a su propio hermano.
Porque sentirse indignada era mucho más seguro que
tener cualquier otro sentimiento hacia él.

–Sé muy bien lo que hice –añadió–. Al fin y al
cabo, era uno de los protagonistas.

–Un pirata en toda regla, diría yo.

–Nunca lo había visto así, pero es una buena manera de idealizarme –le susurró él, acercándose más.

–No te estoy idealizando. Un hombre sin honor
no me atrae lo más mínimo.

Blaise la soltó y cerró la mano en un puño, pero su gesto siguió siendo indescifrable.

–Honor. Un concepto interesante del que todavía nunca he sido testigo.

«Bienvenido al club», pensó Elsa, que tampoco había visto mucho honor a lo largo de su vida. De adolescente, postrada en una cama de hospital, había soñado con su príncipe azul, pero había dejado de tener esperanzas al final del instituto.

Miró a Blaise a los ojos y volvió a sentirlo. Notó cómo le ardía la sangre en las venas y desaparecía su ira.

¿Cómo lo hacía? ¿Cómo conseguía que se derritiese por dentro con solo mirarla?

Notó que tenía los labios secos y se los humedeció con la lengua. Vio cómo sus ojos seguían el movimiento y sintió anhelo. Sabía lo que era. Estaba excitada. Pero nunca había estado excitada entre los brazos de un hombre. Y nunca había tenido tan cerca al objeto de su deseo.

No obstante, aquello no era una fantasía de la que estuviese disfrutando en la intimidad de su dormitorio. No era un sueño. Era real, un hombre de verdad. Un hombre que estaba mirando sus labios con interés.

No era de extrañar que la prometida de su hermano no se le hubiese podido resistir. Era la tentación personificada.

Pero ella no podía ser la fantasía de ningún hombre. Con sus cicatrices, solo podía ser una pesadilla.

¿Por qué estaba pensando en todo aquello? Era como si tuviese una guerra dentro. Del sentido común contra los instintos más básicos. Menos mal que llevaba mucho tiempo creyendo poder controlarlos.

De repente, sintió mucho calor a pesar de que la temperatura no podía haber subido. O tal vez sí. Tal vez hubiese más gente en la fiesta. Porque no podía ser él, no podía ser que su mirada le hiciese sentir tanto calor.

Blaise se inclinó hacia delante y ella se quedó donde estaba, sin apartar la vista de la de él. Sus ojos intentaron cerrarse, pero no lo permitió.

Y siguió sin apartarse.

Entonces, Blaise se detuvo. Tenía los labios tan cerca de los de ella que podía sentir su calor.

—No te preocupes. No necesito honor para convertirte en una mujer muy rica. De hecho, es mejor que no lo tenga.

La tensión sexual que había reinado en el ambiente se rompió de repente, dando paso a una ráfaga de aire helado.

—Me marcho —anunció Elsa, apartándose por fin de él.

—Yo me quedo —dijo Blaise, buscando algo con la mirada.

Probablemente, se quedaría y encontraría a alguna chica delgada y sexy con la que acostarse esa noche.

Elsa sintió náuseas sin saber por qué.

—De acuerdo. Genial. Que te diviertas.

Se dio la media vuelta y salió del club, agradeciendo que el frío de la noche le diese en la cara. Lo necesitaba, necesitaba una buena dosis de realidad. Lo que había ocurrido en la fiesta no era real. No era posible para una mujer como ella y, aunque lo fuese, no se le ocurría un hombre al que desease menos.

Aun así, su corazón seguía acelerado y su cuerpo estaba como vacío, insatisfecho, y cuando cerraba los ojos seguía viendo el rostro de Blaise.

Capítulo 4

APARECEMOS en todas las páginas de sociedad –comentó Elsa, todavía aturdida por la sorpresa.

–La prensa está obsesionada con mi vida sexual –admitió Blaise.

Su voz era atractiva hasta por teléfono.

Elsa miró la fotografía en la que aparecían ambos en la oscuridad de un rincón del club, con sus labios casi tocándose. Se le encogió el estómago y sintió calor en la cara.

Sacudió la cabeza e intentó tranquilizarse.

–Pensé que habías dicho que siempre publicaban la verdad acerca de ti.

–Normalmente si estoy con una mujer es porque es mi amante. O acaba siéndolo al final de la noche.

–Pues yo no lo soy.

–No, pero estábamos juntos. Y saben que he adquirido tu crédito, piensan que lo he hecho para sacar de mi vida a la mujer con la que estoy en estos momentos.

–Qué mezquinos –comentó ella–. Habría que escribir una carta al director.

Se sentó delante del ordenador y miró las estadísticas de su sitio web. Era algo que hacía a diario. Le gustaba saber por qué entraba la gente a su página y qué clase de gente era, para saber dónde tenía que publicitarse más.

Se quedó sorprendida al ver el número de visitantes que tenía, y todavía más al ver las palabras clave que habían utilizado para encontrar la página. «Blaise Chevalier y Elsa Stanton amantes». «Blaise Chevalier Elsa Stanton novia». «Blaise Chevalier Elsa Stanton prometidos». La última hizo que se terminase el té que tenía encima de la mesa de un trago. Tosió al teléfono.

—¿Estás bien? —le preguntó él.

—Tengo... cuatro veces más visitas de lo habitual en mi página web y... casi todo el mundo buscaba información acerca de nosotros dos —comentó—. Qué sorpresa.

—Es el tipo de publicidad que necesitas.

—Y la he conseguido en una fiesta, lugar que tú dijiste que no era el adecuado.

—Porque tenías la compañía adecuada.

Elsa se quedó en silencio durante tres segundos.

—Tienes un ego asombroso —consiguió decir por fin.

—Que sea consciente del interés que suscito a los medios no tiene nada que ver con mi ego.

—Umm.

—¿No estás de acuerdo conmigo?

Elsa no podía negar que jamás habría aparecido en tantos medios si no hubiese sido gracias a él. Ni podía negar la herencia aristocrática de Blaise, su reputación como hombre implacable y su fama de mujeriego, así como que habían estado juntos, ni que todo eso fuese clave para que la fiesta hubiese resultado interesante. Pero que lo admitiese no significaba que le gustase. Y seguía pensando que Blaise tenía un ego enorme. Porque era así. Un hombre capaz de robarle la prometida a su hermano y luego dejarla, no podía ser un hombre humilde.

Ni íntegro.

Pero conseguía lo que se proponía. Solo su compañía le había dado mucha publicidad. Y gratuita.

—Debo reconocer que tienes razón —le dijo, mirando la fotografía de ambos en el periódico.

Sus ojos fueron directos a la cicatriz más grande que tenía en el brazo. Era fácil fingir que se sentía segura de sí misma cuando no estaba obligada a ver la realidad de su cuerpo.

Apartó el periódico.

—Sin ti, nunca habría aparecido en un periódico tan importante, ni en una fotografía tan grande. Ha merecido la pena.

—Ten cuidado, que estás alimentando a mi ego.

—Ja, ja —dijo ella, acercándose a la nevera, abriendo la puerta y cerrándola otra vez con las manos vacías—. No quiero hacerte perder el tiempo así que... ya hablaremos.

De repente, se sentía incómoda. Lo había llamado al teléfono móvil, cuyo número le había dado él, pero, por algún motivo, la conversación se estaba volviendo personal.

Eso no habría ocurrido si solo hubiese sentido

hostilidad por él, pero por mucho que lo intentaba, la atracción seguía pesando más que el resentimiento.

—Son negocios, así que no lo considero una pérdida de tiempo.

—Vaya. Eso ha sido casi un cumplido.

—Ya te dije que no era personal. Nunca he tenido la intención de hundirte. Solo quiero sacar beneficios y, sinceramente, eso te favorece a ti también.

—Sí —dijo ella, acercándose a la ventana del salón, desde la que se veía la fachada de ladrillos del edificio de enfrente—. Ya. Si tú ganas dinero, yo gano dinero, y todos contentos. Pero para mí es más que eso.

—¿Qué más?

—Pasión. Un sueño. La emoción del éxito, la sensación de haber conseguido algo. Hay muchas más cosas que el dinero.

Al menos, para ella. No podía fracasar.

—A mí solo me importa el dinero. Si algo no es rentable, me deshago de ello, no pierdo el tiempo.

—Y yo no te lo estoy haciendo perder, así que supongo que debo sentirme casi halagada.

—¿Por qué?

—Buena pregunta.

—He recibido un correo electrónico de Karen Carson, la directora de *Look*.

—Ah. ¿Y?

—Le han gustado las fotografías.

—¿Y le sirven para la publicidad? —preguntó Elsa con el corazón acelerado.

—No.

–Ah... vaya, buen intento.

Elsa se preguntó qué habría hecho mal.

–Quiere que crees otro vestido.

–¿Qué?

–Que no le ha parecido bien el vestido azul, pero me ha dicho que le gustaba tu... ¿cómo ha dicho?

Blaise hizo una pausa y Elsa supuso que estaba releyendo el correo.

–Estética.

–Vale, estupendo. ¿Qué quiere? Haré lo que me pida –contestó.

–Te enviaré el mensaje. Quiere algo más formal. Algo que sea solo para *Look*.

El resentimiento que había sentido por Blaise continuó menguando. Sin duda, tenía sus ventajas tenerlo de su lado.

–Gracias –le dijo, con la garganta seca de repente.

No quería llorar de la emoción ni dejar al descubierto sus vulnerabilidades.

–Tienes la extraña costumbre de comportarte primero como un pequeño... erizo y luego darme las gracias.

–¿Un erizo?

–Sí, eso es.

–Bueno, pues tú tienes la extraña costumbre de ser un burro y, de repente, conseguir que ocurra algo increíble, así que supongo que es una cuestión de causa-efecto.

–¿Un burro?

–Sí, eso es.

–Me han llamado cosas peores.

Elsa estaba segura. Lo había visto en la prensa, en las webs de cotilleos.

–A mí también –admitió, mirándose las manos y agradeciendo no tenerlo delante.

–Te acabo de reenviar el correo de Karen. Tienes una semana para hacer el vestido. Ellos se encargarán del estilismo.

–Estupendo.

–Pasaré a lo largo de la semana para ver cómo vas.

–Estupendo –repitió.

–Buena suerte, Elsa.

–Solo los débiles necesitan suerte y magia –le respondió ella, repitiendo las palabras que le había dicho Blaise el día que se habían conocido. Y recordándose a sí misma el tipo de hombre que era para intentar dejar de emocionarse con todo lo que le decía–. Yo no necesito suerte, hago una ropa fabulosa.

–Eso espero, porque, de lo contrario, las consecuencias podrían ser negativas.

A Elsa se le hizo un nudo en el estómago y se sintió incómoda. Blaise tenía razón, era una gran oportunidad y no podía estropearla.

Mientras que hacerlo bien podría ser la clave de su éxito.

–Lo haré –le aseguró antes de colgar el teléfono.

Lo haría. Haría el mejor vestido del mundo porque fracasar no era una opción.

Le estaba dedicando una atención especial a Elsa
o, más bien, a su negocio. Lo reconocía y, no obstante, no se sentía obligado a cambiar nada.

La vio arrodillarse delante de un maniquí al que
le estaba poniendo un vestido azul claro y se dijo
que era sorprendente que el taller fuese tan distinto
de la elegante boutique. No estaba todo combinado
en blanco y negro con algún toque ocasional de color, sino que parecía haber sufrido una explosión de
color. Había tablones tapizados con retales de tela
por las paredes, rollos de tela apilados en el suelo,
encima de las mesas. Un estante con hilos, botones
y lazos de colores en el centro de la habitación. Estaba limpio y ordenado, pero la elección de colores
y estilos era caótica.

Un taller de ordenada excentricidad, como Elsa.

Esta se incorporó y sujetó los tirantes del vestido.
Incluso en esos momentos, hacía juego con el espacio en el que trabajaba. Llevaba puestos unos vaqueros oscuros ribeteados en rosa, una camiseta negra ceñida y el pelo rubio recogido en un moño bajo
con una flor color magenta. Era un *look* que parecía
casual, pero Blaise tenía la sensación de que Elsa
había querido conseguir ese efecto.

Estaba seguro de que, aunque quisiese hacerse
pasar por una chica despreocupada y fiestera, en realidad no lo era. Todo, incluso el caos, era intencio-
nado. Y eso era algo que él entendía. El control.
Porque, para él, el control lo era todo.

—Es bonito —comentó, sorprendiéndole la facilidad con la que le había salido el cumplido.

Normalmente, no sentía la necesidad de dar seguridad a nadie, pero con ella, sí. Tal vez fuese la misma cosa, imposible de definir, que le había hecho ir allí, cuando una llamada de teléfono habría bastado para ver cómo iban las cosas.

Elsa se puso tensa y se giró a mirarlo con los ojos azules muy abiertos y las cejas arqueadas.

–¿No podías haber... llamado? –le preguntó, con una mano en el pecho y las uñas rosas brillando contra la camiseta–. Me has asustado.

–¿Por qué no cierras la puerta con llave?

–¿Así es como te disculpas? –le repreguntó, bajando la mano a su cadera y golpeando el suelo con el pie.

Blaise se fijó en las curvas de su cuerpo. Tenía los pechos generosos y la cintura estrecha, era perfecta.

–¿Cómo van las cosas?

Ella frunció el ceño.

–Bien. Pensé que ibas a llamar para preguntarme.

–He decidido pasarme y verlo por mí mismo.

Else se colocó detrás del maniquí con el corazón todavía acelerado. Blaise la había asustado, eso era todo, pero la reacción de su cuerpo no había sido normal. Y empeoró al verlo acercase a ella.

El traje gris marengo que llevaba puesto le sentaba muy bien y combinaba a la perfección con su piel morena. Le hacía los hombros y el pecho muy anchos. Elsa ponía hombreras a los trajes que hacía para los modelos masculinos con los que trabajaba, pero el efecto no era ni la mitad de impactante.

No le costó trabajo apreciar su traje, se sentía cómoda haciéndolo, lo que sí le costó fue admitir que le interesaba todavía más el hombre que había debajo de él

—Entonces, ¿qué te parece? —le preguntó, para intentar distraerse.

—Es... diferente.

—No es de lycra ni está cubierto de lentejuelas, así que tal vez se salga de lo normal para ti.

—¿Es un comentario relativo a las mujeres con las que salgo?

—Pues... sí.

—Gracias, pero ya se ocupa de eso la prensa.

Y a Blaise no le importaba lo más mínimo. ¿Por qué a ella sí? ¿Por qué le importaba no lo que dijesen de él, sino lo que pudiesen decir de ella? ¿Por qué le importaba cómo saliesen sus brazos en las fotografías?

Deseó que no le importase.

Se aclaró la garganta.

—Bueno, es una mezcla de fluidez y estructura, está inspirado un poco en Grecia y los pliegues del corpiño pretenden realzar la silueta de la modelo, además de añadir un elemento de diseño más complejo.

—Si tú lo dices.

Blaise se acercó más y ella retrocedió. De repente, se sintió insegura.

Normalmente utilizaba las marcas de su piel para mantener a los hombres a raya, pero aquel se las había tocado. Las había mirado, y no precisamente horrorizado. No había apartado la vista ni había fingido no haberlas visto.

Lo vio alargar las manos y agarrar al maniquí por las caderas para hacerlo girar.

–Tengo que confesarte que no veo nada de eso –comentó, mirándola a los ojos–, pero puedo imaginarme a una mujer con este vestido puesto. Cómo se va a pegar a la curva de su cintura –comentó, pasando el dedo índice por el corpiño–. Y al pecho.

Elsa contuvo la respiración mientras lo veía pasar el dedo por la zona del pecho. Notó que se le ponían duros los pezones, como si la estuviese acariciando a ella.

Se sintió como si llevase el vestido puesto y pudiese sentir las manos de Blaise sobre su piel.

De repente, fue como si el aire se hubiese espesado y le costó respirar. Tuvo que hacer un esfuerzo para que no se le doblasen las rodillas.

Él soltó el vestido sin dejar de mirarla a los ojos, en silencio.

Elsa sintió un cosquilleo en los labios, le dolió todo el cuerpo. Todavía no la había tocado y ya se sentía marcada, como si le hubiese ocurrido algo muy importante, cuando lo único que había hecho Blaise había sido tocar el vestido.

–La verdad es que no me importaría que la mujer con la que fuese a salir apareciese con este vestido puesto –comentó, retrocediendo y mirando el vestido, como si no hubiese hecho otra cosa.

Y no la había hecho. Todo lo demás, había sido imaginación de Elsa, que tenía demasiadas fantasías. Fantasías en las que los hombres iban más allá de las imperfecciones de su cuerpo y la deseaban a ella, a la mujer que había detrás de las cicatrices.

Aunque, en esas fantasías, ella nunca se veía marcada. Cuando pensaba en estar con un hombre en la cama, sintiendo sus caricias en la espalda, su mente veía una piel sin defectos. Su mente la hacía bella, como a su amante, pero era mentira.

Tan mentira como el momento que su mente acababa de crear.

—Estupendo. Yo creo que a Karen le gustará, ¿no?

—Ya te he dicho que no sé mucho de moda. Como hombre, solo puedo sentirme atraído por el anuncio.

—Bueno, pues espero que a las mujeres les guste también, dado que la mayor parte del público de *Look* son mujeres.

—Seguro que sí.

—Gracias.

Elsa deseó que se marchase ya de allí, para poder seguir pensando en él como en un hombre despiadado, y no como en el hombre que tanto la había excitado con solo una mirada.

—Quería comentarte otra cosa —le dijo él.

—¿El qué?

—Quiero llevarte a un acontecimiento que sí te va a ser útil. Me gustaría que me acompañases al Baile del Corazón esta noche. Tal vez podamos darle a los medios algo más de lo que hablar.

Capítulo 5

E L BAILE del Corazón era uno de los principales actos benéficos de Francia y casi del mundo. Las entradas eran muy caras y luego estaba la cena, que costaba alrededor de los trescientos euros el cubierto.

Todo iba para la Asociación del Corazón, que ayudaba a personas con problemas cardiacos a poder pagar medicamentos y operaciones. También servía para que los ricos y famosos se viesen e hiciesen contactos.

Y ella no podía permitirse ir.

–¿Vas a pagar tú las entradas?

–Por supuesto. Siempre invito a las mujeres con las que salgo.

–Quiero pagarme mi cena –le replicó, por mucho que le doliese gastarse aquella cantidad de dinero–. Es por una buena causa.

Y entonces se dio cuenta, demasiado tarde, de que había accedido a acompañarlo. ¿Cómo no iba a hacerlo, con toda la publicidad que iba a darle?

Notó calor solo de pensar en tenerlo cerca y se sintió culpable, como se había sentido siempre de niña cuando había estado a punto de hacer algo que no debía.

Aunque, en aquel caso, no iba a hacer nada. Aunque no pudiese evitar estar emocionada.

—Yo te invitaré a la cena. Puedes hacer una donación si quieres colaborar —le dijo él en tono firme.

—De acuerdo, me parece... no, no me parece justo, no lo es.

—El hombre siempre debe invitar. ¿Con qué idiotas sueles salir tú?

—Dios mío, ¿te das cuenta de que me acabas de dar una lección de cortesía? —comentó ella, molesta porque nadie la había invitado a salir desde el instituto. Y aquella cita había terminado... mal. Tan mal que prefería no recordarla.

—Parecías necesitarla.

—No viniendo de un hombre como tú.

Elsa se arrepintió del comentario nada más hacerlo, porque, por difícil que fuese tratar con Blaise, este nunca la había insultado, mientras que ella sí que había utilizado su pasado para atacarlo. Aunque dudase que eso fuese a afectarle.

De hecho, no reaccionó a la pulla, o no mucho. Solo apretó ligeramente la mandíbula.

—¿No viniendo de un pirata como yo?

—No quería... —Elsa se interrumpió para tomar aire—. Olvídalo.

—No, tienes razón. No soy precisamente el tipo de persona que debería dar consejos acerca de cómo vivir en una sociedad civilizada, pero siempre cuido de la mujer con la que estoy, sea una conquista de una noche o una relación a largo plazo.

Elsa estaba segura de que las trataba bien, al menos, desde el punto de vista físico. Su dulce voz hacía presagiar todo tipo de placeres, placeres que Elsa no podía ni imaginar debido a su inexistente experiencia, pero solo placeres físicos.

Lo miró, estudió su rostro cincelado, tan duro que parecía de piedra, y se sintió culpable por haber pensado así. Aunque no sabía por qué. Solo sabía que ella, mejor que nadie, debería saber que no había que juzgar a nadie por sus apariencias.

En ocasiones, tenía la sensación de que Blaise estaba demasiado cómodo con su papel de villano. Tanto, que le hacía preguntarse qué habría detrás de él.

«Nada. No le des más vueltas».

Elsa no iba a fingir que Blaise no era quien parecía ser solo porque ella quisiera que fuese así. Ya había cometido el error con sus padres mucho tiempo atrás, hasta que se había dado cuenta de que jamás la querrían más de lo que se querían a ellos mismos. Jamás serían capaces de ver más allá de su dolor para ver el de ella.

Nadie cambiaba porque uno desease que cambiase.

—¿A qué hora es el baile?

—A las ocho —respondió él, pasando la mano por el vestido.

Elsa se estremeció otra vez y apretó los dientes.

–Entonces, será mejor que te marches para que me dé tiempo a arreglarme.

–Por cierto, es una fiesta de disfraces.

Y la emoción volvió a apoderarse de ella. Así como el deseo de venganza. Quería que Blaise se sintiese tan incómodo como se sentía ella cada vez que la miraba.

Quería que la desease como lo deseaba ella.

–Un disfraz sí que soy capaz de hacer.

El viejo castillo en el que se celebraba el Baile del Corazón estaba envuelto en luces y piedras preciosas. Había telas colgadas del techo y corazones de papel por todas partes.

Todo hablaba de unos excesos que hacía mucho tiempo que habían dejado de impresionar a Blaise. Aunque lo hubiesen hecho al principio. Todo, la riqueza, la grandeza, habían sido fuentes de fascinación cuando había vuelto a París con dieciséis años, después de ocho años viviendo en otro mundo. No se había acordado de la riqueza de su familia, de su padre y de su hermano, que lo habían acogido calurosamente.

Pero durante los siguientes catorce años había empezado a ver la mugre de las relucientes fachadas de la élite que solía frecuentar aquellos eventos. Él mismo se había manchado y había manchado a otros.

No, el castillo no le llamaba la atención, pero ella, envuelta en encaje carmesí, con las piernas al descubierto, sí que le hacía girar la cabeza. Interesante, después de tres años sin que una mujer hubiese tenido aquel efecto en él.

Una cosa era el interés sexual pasajero y otra muy distinta el deseo que sentía por Elsa.

—¿De qué se supone que vas disfrazada? —le preguntó, tomándole la mano y dirigiéndola hacia el salón de baile.

Sus labios, de color rojo cereza esa noche, esbozaron una sonrisa. Una máscara dorada cubría parte de su rostro, haciendo que sus ojos pareciesen más brillantes, más misteriosos.

—Soy la tentación.

Sí, lo era. Y tres años antes, Blaise se habría perdido en ella. Habría permitido que el deseo le nublase la mente.

Pero ya no era ese hombre. Era capaz de controlarse.

—¿Y tú, de qué vas? —le preguntó ella, mirando de arriba abajo su traje negro.

Blaise se inclinó y aspiró el aroma suave y femenino de Elsa, que hizo que se le encogiese el estómago.

—No me gusta disfrazarme.

Ella se echó a reír.

—No creo que nadie lo ponga en duda.

—Supongo que no.

Todo el mundo conocía demasiado bien su reputación como para que lo mirasen mal, pero sabía que pensaban cosas poco halagadoras de él. Para ellos, era el chico que había crecido entre lobos en

África. El hombre cuyo padre lo había acogido, lo había llevado a la mejor universidad y había intentado que tuviese éxito. El hombre que se había burlado de los esfuerzos de su padre traicionando a su hermano, el querido heredero del anciano.

Blaise utilizaba aquello en su beneficio. Podía hacer lo que quería y tenía muy poca competencia, ya que todo el mundo pensaba que no podía rebajarse más.

Y tal vez tuviesen razón. Era posible que no pudiese caer más bajo.

–No es justo –continuó Elsa, sonriéndole, de verdad.

–¿Por qué?

–Porque yo voy disfrazada.

–Sí.

El encaje era tan delicado que no costaría nada arrancárselo y dejarla desnuda. Le quitaría el carmín de los labios a besos, con la máscara puesta. Se la imaginó desnuda, solo con la máscara.

Aunque la llevase, sabría que era ella. Incluso en sus fantasías, las marcas de su cuerpo estaban ahí. Las marcas que significaban que era Elsa, y ninguna otra mujer.

Ella se sintió como si le estuviese traspasando el vestido con la mirada y agradeció llevar puesta la máscara.

–¿Cuándo vamos a sentarnos a cenar? –le preguntó, deseando tener una mesa entre ambos, algo que la distrajese, porque en esos momentos solo podía pensar en él.

Había pensado que conseguiría desequilibrarlo con su disfraz, pero era ella la que seguía sintiéndose incómoda. Normalmente la ropa la ayudaba a sentirse segura, ya que sabía que podía cambiar la percepción que la gente tenía de ella.

Pero con Blaise no lo estaba consiguiendo. Cuando había ido a recogerla y la había recorrido con la mirada, había pensado que iba a devorarla.

¿Qué habría hecho si eso hubiese ocurrido? ¿Y cómo habría reaccionado él?

Probablemente, Blaise habría salido corriendo de la habitación después de haberle arrancado el vestido, horrorizado con la idea de haber estado a punto de mancharse las manos al hacerle el amor a una mujer tan desfigurada.

Tal vez las cicatrices no fuesen para tanto, pero ella no veía otra cosa cuando se miraba al espejo, y prefería no saber qué pensaban los demás, sobre todo, desde que aquel chico solo había querido quitarle la camiseta para ver lo horribles que eran.

Ni desde que su madre solo había sido capaz de intentar reconfortarla diciéndole:

—Con lo guapa que eras...

No, desde entonces no había tenido ganas de intentarlo. Y, si algún día lo hacía, sería con alguien a quien conociese de verdad. Alguien a quien le importase.

—Nos sentaremos a cenar cuando todo el mundo haya terminado de parlotear.

—¿Ese es el término técnico?

—Eso creo, aunque yo nunca lo practico.

A Elsa no le cabía la menor duda. A Blaise no parecía importarle lo que los demás pensasen de él. De hecho, solía mostrarse frío y distante.

Todo lo contrario que ella, que fingía sentirse segura de sí misma e iniciaba las conversaciones para poder tener el control de la situación. Era la misma idea que la del vestido de esa noche. Nadie dudaría de que se sentía segura de sí misma. Y esa seguridad, junto con las cicatrices, mantenía a casi todo el mundo a raya.

Por desgracia, no parecía estar funcionándole con Blaise. Aunque era de imaginar que había pocas cosas en el mundo que pudiesen intimidarlo.

De hecho, se enfrentaba a sus retos. Incluso tocándola. Elsa todavía podía recordar la noche del club y sentir cómo le había tocado la piel.

Todavía no sabía por qué lo había hecho.

—Bueno, podríamos parlotear el uno con el otro —sugirió, arrepintiéndose al instante—. Quiero decir que... podemos hablar de negocios.

—De acuerdo —contestó Blaise, tomando dos copas de champán de la bandeja de un camarero y tendiéndole una.

Elsa agradeció tener algo con lo que distraerse.

El modo en que Blaise la miraba, el modo en que la había mirado desde que se habían encontrado esa noche, la tenía hecha un manojo de nervios.

Pero tenía que controlarse. No quería sentirse rechazada, a pesar de saber que sobreviviría a ello. Había muchas cosas a las que podía sobrevivir, pero por las que prefería no tener que pasar.

—De acuerdo —repitió ella, dando un trago a su copa.

No quería que se le subiese a la cabeza. No estaba acostumbrada a tomar alcohol y Blaise ya la hacía sentirse aturdida con su mera presencia.

—¿Cómo va el vestido para *Look*? —le preguntó este mirándola con interés.

Y ella se derritió bajo su mirada. Recordó lo que había ocurrido unas horas antes en su taller.

Había deseado acercarse y tocarlo. Apretar sus labios contra los de él. Hacerle sentir lo que ella estaba sintiendo.

Parpadeó.

—Estupendamente. Más o menos como lo has visto esta tarde. Karen ha visto un boceto y le ha gustado, así que confío en que va bien. Aunque siendo algo tan importante...

Él se encogió de hombros, todavía no había probado el champán.

—Cada paso que des será un paso adelante. Yo suelo darle la misma importancia a todos mis negocios. Así, nunca se me pasa nada.

—Umm. Y así no te pones nervioso con las cosas más grandes, supongo.

—Yo nunca me pongo nervioso.

—¿Nunca?

—No. Tomo una decisión y actúo en consecuencia. No me pongo nervioso. Ni me arrepiento de nada.

El tono de la conversación cambió y la voz de Blaise se endureció. Elsa se preguntó si todo lo que le estaba diciendo era verdad. Si vivía la vida sin arrepentimientos. Si realmente le había robado la novia a su hermano y la había dejado, y nunca se había arrepentido de ello.

Una parte de ella, la parte física, estaba mirándolo a los ojos, estaba viendo su mandíbula apretada, su puño cerrado, y lo estaba creyendo. Pero algo en su interior le decía que no era cierto. Que no podía serlo. No sabía por qué, pero estaba casi segura de que debía hacer caso a sus ojos y no a su tonto corazón.

—Eso debe de ser... liberador.

Ella se arrepentía de muchas cosas. De cosas que no había sido capaz de controlar. De cosas que habían sucedido a su alrededor y que la habían hecho sentirse atrapada.

—Una interesante elección de las palabras —comentó él en tono frío y desinteresado.

—La verdad es que no. Debe de ser agradable hacerlo todo con tanta seguridad.

—A ti no parece faltarte tampoco, Elsa.

Blaise se inclinó hacia delante y ella bajó la vista para no mirarlo a los ojos, pero la posó en su mano, que estaba acariciando la copa de champán, movimiento que le hizo pensar en tener aquellas manos en su piel, tocándola, acariciándola también.

—Aunque, a veces te sonrojas. Como ahora —añadió Blaise.

Ella retrocedió un paso.

—Hace calor.

—¿Quieres que salgamos un poco a tomar el aire?

Elsa asintió y se dirigió hacia el balcón. Quiso alejarse de él, que la seguía de cerca.

–Estoy bien –le dijo, agradeciendo el aire frío de la noche.

–Un hombre no debe dejar nunca sola a su cita.

–¿Otra lección de caballerosidad?

–Es solo que siempre soy consciente de mi maravillosa reputación –comentó Blaise en tono sarcástico, y con un toque de amargura.

–O, al menos, del titular en los periódicos de mañana –dijo Elsa, intentando animar un poco la conversación.

Se apoyó en la barandilla del balcón y miró hacia las luces blancas que colgaban del enrejado cubierto de parras. Solo tenía que centrarse en ellas en vez de en el hombre que tenía al lado para estar bien.

–En cualquier caso, será interesante leerlos.

–Sobre todo, ahora que hemos desaparecido de la fiesta para estar a solas en este balcón.

Él se echó a reír.

–Deberías trabajar de periodista.

–No tengo estómago suficiente –le respondió Elsa.

La melodía procedente del salón salió por las puertas abiertas y Elsa cerró los ojos y disfrutó de ella.

–¿Te gusta? –le preguntó Blaise.

–Sí, si te soy sincera, la música de discoteca no es lo mío.

–¿Pero las oportunidades de promoción sí?

–He conocido a muchas personas, a muchas clientas, en discotecas. Pero acudo a ellas por trabajo, no por placer.

Blaise le quitó la copa de la mano y la dejó, junto con la suya, en la barandilla de piedra que había detrás de ella. Le tocó la mano con cuidado y Elsa notó que un calor muy agradable la invadía.

Luego se la agarró para acercarla a él muy despacio. Elsa movió los pies, su cuerpo se inclinó, todo antes de que a su cerebro le diese tiempo a reaccionar.

Blaise la abrazó por la cintura, la acercó más.

Elsa imaginó que la expresión de su rostro sería de sorpresa, pero era normal que le sorprendiese que Blaise la hubiese tocado, que sus cuerpos estuviesen pegados.

—He pensado que te gustaría bailar, dado que disfrutas tanto de esta música —le susurró al oído, haciendo que se estremeciese.

—Ah —fue lo único que fue capaz de contestarle ella, con el corazón acelerado.

No sabía por qué no se apartaba de él. Por qué no le decía que no.

Bueno, sí que lo sabía. Porque se sentía bien. Y había sufrido tanto en la vida que... le resultaba extraño e increíble sentirse tan bien.

Deleitarse con el calor de su mano en la espalda, con la sensación de su otra mano envolviendo la de ella. Balanceándose a su mismo ritmo, en vez de pelear con él. En vez de pelear consigo misma.

—Tentación —susurró Blaise, con la mejilla apoyada en la curva de su cuello—. Qué buena elección.

Entonces le soltó la mano y apoyó la suya en la curva de su cadera, moviéndola después hacia arriba y dejándola justo debajo de la curva de sus pechos.

Elsa ya había imaginado cómo serían sus caricias, pero aquello era real. Lo único que la separaba de sus manos era una fina barrera de encaje.

El ritmo de la música pareció apagarse y siguieron el suyo propio. Los movimientos de Blaise eran lentos y sensuales, más seductores de lo que Elsa habría podido imaginar. Se acercó más y ella se dio cuenta de que estaba tan excitado como ella.

Movió la cabeza y trazó con su aliento caliente una línea desde debajo de su oreja hasta la cicatriz que tenía en el hombro, sin tocarla con los labios en ningún momento, haciendo que el cuerpo de Elsa se pusiese tenso de deseo, que quisiese apretarlo contra ella para sentir sus labios en la piel.

Lo deseaba tanto que le daba miedo, la ponía nerviosa.

Se balanceó suavemente entre sus brazos, rozando sus pechos contra el de él, y el deseo se apoderó de todo su cuerpo. Nunca había sentido nada igual, ni siquiera lo había imaginado.

Inclinó la cabeza, dejando al descubierto todo su cuello. La respiración caliente de Blaise siguió acariciándola, la punta de su nariz le tocó suavemente la piel.

Luego se apartó, la miró y le hizo inclinar la cabeza hacia el otro lado para repetir la acción. Elsa se puso tensa cuando dejó de notar su calor. Le puso la mano en la nuca y supo que seguía allí, tocándola, pero no podía sentirlo.

Fuese dolor o placer, calor o frío, no lo sentía. La cicatriz que había estropeado su piel era la señal del daño sufrido más abajo. De la pérdida de terminaciones nerviosas que jamás se recuperarían, de sensaciones que Elsa no volvería a tener.

Lo soltó y retrocedió.

—Lo siento —le dijo. No pudo decir nada más. Solo lo sentía. Volvía a arrepentirse—. Deberíamos ir a ver cómo va la cena.

El rostro de Blaise era como una máscara, indescifrable.

—¿Tienes hambre?

Tenía náuseas.

—Es tarde. Y seguro que sirven algo espectacular —le respondió.

Él seguía inmóvil, en silencio.

—Gracias por el baile —añadió Elsa, ya que no podía fingir que no había tenido lugar.

Blaise asintió y le tendió la mano. Ella apretó los dientes e intentó contener las lágrimas de frustración. No podía tocarlo en esos momentos. Si lo hacía, era posible que se viniese abajo.

Pero no era una mujer débil. Nunca permitía que la viesen llorar y no iba a hacerlo en esa ocasión.

—Creo que puedo sola —le dijo.

Él sonrió de medio lado.

—Por supuesto.

Al menos pronto tendrían una barrera física entre ambos, una mesa, y estarían rodeados de gente rica que serviría de parachoques.

Aunque ya fuese demasiado tarde.

Capítulo 6

SE CALDEA el idilio de Chevalier!
La prensa había hecho su trabajo de manera admirable. No habían perdido la oportunidad de tomar fotografías de un acontecimiento casi único: Blaise Chevalier dos veces con la misma mujer.

El interés de la prensa por todos los detalles de su vida le daba asco, aunque fuese cierto que no era un santo y que los periodistas no tenían que esforzarse demasiado para escribir acerca de él.

Siempre le sacaba provecho a su reputación, no tenía ningún motivo para no hacerlo. Ganaba dinero, que era lo que sabía hacer. Eso le permitía crear fundaciones en Malawi, en memoria de su difunta madre, y apoyar causas que habían sido muy importantes para ella.

Su dinero, el éxito que había conseguido en los negocios, era el único motivo por el que su padre no lo daba completamente por perdido. Aunque su relación fuese tensa, ya que su padre jamás lo perdonaría por haberse marchado con ocho años con la mujer que lo había traicionado.

Y luego estaba Luc. Blaise todavía no entendía

que lo hubiese perdonado con tanta facilidad después de lo ocurrido con Marie.

Habría sido mejor que su hermano hubiese querido vengarse y hacerle daño, pero no lo había hecho. Y había ocasiones en las que Blaise pensaba que todavía tenía la obligación de resarcirlo.

Aunque eso implicaría que estaba buscando su absolución. Y eso no era posible en un hombre como él. Los hombres como él aceptaban. Poseían. Utilizaban.

Como sabía que iba a utilizar la prensa para levantar el negocio de Elsa.

Elsa. La tentación.

Era mucho más de lo que había imaginado. Para él, las mujeres eran mujeres. El sexo, sexo. Cualquier otra manera de verlo tenía consecuencias drásticas. Pero Elsa, su olor, su piel, la tentación de sus labios, lo excitaban más que ninguna otra mujer con la que hubiese estado.

Incluso más que Marie. Y el control que había permitido que esta tuviese sobre él había sido absolutamente vergonzoso.

Sabía el hombre que era cuando se dejaba llevar por las emociones. Sabía de lo que era capaz cuando dejaba que el deseo lo guiase, cuando abandonaba las formas para buscar su propia satisfacción. Y no pretendía volver a ser ese hombre nunca.

Dejó el periódico en su escritorio y observó la fotografía del balcón, con su cabeza ladeada, cerca de la curva del cuello de Elsa.

Esta tenía la cabeza echada hacia atrás, los labios

separados, los ojos cerrados y las largas pestañas acariciándole las mejillas. Era una mujer muy bella, de eso no cabía duda, pero había muchas otras mujeres bellas. Mujeres sin condiciones. Mujeres que no ponían a prueba su autocontrol.

Su teléfono móvil sonó y vio en la pantalla que se trataba de Karen Carson.

—¿Dígame?

—Hola, Blaise —lo saludó está en tono coqueto.

Había visto a Karen en varias ocasiones, pero sus encuentros siempre habían sido platónicos. A juzgar por el tono de su voz, ella quería más.

Pensó en la posibilidad de utilizarla para dejar de pensar en Elsa. Era algo que ya había hecho antes. Había estado con muchas mujeres después de Marie, las había utilizado para borrar el efecto que había tenido en él la única mujer que le había importado.

La idea le repugnó, aunque no sabía por qué.

—¿Algún problema con los bocetos que te ha enviado Elsa?

—No, me han gustado bastante —respondió Karen en tono más profesional.

—Entonces, ¿todo sigue como planeamos? ¿La portada y la publicidad?

—Así que también quieres la portada.

—Elsa tiene mucho talento. Y quiero que ese talento se vea recompensado.

Karen se aclaró la garganta.

—Sí, ya he visto en la prensa que sabes mucho acerca de sus talentos.

Blaise se puso tenso al ver que Karen estaba celosa. Elsa tenía talento, estaba convencido.

–No soy más que un hombre –le dijo–, pero también soy un hombre de negocios. Si no pensase que estaba haciendo lo correcto, para tu revista y para ella, no lo haría.

–La verdad es que me he quedado tan impresionada con los bocetos, que estaba pensando en incluir más modelos de Elsa Stanton en un especial que estamos haciendo con varios diseñadores. Sería muy buena publicidad para ella. Habíamos pensado en una sesión de fotos en la playa, pero con ropa de vestir. Muy espectacular.

–Mucho. ¿Ya tenéis pensado el lugar?

–Hawái.

–Aburrido –dijo él–. Muy visto.

–¿Tienes una idea mejor?

–Por supuesto.

–¿Tienes personal suficiente para estar fuera una semana?

Elsa se sobresaltó y tuvo que agarrarse al mostrador para no perder el equilibrio.

–Te encanta entrar sin avisar, ¿verdad?

–No he podido localizarte.

–Hay teléfono en la tienda –le dijo ella, señalando con el dedo un teléfono antiguo.

–Precioso. ¿Funciona?

Ella frunció el ceño e intentó sacar provecho de

la frustración que estaba sintiendo. Al fin y al cabo, era mejor eso que intentar calmar su corazón.

–Por supuesto que funciona, pero tú has preferido pasarte por aquí.

–Es un lugar público, ¿no?

Elsa apretó los dientes.

–Sí. Bueno, ¿por qué no me has llamado al móvil?

–Lo he hecho, pero me ha saltado el contestador.

–Ah.

Elsa se agachó detrás del mostrador y buscó en su bolso. O tenía el teléfono apagado, o se había quedado sin batería. Estupendo. Muy profesional.

–Lo siento –añadió, dejándolo encima del mostrador.

Entonces recordó lo que Blaise le había dicho nada más entrar.

–¿Me has preguntado si podía marcharme una semana?

–A Karen le gustaría tener tu opinión durante el reportaje fotográfico. Quiere tu vestido para la portada y para la valla publicitaria.

Elsa empezó a emocionarse. Era una oportunidad muy importante. La oportunidad de darse a conocer en todo el mundo.

–¿Quiere mi opinión?

–Y le gustaría que llevases más vestidos, para un especial que van a hacer con el número de tu portada. Quiere vestidos de fiesta, para hacer un reportaje en la playa. Creo que está muy de moda.

–Sí –admitió ella–. Creo... creo que voy a ponerme a hiperventilar.

–No, *belle*, no lo hagas –le dijo él, acariciándole la mejilla con los nudillos.

Elsa retrocedió y fingió que no la había tocado.

–Ya, bueno... ¿cuándo nos vamos?

–Mañana. ¿Puedes dejarlo todo arreglado aquí?

–Supongo que sí –respondió ella, empezando a organizarse mentalmente, porque estaba dispuesta a aprovechar aquella oportunidad al máximo.

–Bien.

–¿Vas a... quiero decir, que cómo voy a desplazarme?

Blaise sonrió despacio, de manera muy sensual.

–Iremos en mi jet privado.

Ella arqueó las cejas.

–Qué lujo.

–La verdad es que no, es un avión pequeño.

–¿Y tú también vas a venir?

–Por supuesto. Vamos a hacer la sesión en Malawi –le contó–. En un paisaje tropical. El agua del lago es tan clara que se pueden ver los peces en el fondo. Es el lugar más bonito del mundo.

Blaise habló con tristeza, como si aquello le trajese recuerdos tristes, tal vez. Elsa volvió a imaginárselo de niño, marchándose de París para vivir en otro país. ¿Cómo habría sido? ¿Habría tenido miedo?

Le costó imaginárselo, viéndolo con aquel traje a medida. No parecía capaz de tener miedo, ni de fracasar, ni de ninguna de las cosas que los mortales solían temer.

Era un hombre diferente. Y lo envidiaba por ello.

También deseaba poder entrar un poco en su mundo, aunque supiese que no debía hacerlo.

—Estoy... deseando verlo —le dijo.

Había estado a punto de decirle que estaba deseando que lo compartiese con ella, pero no habría sido adecuado. Blaise no iba a compartir nada con ella.

—Lleva ropa adecuada para el calor —le dijo él.

—De acuerdo. Hasta mañana —lo despidió, ansiosa por verlo desaparecer.

—¿Dónde quieres que te recoja?

—En el taller... como está debajo de mi apartamento, será lo más fácil.

Así Blaise no subiría a su casa, no invadiría su espacio. Porque, si eso ocurría, ya tendría su imagen grabada en todos los aspectos de su vida y no quería que ocurriese.

—Entonces, hasta mañana por la mañana.

—Sí, adiós.

Elsa supo que le iba a costar dormir aquella noche.

Elsa pensó que podría acostumbrarse a viajar así de lujosamente. Sin que su pierna u hombro chocase con el del desconocido de al lado. Y sin tener que esperar las colas de los controles de seguridad.

El «pequeño avión» de Blaise resultó ser una experiencia maravillosa. Los asientos eran de cuero suave y se reclinaban hasta abajo y la azafata los recibió con fresas y champán.

El único problema era tenerlo a él tan cerca, aunque estuviese enfrente. Era demasiado fácil aspirar su olor, ver cómo se movía y escuchar los suaves sonidos que hacía con la garganta mientras pensaba. Todo aquello la estaba poniendo cada vez más nerviosa.

Después de una hora de viaje, le costó seguir sentada en su asiento. Estar a solas con él. Tan cerca. Lo peor era el deseo. Un deseo que jamás podría ser correspondido. Blaise era la perfección masculina personificada, la clase de hombre capaz de hacer que una mujer cambiase su par de zapatos favorito por una noche de placer entre sus brazos. Era imposible que la desease.

Cuando aterrizaron en la isla de Likoma, Elsa estuvo a punto de besar el suelo, agradecida de estar por fin al aire libre.

Un elegante coche negro, pesado y antiguo, pero impecable, los esperaba en el pequeño aeropuerto y pronto dejaron de sufrir el aplastante calor para entrar en un ambiente refrescado por el aire acondicionado.

Elsa se sentó en el asiento de atrás y su alivio desapareció de repente cuando la puerta del coche se cerró y se encontró otra vez pegada a Blaise.

–Es precioso –comentó al llegar a la orilla del lago, rodeado de árboles.

No era como lo había imaginado. Las olas bañaban la orilla de arena y había niños jugando con el agua cristalina.

Sonrió al verlos reír y se preguntó si ella habría sido así de feliz de niña. Tal vez antes del incendio, pero no se acordaba. Su familia lo había tenido todo: dinero, estatus, pero eso no los había protegido. Ni la había reconfortado a ella cuando más lo había necesitado.

—En mi opinión, la belleza natural que encuentras aquí no tiene igual, pero hay mucho que hacer para mejorar la calidad de vida de la gente. Ahora están mejor —le contó Blaise—. He trabajado para mejorar las infraestructuras, las carreteras, e intentado hacer las cosas más accesibles, ese ha sido otro reto. Instalaciones sanitarias, hospitales, sistemas de agua potable. Y, aun así, siempre hay más.

Parecía cansado. Era la primera vez que sonaba cansado.

—¿Tú... has hecho todo eso?

Blaise se encogió de hombros, era evidente que el tema lo incomodaba.

—He hecho cosas pequeñas. Lo que habría hecho cualquiera.

Eso no era cierto. Y la prensa nunca había hablado de ello.

—Vamos a hacer la sesión de fotos aquí —añadió, señalando la orilla.

—Va a ser espectacular. Me encanta la idea.

A Elsa le alegró volver a hablar de negocios e intentó pensar en los estilismos, pero la distracción le duró muy poco, porque Blaise seguía a su lado, tan masculino y tentador como siempre.

Se estremeció, aunque no tenía frío. Estaba ardiendo por dentro. Consumida por un fuego interior al que nunca antes había tenido que enfrentarse.

No porque llevase once años sin sentir deseo, sino porque lo había canalizado a través de fantasías con estrellas del cine, o héroes literarios. Hombres a los que jamás conocería o que, todavía mejor, no eran reales. Hombres que no podían rechazarla.

Aunque lo que sentía era más que miedo al rechazo. Tenía miedo a que su madre tuviese razón, a que las cosas hubiesen sido más sencillas si se hubiese muerto en el incendio en vez de tener que vivir con las consecuencias.

Pero las cosas no podían irle mejor. Podía hacer lo que quisiera, cumplir sus sueños. Estaba en el lugar más bello del mundo, con el hombre más guapo del mundo, a punto de aprovechar la mejor oportunidad de su carrera.

Y a pesar de saber que jamás podría tener al hombre, eso no le impedía disfrutar de la fantasía.

Volvió a mirar a Blaise, lo vio estudiar el paisaje con la mandíbula apretada y deseó llevar los labios a su rostro color moca.

–¿Dónde vamos a alojarnos?

–Esa es otra cosa en la que he estado trabajando, en traer más turismo a esta zona. Hay muchas atracciones, pero pocos alojamientos para turistas con dinero.

–¿También has solucionado eso?

–Sí –respondió él sin más, clavando la vista en su Smartphone.

Y Elsa tuvo la sensación de estar muy cerca del verdadero Blaise. Aunque él no quisiera que lo viese.

Capítulo 7

ELSA no había imaginado un complejo turístico tan lujoso, aunque debía haberlo hecho, teniendo en cuenta que era de Blaise y que este no hacía nada a medias.

Estaba escondido del árido sol por una espesa bóveda de árboles. Era de piedra y estaba cubierto de parras y parecía haber crecido solo en aquel bello paisaje. Era un lugar fresco, tranquilo y muy agradable.

—Nos alojaremos en mi casa —anunció Blaise.

—¿Qué?

—He pensado que sería lo mejor, después del revuelo que levantamos entre la prensa en el Baile del Corazón. Les encantó poder hacernos fotografías más... íntimas.

—¿Y?

—Que quiero darles más.

—Pero aquí no hay prensa, ¿no?

—Elsa, va a haber modelos, estilistas, periodistas, fotógrafos y un director de la sesión fotográfica. Seguro que alguien habla. Además, estoy seguro de que esta mañana nos han fotografiado subiendo juntos en el avión.

–¿Tú crees?

–Si no se han tomado el día libre, seguro que sí. Yo tampoco he intentado ser discreto. Nuestra supuesta relación amorosa le está dando mucha publicidad a tu marca. Además, en el último artículo mencionaron que vestías uno de tus propios diseños y que fuiste la más elegante de la noche.

–Sí... ya lo he visto.

Era cierto que el artículo había sido maravilloso y que, al día siguiente de la fiesta de disfraces, dos mujeres habían ido a la tienda preguntando por el vestido de encaje rojo.

Así que Blaise tenía razón. Los medios de comunicación estaban pendientes de ellos, lo mismo que el público. Pero la idea de convivir con él una semana le resultaba un poco desconcertante.

–¿Tendré mi propia habitación, verdad?

–Es una casa grande. Ni siquiera tendrás que verme si no quieres.

Lo que le preocupaba no era verlo, sino lo que sentía cuando lo veía, las cosas que deseaba cuando lo tenía cerca.

El coche pasó por delante del edificio principal del complejo y se dirigió hacia la orilla. La casa lindaba con los árboles y la puerta principal daba casi a una playa de arena blanca.

Estaba hecha de piedra, como el edificio principal, y el tejado era como de hierba trenzada. Era como un sueño. Como si ambos hubiesen naufragado y Blaise fuese un pirata... Ya soñaría con ello más tarde, cuando estuviese sola en la cama.

Intentó apartar sus pensamientos de aquella idea y centrarse en el paisaje.

La tosquedad del ambiente desapareció en cuanto entraron en la casa. Los techos eran altos y estaban enyesados, lo que demostraba que la hierba trenzada del tejado era solo de adorno. Los suelos de piedra blanca y los muebles de estilo provenzal le daban un aspecto intemporal, de cara elegancia. La escalera que llevaba al piso de arriba le daba un toque palaciego. Y, por un momento, Elsa se sintió como una princesa. Fue una sensación tan extraña que pensó que estaba soñando.

Y luego estaba Blaise y los sentimientos que este le provocaba. Eso sí que era complicado. Y estaba el deseo, el deseo que había estado presente desde el primer día y una ternura que iba creciendo cada vez más. Se había abierto una grieta en el muro que rodeaba su corazón, una grieta que se estaba haciendo cada vez mayor.

Aquel viaje había cambiado su manera de verlo. No era solo un hombre que quisiese hacer dinero. Estaba segura. Podía sentirlo. También quería crear empleo en aquella zona.

Eso la obligaba a verlo desde una nueva perspectiva. Incluso cuando pensaba que era solo un hombre frío y despiadado que no se detendría ante nada para conseguir lo que creía que era suyo, un hombre que no había dudado en traicionar a su hermano, no podía evitar fantasear con él.

Si a eso añadía aquella recién descubierta humanidad, podía estar metida en un buen lío.

–Pediré que nos sirvan la cena temprano –comentó Blaise.

–Puedo buscar cualquier cosa en la cocina –contestó ella, ya que le daba pánico pensar en pasar una velada íntima con él.

–¿Siempre eres así de testaruda?

–Supongo que sí.

–Pues esta noche no lo voy a permitir. Quiero que disfrutes.

–De acuerdo.

Tenía el corazón acelerado porque no había nada que la asustase más que dejarse llevar y disfrutar. Porque, si lo hacía, no solo tendría que enfrentarse a la posibilidad del rechazo, sino también a que Blaise se diese cuenta de lo débil que era en realidad.

Era una escena de seducción. Y nunca había visto a una mujer más preparada para ser seducida. Blaise observó cómo Elsa bajaba por las escaleras para reunirse con él en el descansillo de la casa.

Elsa, con la melena rubia rizada y suelta, adornada con una bonita flor rosa. Elsa, con el pintalabios y el vestido a juego. Con un escote demasiado alto para su gusto, pero de un tejido que se ceñía a todas las curvas de su cuerpo. Y corto, dejando al descubierto sus larguísimas piernas.

Era la primera vez que la veía con unas sencillas sandalias planas e imaginó que no se había puesto tacones a causa de la arena.

Blaise no se había dado cuenta de lo baja que era. Parecía más delicada así. Y eso hizo que se le encogiese el estómago. Quería protegerla, aunque no sabía de qué. Quería hacerla suya.

Eso sí que lo entendía. Sabía cuál era la clase de posesión que deseaba. La más básica y elemental. Quería sentir su cuerpo suave debajo del de él, quería disfrutar de ella y darle placer.

Hacía mucho tiempo que no sentía nada tan fuerte. De hecho, no recordaba haberlo sentido nunca. Después de Marie, se había encerrado en sí mismo porque sabía lo que ocurría cuando daba rienda suelta a sus emociones.

—Van a servir la cena en la terraza.

—Ah, qué bien —respondió ella con poco entusiasmo.

—¿Esperabas otra cosa?

—No sé... tal vez un restaurante.

—¿Te da miedo estar a solas conmigo?

Ella parpadeó rápidamente.

—¿Por qué iba a darme miedo?

Blaise le tomó la mano con suavidad.

—No lo sé —le respondió, acariciándole el dorso con el pulgar.

—Pues no, es solo que había imaginado que íbamos a salir. Me he arreglado demasiado.

—Estás perfecta. Como siempre.

Vio que le temblaban los labios rosas solo un instante, antes de volver a apretarlos con firmeza. Sus ojos azules brillaban más de lo habitual, y lo estaban mirando con suspicacia.

–Acepto el cumplido –le dijo.

¿Cómo podía afectarla tanto un comentario tan simple? No se había preparado la frase.

Pero Elsa había reaccionado con total sinceridad. Y Blaise no estaba seguro de qué hacer al respecto. Le hacía desear decirle más. Le hacía desear llevársela a otra parte, donde no se sintiese tentado a seducir a aquella mujer de aspecto duro, pero, posiblemente, interior frágil.

No, Elsa no era frágil. Era dura. Tenía seguridad en sí misma. Solo la había pillado en un momento bajo, uno de esos que tenían todas las mujeres.

Continuó agarrándole la mano mientras subían las escaleras y atravesaban las puertas dobles que daban a la terraza. El techo estaba salpicado de farolillos blancos, que iluminaban con suavidad la cálida noche.

Las vistas del lago eran impresionantes, la mesa, preciosa, pero nada igualaba a la belleza de su acompañante.

Elsa se sentó antes de que a Blaise le diese tiempo a retirarle la silla. Se sentía fatal.

–Estás perfecta. Como siempre –le había dicho.

Nunca había sido perfecta. Ni siquiera antes del incendio. Mucho menos después. Pero Blaise había conseguido quitarle la última pieza de la armadura con aquel cumplido, porque aquello era lo que siempre había querido. Que alguien la aceptase como era. Que la amase como era.

Aunque sabía que era un sueño imposible. Ni siquiera ella se quería como era. ¿Cómo iba a que-

rerla un hombre como Blaise? Un hombre tan perfecto físicamente, que salía con mujeres igual de
perfectas. Era imposible.

Pero su mente se había echado a volar al oír
aquello.

Tomó la copa de vino que, por suerte, ya estaba
llena, y le dio un pequeño trago. Cualquier cosa con
tal de distraerse.

–Tiene una pinta estupenda –comentó, por decir
algo. Y era cierto que el pescado y las verduras tenían una pinta deliciosa.

–Por supuesto.

–¿Porque solo contratas a los mejores profesionales del mundo? –le preguntó, arqueando una ceja.

–Me traje a los mejores del mundo para que en-
señasen a los nativos. Todas las personas que trabajan aquí son de Malawi.

Elsa sintió todavía más ternura. Casi podía notar
cómo se le estaba derritiendo el corazón.

–¿Cuántos años tenías cuando viniste? –le preguntó, a pesar de saber que no debía hacerlo.

–Ocho años. Pero no viví en la isla, sino en tierra
firme, a las afueras de Mzuza. Mi madre trabajaba
en un banco. No éramos pobres, como tantas otras
personas en este país.

–¿Por qué te trajo aquí tu madre?

Elsa sabía que su hermano se había quedado en
Francia con su padre.

–Formó parte del trato –le contó Blaise con voz
ronca–. Si se marchaba de Europa, podía llevarme.
Si no, jamás volvería a vernos.

–¿Por qué... hizo eso tu padre?

Él pasó los dedos por la copa de vino y apretó la mandíbula antes de contestar.

–Creo que se sentía herido y quería hacerle daño a mi madre. Supongo que pensó que ella no se marcharía. También tengo entendido que tuvo una aventura, pero yo nunca se lo recriminé. Pienso que, cuando se enamoraron, tal vez fueron un poco idealistas. Ellos fueron capaces de superar las diferencias culturales y de color de piel, pero otros, no. Y hubo mucha tensión.

Blaise se echó hacia atrás y soltó la copa.

–Pensaron que con amarse sería suficiente, pero no fue así. Ahora han cambiado las cosas, claro está. Ya no hay los mismos problemas. Yo nunca los he tenido, y he salido con todo tipo de mujeres, pero por aquel entonces...

–Así que viniste con tu madre.

–Quería hacerlo. Nunca me he arrepentido de ello.

–¿Y cuando volviste... odiaste a tu padre por lo que había hecho? ¿Por... haberte desterrado?

–Mi padre es un hombre duro. Exige la perfección y el control en todos los ámbitos de la vida. Así que no lamento que no me educase él, pero tampoco lo odio. Todos actuamos mal en ocasiones, sobre todo, cuando hay pasión de por medio –le respondió con cierta amargura.

Elsa se preguntó si estaría pensando en sí mismo, si se arrepentía de la relación que había tenido con la prometida de su hermano. Aunque no quería preguntárselo.

–Es verdad –le dijo, aunque no lo supiese por experiencia.

Su vida siempre había estado desprovista de pasión. Siempre la había canalizado en el trabajo. Aunque en los últimos tiempos le hubiese costado hacerlo.

Era extraño, sentir que ya no estaba volcada solo en su profesión.

En esos momentos, era capaz de apreciar la belleza del lugar en el que estaba, de saborear la comida. Su piel estaba más sensible. Era como si una parte de ella que hubiese estado dormida acabase de despertar.

Había ampliado sus perspectivas, lo mismo que sus deseos.

Blaise la estaba mirando con el mismo brillo en los ojos color miel que en el Baile del Corazón. Notó que se le aceleraba el pulso, que le sudaban las palmas de las manos y se le encogía el estómago.

Se levantó de la silla y fue hacia el final de la terraza para observar el lago bajo la luz de la luna. Era precioso, una maravilla de la naturaleza. La hacía sentirse vacía. Porque, de repente, se había dado cuenta de que no había disfrutado nunca de la belleza de las cosas que la rodeaban. Siempre había vivido con la desesperación de ser mejor, de tener más éxito.

Blaise se colocó a su lado y agarró la barandilla de hierro con su enorme mano. Antes de conocerlo, Elsa nunca se había fijado en las diferencias entre la mano de un hombre y la de una mujer. Nunca se había detenido a apreciar el efecto que esa diferencia tenía en ella.

Él levantó esa mano y la puso en su mejilla.

Elsa lo miró a los ojos. Era más fácil entre penumbras. Blaise deslizó la mano por su cuello, por la parte en la que no tenía la cicatriz, y la hizo estremecerse. Se inclinó y apretó la mejilla contra la de ella; tenía la piel caliente, áspera en la zona de la barba.

Le dio un beso en el hueco de la oreja y ella gimió sin querer. Era increíble. Nunca había sentido un placer igual.

Blaise volvió a besarla, en esa ocasión en la curva del cuello, acariciándola con la punta de la lengua. Luego levantó la cabeza y buscó sus ojos.

Elsa deseó pedirle que la besase en los labios, pero, al mismo tiempo, no quiso alterar su plan. Quería ver qué era lo próximo que iba a hacer. El corazón le retumbaba en los oídos y solo podía sentir deseo.

Él volvió a besarla, esa vez en la esquina de la boca. Le puso la mano en la cabeza y enterró los dedos en su pelo, aferrándola a él como si no quisiera dejarla marchar. A Elsa le encantó ver que podía tener ese efecto en un hombre como aquel. Ver que la deseaba.

Separó los labios sin darse cuenta y se los humedeció con la lengua. Él tomó el gesto como una invitación, de lo que Elsa se alegró.

No se lanzó sobre ella de manera brusca, sino muy despacio.

Primero frotó ligeramente la nariz contra la de ella, probó el sabor de sus labios con la lengua. Y Elsa tuvo miedo a moverse, por si se despertaba de aquel sueño y se daba cuenta de que estaba sola en su apartamento de París.

Él le puso la otra mano alrededor de la cintura y Elsa notó el calor y supo que no era un sueño. Blaise era real. Y la estaba besando.

Le devolvió el beso con entusiasmo y se estremeció al notar que le metía la lengua caliente en la boca, probándola, saboreándola como si fuese un manjar.

Levantó las manos y lo agarró de los hombros para no caerse.

Él desenredó los dedos de su pelo, le apoyó una mano en la cadera y, con la otra, le acarició los pechos.

—Necesito tocarte —le susurró, dejando de besarla en los labios para llevar su boca al escote y besarla a través de la tela.

Luego llevó una mano a la parte de atrás para bajarle la cremallera.

—Elsa —le dijo, con la voz ronca de deseo.

Al oír su nombre y notar que le bajaba la cremallera, ella entró en razón de repente y sintió pánico.

Había sido un sueño. Había estado flotando, pero oír su nombre de labios de Blaise había sido como un jarro de agua fría.

No era la clase de mujer que hacía el amor con un hombre maravilloso bajo un manto de estrellas. No era la clase de mujer que despertaba ese tipo de deseo en un hombre, en ninguno, pero mucho menos en uno como Blaise. Era Elsa. Una mujer desfigurada por las cicatrices. Virgen, sin experiencia e insegura. Si Blaise se acostase con ella, se daría cuenta. Vería lo peor de ella, sus miedos, su dolor. ¿Cómo iba a mostrarle aquello? ¿Cómo se lo iba a mostrar a nadie? No se trataba de las cicatrices, sino de las marcas que tenía debajo de la piel, de sus debilidades.

–No –le dijo, bajando los brazos y llevándoselos a la espalda para que no continuase bajándole la cremallera.

–¿No?

–No puedo. Lo siento, pero no puedo –balbució, con los ojos llenos de lágrimas.

Estaba destrozada. Enfadada. Asustada. Y todavía lo deseaba más que a nada en el mundo, pero no podía tenerlo.

No quería que Blaise viese dentro de ella y conociese sus miedos e inseguridades.

Se dio la vuelta y entró en la casa. Y juró. Había huido. Era una cobarde. Pero estaba demasiado asustada como para no serlo.

Capítulo 8

EL DIRECTOR artístico quiere las botas azules.
Una de las chicas que trabajaban en la sesión de fotos estaba delante de Elsa, con las botas color arena que había escogido para el vestido azul en la mano.

Apretó los dientes. Llevaban así todo el día. Le habían dejado dar su opinión acerca de los accesorios, el maquillaje y el peinado, pero el director había dicho después que había que cambiar de modelo, o de zapatos, o de cinturón.

Elsa buscó en la bolsa llena de zapatos y encontró unas botas azul cielo de terciopelo.

–Toma, seguro que estas saldrán mejor en las fotografías.

Aunque le costase admitirlo, tal vez fuese cierto. Solo estaba susceptible por culpa de Blaise. Concretamente, por el modo en que los labios de Blaise la habían marcado, y por su propia cobardía, su miedo.

Por suerte, no lo había visto en todo el día. Salió de debajo de las tiendas que habían puesto en la playa para estar protegidos del sol y se acercó al fotógrafo.

La delgadísima modelo, rubia y con los ojos pintados de negro estaba esforzándose en poner las posturas adecuadas y contornear su cuerpo como si fuese una triste y bonita muñeca.

Elsa se emocionó un instante al darse cuenta de que se trataba de Carolina, una modelo muy conocida.

—Está guapa —comentó Blaise a sus espaldas.

Elsa no se giró hacia él, si lo hacía, estaba segura de que se derretiría al verlo.

—Sí.

—¿Va todo bien?

—Sí, casi hemos terminado por hoy. Mañana cambiaremos de escenario y la harán posar en una cascada.

—¿Estás segura de que es una revista dedicada a mujeres?

Elsa sí se giró al oír aquello.

—No se trata de hacer un concurso de camisetas mojadas. Es moda.

—Perdón —le dijo él en tono divertido.

—No es una revista de hombres —añadió Elsa.

—De acuerdo.

El director dio por terminada la jornada y Elsa echó a andar de nuevo hacia las tiendas. Blaise la siguió.

—¿No tienes... que ir a alguna parte? —le preguntó.

—No, he terminado mis negocios por hoy.

—¿Y qué incluyen esos negocios?

—Hablar de la perforación de más pozos en pueblos apartados. Y conseguir más ambulancias, unidades móviles, algo que ayude a la gente que vive lejos de las ciudades cuando tienen un problema de salud.

Elsa lo miró fijamente.

—Llevas mucho peso sobre los hombros —comentó.

—Y tú también —le respondió él.

—No tanto —le dijo Elsa, encogiéndose de hombros—. Quería darte las gracias...

—¿Por qué?

—Por no... —empezó, notando que se ruborizaba—. Por esto. Por todo esto.

—Son solo negocios, Elsa. Nada más.

—Para ti es más que eso —le replicó Elsa sin saber por qué.

—No.

—Lo que has hecho aquí, en Malawi, no son solo negocios.

—No te dejes engañar por un par de actos caritativos, Elsa. Una deducción fiscal siempre es una deducción fiscal.

A ella se le encogió el corazón. No lo creía, pero le dolió ver que se ponía a la defensiva, que su rostro se endurecía.

Parecía gustarle hacer el papel de cretino, aunque tuviese mucho más dentro.

Un ejemplo era el modo en que la había tratado la noche anterior. No había intentado sobrepasarse. La había besado con cuidado y firmeza, con generosidad. Y cuando ella se había apartado, la había respetado.

Elsa sabía que Blaise utilizaba los mismos métodos que ella había empleado durante los últimos once años. No permitía que nadie se le acercase.

Aunque se le daba mejor que a ella. Al principio, lo había envidiado por ese motivo, pero ya no estaba tan segura de hacerlo. Era como si tuviese un pie puesto fuera del muro que protegía sus emociones.

Tenía miedo.

Miró a Blaise, estudió su perfil, su cuerpo fuerte y masculino, su postura militar. Era un pecador, eso lo sabía todo el mundo, pero también construía hospitales y pozos de agua.

Y le había enseñado cosas acerca de sí misma que no había conocido hasta entonces.

Elsa había entrado en la industria de la moda sin miedo, sin dudarlo, porque era su sueño.

La noche anterior, había deseado a un hombre. Había deseado tanto a Blaise que temblaba solo de pensarlo. Y había permitido que el miedo la dominase. Había controlado su vida profesional a pesar de sus cicatrices, ¿por qué no era capaz de controlar otro ámbito distinto de su vida?

Había llegado el momento de dejar de tener miedo.

Se había pasado la mitad de la noche despierto, con el cuerpo dolorido, frustrado. Deseaba a Elsa. Solo podía pensar en ella desnuda, en sus pezones, rosados y duros, rogándole que los acariciase; en sus labios, suaves y húmedos sobre su cuerpo.

Se había pasado el día entero imaginándose sus ojos azules brillando de deseo por él, y no con el terror con el que habían brillado cuando se había apartado de su lado en la terraza.

Volvería a besarla en el cuello. En la parte en la que la piel era lisa y suave y en la otra también. Por primera vez, le pareció extraño no borrar las cicatrices de sus fantasías. No lo hacía porque era ella. Era Elsa. Y su cuerpo solo la deseaba a ella.

Cada una de sus marcas la identificaban.

Se excitó al pensar en Elsa. Tan suave. Se imaginó con su cuerpo pegado al de él.

Se había marchado de la sesión de fotos antes que ella, que ya debía de haber vuelto a casa. Blaise cerró el ordenador y se echó hacia atrás en el sillón de su despacho. No podía concentrarse en nada sabiendo que Elsa tenía que estar en la casa.

El deseo que sentía por ella era tan fuerte que lo molestaba.

Era una obsesión. A pesar de que había jurado que no volvería a obsesionarse. Era una debilidad. Una pérdida de control. Prefería olvidarse de que, en el fondo, era débil.

Pero Elsa se lo recordaba. Porque despertaba en él un anhelo que no había sentido desde Marie. Entonces lo había llamado amor. Había imaginado que era una excusa suficiente para actuar pensando solo en sí mismo.

—El amor lo vence todo —comentó en tono amargo. El amor era una mentira. Una excusa.

En esos momentos sabía que lo que sentía por

Elsa era deseo, nada más. Un deseo muy fuerte, básico.

Pero tenía que mantener el control. Ya había visto lo que ocurría cuando no lo hacía.

No podía permitirse el lujo de ceder ante aquel deseo que hacía que le temblasen las manos del esfuerzo que le costaba no bajar a buscarla, a besarla, a hacerle el amor. Tenía que demostrar que era capaz de guardar las distancias. No podía ser de otra manera.

Cuando regresase a Francia, tendría que encontrar a otra mujer. La idea lo calmó todavía más que una ducha de agua fría.

La brisa procedente del lago era fresca y Elsa tenía la piel de gallina. No había visto a Blaise en casi todo el día.

No le estaba evitando porque le diese miedo, sino porque todavía no había decidido qué quería y tenía la sensación de que cuanto más tiempo pasase con él, más se precipitaría en su decisión.

Era la velocidad lo que la asustaba. La hacía sentirse como si estuviese bajando una carretera de montaña en un coche sin frenos. Sin control ni manera de detenerlo. Y si iba a estar con él, necesitaba el control.

Su momento de tranquilidad se vio interrumpido por el ruido de unas puertas abriéndose a sus espaldas.

–¿Has cenado? –le preguntó Blaise, saliendo a la terraza.

–Sí. He tomado algo en el restaurante del hotel.

Otra táctica para evitarlo que había resultado eficaz.

–¿Te ha gustado?

Ella lo miró y se arrepintió al instante. El corazón se le aceleró.

–Por supuesto que me ha gustado. Aquí todo es maravilloso.

–Me alegra oírlo.

Elsa bajó la mirada a su garganta, al movimiento de su nuez, y no pudo evitar imaginarse sábanas de seda, piernas entrelazadas y sus labios en aquel cuello fuerte.

Sacudió la cabeza e intentó tranquilizarse.

Se sentía como si estuviese corriendo. Hacia él. Lejos de él. Como si su cuerpo no pudiese contener todo lo que tenía dentro.

De eso era de lo que había estado huyendo. De lo que Blaise le hacía sentir.

Seguía huyendo a pesar de haber decidido que no iba a permitir que el miedo la dominase. Deseó ser otra persona. Allí, con aquel hombre que le hacía sentir aquella pasión tan increíble.

Pero no podía. Le dio la espalda y miró hacia el agua. Volvía a tener el corazón acelerado, pero por otra razón.

No podía ser otra persona y sus cicatrices ya estaban todo lo curadas que podían estar. No lo había aceptado hasta entonces, no había sido consciente de ello.

Siempre había pensado en que ya tendría relaciones o sexo más tarde, pero tenía veinticinco años y todavía no había llegado el momento. Porque en su mente siempre se había imaginado perfecta cuando estuviese con un hombre y, aunque hubiese sabido que eso no podía ocurrir, una parte de ella había albergado aquella insana esperanza.

Pero deseaba a Blaise y era posible que este la rechazase. Como cualquier otro hombre, cualquier otro hombre al que no desease ni la mitad.

Tenía que decidirse. Tenía que dar un paso al frente y disfrutar de la vida. El incendio le había quitado mucho. Y en esos momentos se daba cuenta de que le había dado incluso más de lo que le había quitado. Llevaba once años alimentando las llamas con su miedo, ayudada por las palabras de su madre, de sus compañeros de clase, pero eso se iba a terminar.

Se giró de nuevo hacia Blaise, segura de que era consciente de la rapidez con la que le latía el corazón.

Dio un paso hacia él, luego otro, y apoyó las palmas de las manos en su pecho. Se quedó así, inmóvil, sintiendo los latidos de su corazón en las manos, dejando que su calor la invadiese.

Levantó una mano hacia la curva de su cuello y él bajó la cabeza ligeramente, ella levantó la suya y lo besó en los labios. Se le aceleró el pulso todavía más, notó que le pesaban más los pechos, que su cuerpo estaba vacío, necesitado de él. De Blaise.

Sabía lo que quería. Lo único que la frenaba era el miedo.

Blaise la abrazó y la apretó contra su cuerpo mientras le devoraba los labios. Ella deseó gritar. Quería ser querida, quería que la abrazase como si tuviese miedo a perderla, porque era como un bálsamo que podía sanar las heridas invisibles que tenía en su interior.

Sintió lo mucho que Blaise la deseaba. Notó su erección contra el vientre y se apretó contra él, desesperada. Él bajó una mano hasta su trasero y se lo apretó con fuerza.

—Vamos dentro —le pidió Elsa.

Él le levantó el vestido y apoyó la mano en la piel desnuda de su muslo. La besó en la frente, en la mejilla, le mordisqueó la oreja.

—No puedo trabajar con lo que tenemos.

—Vamos dentro —repitió ella, que se sentía insegura al aire libre.

Blaise sonrió.

—Lo que tú quieras.

Capítulo 9

BLAISE cerró la puerta del dormitorio tras de ellos. No hacía falta porque estaban solos en la casa, pero Elsa se sintió mucho más tranquila así. Se preguntó si Blaise lo sabría.

–Me he preguntado muchas veces si tus labios sabrían a chicle de fresa –le dijo él, poniéndole una mano en el cuello y acariciándoselo.

–¿Y? –le preguntó Elsa casi sin aliento.

–Que no –respondió Blaise, dándole un beso rápido–. Saben todavía mejor, pero no sabría decirte a qué. Saben a ti.

–Si hubieses utilizado alguna de esas frases nada más entrar en mi tienda, no me habría puesto a la defensiva.

–No estoy utilizando ninguna frase –le respondió él–. Es la verdad.

A Elsa se le encogió el corazón, pero intentó no darle importancia. El corazón no tenía nada que ver con aquello.

–Te deseo –le dijo, porque no se le ocurría nada más.

Blaise la apretó contra su cuerpo excitado y ella apoyó las manos en su pecho otra vez y notó que su corazón latía con más rapidez que unos minutos antes. Por ella. Bajó la mano por su torso, notando sus músculos fuertes debajo de la camisa, y siguió descendiendo hasta rozarle la erección.

Él contuvo la respiración mientras Elsa seguía tocándolo, cada vez con más seguridad.

No era fácil fingir que tenía experiencia, pero se dijo que debía seguir sus instintos. Le acarició la erección con más fuerza y vio una expresión de puro placer en su rostro.

Entonces lo soltó y llevó las manos a su cuello. Empezó a desabrocharle la camisa muy despacio, dejando su torso al descubierto poco a poco, hasta quitársela y dejarla caer al suelo.

Era la perfección masculina personificada. Tenía la piel morena, los músculos definidos y una capa de bello que le recordaba que era un hombre.

Sus fuertes abdominales se contrajeron al tomar aire y Elsa lo observó maravillada. Había imaginado que sería perfecto, pero no se había dado cuenta de cuánto la intimidaría aquella perfección.

Nunca había sido tan consciente de lo desequilibrado que era aquel acuerdo. Él se estaba entregando, le estaba entregando su cuerpo, su experiencia. Y ella, a cambio, le daba su cuerpo imperfecto e inexperto.

Ya habían llegado demasiado lejos como para echarse atrás, pero una parte de Elsa deseó hacerlo. Deseó salir corriendo.

—¿Podemos apagar la luz? —le preguntó.

Blaise la abrazó y ella apoyó las manos en su pecho, disfrutando de la sensación de tener su piel desnuda debajo de las palmas de las manos. La besó muy despacio.

—Quiero verte.

Aquellas eran las palabras más aterradoras que había oído Elsa en toda su vida.

—No... no.

—Elsa, quiero verte, pero si vas a estar más cómoda con la luz apagada, la apagaré.

—Es solo... que no sabes lo horrible que es el resto de mi cuerpo.

—¿Acaso a tus anteriores amantes les han molestado tus cicatrices? —le preguntó él en tono enfadado.

Aquella era la pregunta que se había temido. Una pregunta a la que no quería responder, porque no quería que Blaise se diese cuenta de que la Elsa que mostraba al mundo exterior era una farsa.

Pero también era la pregunta que debía contestar, con toda sinceridad.

—No he tenido otros amantes.

Blaise la soltó, con el corazón acelerado, de la excitación, de la sorpresa.

—No es posible —comentó.

—Sí que lo es.

No tenía motivos para mentirle, pero Blaise no podía creerlo. Aunque, al mismo tiempo, lo hacía. Tenía que hacerlo. La expresión de su rostro, la mezcla de desafío y vergüenza, le decía que era cierto.

Se sintió como si acabasen de darle un puñetazo en el estómago. Aquel momento no era para él, sino para un hombre que pudiese prometerle amor a Elsa. Un compromiso. Algo más que un par de noches de placer.

Tenía que controlar el deseo que sentía por ella. Le acababa de decir que era virgen y no podía añadir a su lista de pecados el de robarle la virginidad.

Era muy consciente del desequilibrio que había entre ambos. Ella era una chica inocente y él... había estado con más mujeres de las que podía recordar. Se había dejado llevar por la carne y había sido egoísta, y había utilizado el amor como excusa para acostarse con la futura esposa de su hermano.

Pero en aquel caso, estaba en juego algo más que la virginidad. Elsa no había estado con ningún hombre antes por un motivo y, en esos momentos, había decidido que ese motivo ya no era importante. Aquel no era un encuentro sexual sin consecuencias, jamás podría serlo con Elsa.

Y él no tenía nada que ofrecerle. No podía ofrecerle amor, ni compromiso, nada. No tenía derecho a tocarla ni a buscar su propio placer en ella. No podía alimentar sus deseos con la inocencia de Elsa.

Tenía que marcharse de allí. Tenía que confesarle su error y no contaminarla con sus manos.

Pero, al mismo tiempo, no podía hacerlo. No podía alejarse de aquellos enormes ojos azules repletos de deseo, confusión y miedo.

Levantó la mano y le acarició la mejilla con dedos temblorosos. Su belleza, su vulnerabilidad, todo en ella lo afectaba tanto. La simple dulzura de su sonrisa, su perspicacia.

Bajó la mano y la cerró en un puño. Tomó la decisión de marcharse.

–Blaise –le dijo ella, acariciándole el pecho–. Por favor.

–Elsa...

La vio morderse el labio, tenía los ojos brillantes. Estaba indefensa ante él. No podía hacerla suya en ese momento, pero tampoco podía dejarla así.

De todos modos, ya tenía asegurado su lugar en el infierno. Ya había llegado demasiado lejos en todos los aspectos. No había redención posible, no había nada que pudiese apagar la llama de deseo que ardía en su interior.

Volvió a abrazarla y a besarla, y recorrió con las manos las curvas de su cuerpo. Ella suspiró, echó la cabeza hacia atrás. Blaise la besó, besó la cicatriz que tenía en el hombro y subió por ella hasta la línea del pelo.

Elsa lo miró con los ojos muy abiertos.

–*Belle* –le dijo en francés.

–Apaga la luz –susurró ella–. Por favor.

Blaise tardó un momento en comprender el significado de sus palabras. Le dio un beso en la frente y fue a apagar la luz.

Elsa respiró de nuevo, aunque no hubiese sido consciente de que estaba conteniendo la respiración. Así sería más sencillo. Blaise notaría las cicatrices, pero no tendría que verlas. Ya había sido bastante duro confesarle que era virgen, casi más íntimo, en ciertos aspectos, que lo que estaban a punto de hacer.

Por un momento, había pensado que Blaise iba a marcharse, pero no lo había hecho.

Cuando volvió a su lado, dudó un instante antes de volver a abrazarla.

–No lo hagas porque te doy pena –le dijo Elsa.

Él la agarró por la barbilla y Elsa vio, gracias a la luz de la luna que entraba por la ventana abierta, que estaba muy serio.

–Lo hago porque te deseo. Tanto, que me duele todo el cuerpo.

–A mí me ocurre igual –susurró ella.

Blaise se acercó a su oreja y le susurró todas las cosas que iba a hacerle mientras recorría su cuerpo con las manos, apretándole los pechos y jugando con sus pezones.

–Blaise –gimió Elsa, agarrándose a sus hombros y arqueando el cuerpo de placer.

–Aquí estoy –respondió él, empezando a bajarle la cremallera del vestido.

Ella cerró los ojos y notó frío en el cuerpo cuando el vestido cayó al suelo. Todavía llevaba puestos los tacones, además del conjunto de sujetador y braguita.

Con aquella luz, solo podía ver el contorno del cuerpo de Blaise, e imaginó que él estaría viendo lo mismo del suyo. Aun así, seguía sintiéndose abrumada, con todos los sentidos anegados de excitación, deseo, vergüenza.

Oyó cómo Blaise se desabrochaba el cinturón, lo vio bajarse los pantalones y dejarlos en el suelo.

–Ponte delante de la ventana –le pidió él con voz ronca.

La ventana daba al lago, así que Elsa sabía que no podría verla nadie. Cruzó la habitación y se detuvo delante del cristal.

–Preciosa –susurró Blaise–. Quítate el sujetador, *cherie*.

Los dedos le temblaron al echar los brazos hacia atrás para desabrocharse. Dio un grito ahogado al notar el aire en los pezones y se dio cuenta de que estaba deseando que Blaise la acariciase.

–Tienes una figura perfecta –comentó este.

La luna marcaba su silueta y le daba un halo plateado al tiempo que ocultaba sus cicatrices. Elsa se giró para que Blaise pudiese verla desde otro ángulo. Lo oyó respirar hondo y se sintió poderosa.

–Ven aquí –volvió a ordenarle él.

En aquella situación, a Elsa le gustaba su autoritarismo.

La abrazó, la apretó contra su cuerpo y ella deseó simplemente disfrutar de la sensación de tener los pechos desnudos contra el de él.

Se quedó inmóvil al notar que le ponía las manos en la espalda y cerró los ojos mientras las pasaba por las peores cicatrices.

Esperó a que las apartase al notarlas, pero Blaise no paró de tocarla, no quitó las manos. Continuó acariciándola, besándola, clavándole la erección en el vientre. Y cuando movió las manos fue para dibujar sus curvas con ellas y bajarle las braguitas.

Elsa terminó de quitárselas de una patada.

Blaise la agarró por las caderas y se arrodilló.

Elsa apoyó una mano en su hombro y con la otra, le acarició el pelo corto.

Notó cómo le desabrochaba la pulsera de los zapatos de tacón y pensó que jamás habría imaginado que semejante acto pudiese ser tan erótico. Cuando terminó, estaba temblando.

Él le acarició la corva de las rodillas, se inclinó y le dio un beso allí, haciendo que el deseo aumentase. Luego fue subiendo por su pierna para besarla en la parte interior del muslo. Elsa echó la cabeza hacia atrás y suspiró.

Cuando Blaise llevó los labios a un lugar más íntimo, tuvo que aferrarse a sus dos hombros para no caerse.

Notó que le temblaban las piernas y que la invadía el placer. Estaba a punto de llegar al clímax cuando Blaise se apartó y se puso en pie.

La guió hasta la cama y abrió el cajón de la mesita de noche para sacar un paquete de preservativos y dejarlo encima de la almohada. Luego la acarició entre las piernas.

Elsa gimió y contrajo los músculos internos de su sexo mientras Blaise la penetraba con un dedo primero, luego dos, para asegurarse de que estaba preparada.

Estaba tan tensa que casi no podía ni respirar y su cuerpo estaba a punto de explotar de placer. El orgasmo le llegó de repente, como una ola, tragándosela entera y llevándola, como si no pesase nada, sin aliento, hasta la orilla.

Blaise le dio un beso y tomó el paquete de preservativos, lo abrió y se puso uno.

–¿Preparada? –le preguntó.

Elsa asintió. Estaba preparada. Estaba saciada y, no obstante, quería todavía más. Lo quería a él. En su interior.

La penetró despacio, dándole tiempo a su cuerpo a acostumbrarse a él. No le dolió, se sintió completa. Fue una sensación deliciosa.

Lo agarró por los hombros otra vez y echó la cabeza hacia atrás. Blaise la besó apasionadamente mientras empezaba a moverse en su interior.

A Elsa le sorprendió la rapidez con la que volvía a crecer el placer en ella, la habilidad de Blaise para hacer que volviese a estar al borde del abismo, clavándole las uñas en la espalda. Sus movimientos empezaron a ser descontrolados, lo mismo que los de ella, que se balanceaba contra su cuerpo, buscando el placer y dándole todo lo que le podía dar.

–Blaise –gimió al llegar al clímax por segunda vez, un clímax todavía más intenso.

Él le dio un último empellón y se quedó inmóvil encima de su cuerpo, dejándose llevar por el orgasmo también. Elsa no quería moverse, no quería enfrentarse a la realidad de lo que acababa de ocurrir.

Solo quería disfrutar del momento, de la sensación de estar unida a alguien. A Blaise.

Este se apartó después de unos segundos y salió de la cama. Ella se quedó donde estaba, incapaz de moverse. Lo vio entrar en el baño y volver poco después, para tumbarse nuevamente a su lado.

Se sintió aliviada. Iba a quedarse con ella.

Iba a ser suyo esa noche.

Y no tenía miedo.

Blaise no podía apartar la mirada de la espalda de Elsa, iluminada por los primeros rayos de sol de la mañana. Todavía estaba dormida, de espaldas a él, con la sábana cubriéndola hasta las caderas y la parte superior del cuerpo y la curva del trasero al descubierto. Lo mismo que las cicatrices. Su primer instinto fue el de tocarlas, pero se contuvo. No por miedo a hacerle daño, sino por respeto.

Las había tocado la noche anterior, había pasado la punta de los dedos por su piel irregular. Antes había fantaseado con tocar una piel suave, pero había una gran parte del cuerpo de Elsa que no era suave.

Tenía la espalda cubierta de pliegues y cráteres que hablaban de un trauma, de dolor. Un dolor tan profundo, tan real, que hizo que se le encogiese el pecho.

Pero incluso siendo tan diferente de todas las mujeres con las que había estado, había superado con mucho sus expectativas. El sexo con Elsa había sido un placer muy por encima del experimentado hasta entonces. Le había hecho perder el control, había hecho que dejase de pensar con claridad.

Era la segunda vez en su vida que perdía el control. No le gustaba el hombre en el que se había convertido entonces, y mucho menos el hombre que era en esos momentos. Le había robado a Elsa la virginidad a cambio de nada. Y, lo que era más grave, había descubierto que su fachada era mentira. No llevaba sus cicatrices como si fuesen trofeos, como él había pensado al conocerla.

Lo que hacía era protegerse del mundo. Mantener a la gente apartada.

Les ocultaba lo peor. Lo peor de su dolor. Y cuando le había confesado que no había estado nunca con un hombre, le había revelado al mismo tiempo que las cicatrices iban mucho más allá de la superficie de su piel.

Y él no podía curárselas. Lo único que había hecho en su vida había sido causar dolor. Le había causado dolor a su madre recordándole a su padre, le había causado dolor a su hermano quitándole a la mujer a la que amaba. Hasta había acabado haciéndole daño a Marie.

Con Elsa no podía ser distinto. Como una infección, contagiaba lo peor de sí mismo a cada persona que formaba parte de su vida. Le había hecho daño a su padre marchándose con su madre, y le había hecho daño a su madre permitiéndole volver a Malawi, donde había fallecido de una infección por la falta de instalaciones médicas de calidad. Y con respecto a su hermano... había destruido la vida de Luc.

Por eso había dejado de intentarlo. Por eso había bloqueado sus emociones y había adoptado una actitud despiadada al tiempo que se controlaba para mantener las distancias con cualquier persona que pudiese preocuparse por él.

La noche anterior no había sido así. No se había controlado. Ya no podía hacerlo. Había dejado de sentirse culpable hacía mucho tiempo.

Pero así era como se sentía esa mañana. Tenía un enorme peso en el pecho que le impedía respirar.

Pero no se movió.

Alargó la mano y tocó la piel de Elsa. El dolor y el sufrimiento que representaban aquellas marcas estaban muy por encima de lo que él podría llegar a entender.

Eran mucho más de lo que nadie podría soportar. Mucho menos, una mujer como Elsa.

—¿Blaise?

Elsa se sentó de repente, todavía dándole la espalda, e intentó taparse con la sábana.

—No —le dijo él, sentándose también y agarrándole las manos para que no se cubriese.

La sábana cayó a su cintura y ella se quedó con la espalda rígida, pero temblando mientras Blaise apoyaba las manos en ella y se la acariciaba.

—¿No te duelen, verdad?

—No —respondió ella con voz ahogada.

—¿Alguien más resultó herido en el incendio?

—No.

—¿Tú estuviste muy grave?

—Estuve un par de meses en el hospital. Allí encerrada entre las cuatro mismas paredes. La comida era horrible. Y los dolores, también. Me hicieron injertos. Muchas operaciones. Recuperarse de las quemaduras es incluso peor que las propias quemaduras. Al menos, lo fue para mí.

Todavía tenía la cabeza agachada y los hombros tensos. Blaise apoyó las manos en ellos, las bajó por sus brazos y repitió el movimiento hasta que notó que empezaba a relajarse.

–Tengo muchos nervios dañados –le contó en voz baja–. No siento nada en toda la parte izquierda de la espalda. Y lo mismo ocurre con la cicatriz del cuello. No tengo sensibilidad.

Él inclinó la cabeza y le apoyó la frente entre los omóplatos. Tenía el pecho encogido por el dolor.

–Entonces, tendré que darte el doble de besos en la parte derecha, para compensarte –le dijo.

Elsa pensó que el corazón se le iba a salir del pecho al oír aquello y los ojos se le llenaron de lágrimas. Se mordió el labio para intentar evitar derramarlas.

La noche anterior, Blaise había llegado mucho más lejos de lo que ella había imaginado posible. Y seguía allí. A plena luz del día, seguía en la cama con ella, tocándola. Diciéndole las cosas más románticas que había oído en toda su vida.

–Sería una loca si rechazase esa oferta –comentó con voz temblorosa.

–Yo también lo sería –dijo él, dándole un beso en el hombro–. No quiero hacerte daño.

–No me has hecho daño. Y no me lo harás. Nunca... imaginé que un hombre podría desearme.

Le dolía admitirlo, pero era la verdad.

–Hubo un chico del instituto que me pidió salir. Yo tenía dieciocho años. Me llevó a un aparcamiento, ya sabes. Metió las manos por debajo de mi camiseta y me tocó la espalda. Y allí se terminó todo. Luego le contó a todo el mundo que... estaba desfigurada. Que era horrible.

Blaise tuvo que contenerse para no jurar.

–No sé qué haría con él si lo tuviese delante –dijo.

Había más, pero Elsa no era capaz de contárselo. Era demasiado humillante. No podía contarle que su madre le había hecho sentirse igual de mal que sus compañeros de clase.

–Ya da igual –dijo, tomando aire–. Decidí que no volvería a sufrir.

Se giró a mirarlo sin molestarse en taparse los pechos con la sábana. Había sido mucho más difícil, mucho más íntimo dejarle ver su espalda.

–Y no estoy sufriendo. La verdad es que me siento como si hubiese ganado algo.

Blaise observó la sonrisa radiante de Elsa, sus mejillas sonrosadas. Era extraño que hubiese dicho que se sentía como si hubiese ganado algo, porque él sentía todo lo contrario, como si estuviese perdiendo algo. Algo que deseaba mantener desesperadamente.

Capítulo 10

A ELSA no le hizo gracia tener que salir de la cama. Quería quedarse allí, entre las sábanas, con Blaise.

Pero era el segundo día de la sesión fotográfica y el deber la llamaba.

Mientras veía posar a Carolina en la cascada, pensó en Blaise. A su lado, se sentía segura de verdad. Feliz de verdad. La hacía sentirse guapa.

Se le escapó una carcajada y el director de la sesión se giró a mirarla mal. Como si se hubiese reído de él. Aquel hombre era un artista. Por lo tanto, no poseía sentido del humor. Pero no se estaba riendo de él.

Guapa. Llevaba once años sin sentirse guapa. Había habido un tiempo en el que había destacado entre la multitud, una niña bonita procedente de una buena familia. Hasta que el incendio había arrasado con todo. Nadie había sabido qué hacer con las consecuencias. Nadie había sabido llegar a ella.

Así que la habían ridiculizado.

En esos momentos, sintió que parte de aquello se esfumaba.

La brisa caliente le acarició el rostro y sonrió.

Por fin estaba tomando las riendas. No, no había escogido las cicatrices y, si le hubiesen dado a elegir, no las habría escogido, pero había pasado demasiados años enfadada por su culpa. Sacudiendo el puño al cielo porque no era justo.

No lo era, pero estaba ahí. Formaba parte de su vida.

Y la noche anterior había dado el primer paso para conseguir tener una vida más equilibrada, que no estuviese regida por un acontecimiento sucedido tanto tiempo atrás. Un paso hacia la libertad.

Su mente había empezado a abrirse al conocer a Blaise y, después de la noche anterior... era como si le hubiesen quitado una venda de los ojos.

Y más que eso, estar con Blaise la había cambiado por dentro. Se sentía viva, emocionada con la vida. Y no solo con el trabajo. Había sido como despertar.

Mientras que no fuese más allá. Y no lo haría. Blaise había sido... bueno con ella. Pero era un seductor experto y eso era lo que había hecho: seducirla. Y a Elsa no le importaba, porque era lo que había querido.

Pero no sería tan tonta como para enamorarse de semejante hombre.

—He vuelto —dijo Elsa al volver a casa.

Era tarde, el sol se estaba ocultando detrás del lago y estaba muerta de hambre.

Blaise no respondió.

Ella entró en el salón y se sentó en el sofá. Había

un papel doblado en la mesita del café y lo tomó. Era una nota, de Blaise, escrita con una letra sorprendentemente elegante: *La cena, en el lago.*

La escritura elegante y la misiva, muy masculina. No había corazones ni florituras para Blaise Chevalier. Elsa sonrió.

Había sudado durante la sesión, pero tenía demasiada hambre como para ir a cambiarse antes de cenar. Estaba desesperada.

De todas maneras, iba vestida con un bonito vestido que dejaba sus piernas al descubierto. A Blaise parecían gustarle. Así que fue hacia la puerta trasera de la casa sonriendo.

Allí lo encontró, con la camisa blanca abierta en el cuello y una rosa en la mano. Era un pequeño detalle, la rosa, pero hizo que a Elsa se le encogiese el estómago. La última vez que le habían regalado flores, había sido en el hospital.

Había un barco blanco, grande, amarrado delante de la casa. Allí era donde estaba la cena. Un yate y una rosa.

—Ojalá me hubiese arreglado más.

—Tú siempre estás preciosa —le dijo Blaise, avanzando hacia ella con el brazo estirado.

Elsa aceptó la rosa y se pasó los suaves pétalos por la mejilla mientras inhalaba su delicado aroma.

—Gracias.

—Guárdala, tengo planes para ella más tarde.

—Así dicho... suena a alguna travesura.

—Nunca he dicho que fuese un chico bueno —respondió él sonriendo.

No, pero en ocasiones sí se comportaba como un hombre bueno, y eso era lo que la confundía.

Porque conocía bien a Blaise el hombre de negocios despiadado, a la versión de él que hacían los medios de comunicación. Después había conocido al hombre que tenía sus raíces en el país de su madre y que quería convertirlo en un lugar mejor. Y, más recientemente, a Blaise el amante. El hombre capaz de tocarle las cicatrices sin inmutarse, que la invitaba a cenar en un yate.

Y tenía la horrible sensación de que era aquel último Blaise, el amante, el que corría el riesgo de evaporarse algún día.

Pero hasta que lo hiciese, iba a disfrutar de cada minuto que pasase con él.

—¿Qué tal la sesión? —le preguntó, guiándola hasta el yate con una mano en su espalda.

—Estupendamente. Mejor que ayer. Es... divertido. Me ha hecho darme cuenta de que mi carrera no depende solo de mí. Hay modelos, directores, estilistas. Yo solo soy una pieza más del puzle. Creo la ropa, pero no todo depende de mí.

—¿Creías que todo dependía de ti?

—Sí, supongo que sí. Aunque supiese que había otras personas que podían influir en mi trabajo.

—¿Y eso te parece bien?

—Ayer no me lo parecía, pero hoy me he dado cuenta de cómo funcionan las colaboraciones y estoy contenta.

Respiró hondo antes de continuar.

–Ese es uno de los motivos por los que no me gustaste cuando te vi llegar.

–Pero solo uno –comentó él, entrelazando los dedos con los de ella para ayudarla a subir al yate.

–Sí, hay otros –admitió ella en tono ausente mientras miraba a su alrededor.

Había velas encendidas cerca de una suave manta cubierta de almohadones. Al lado, una cesta de merienda y dos copas junto a una botella de vino blanco abierta.

–¿Y cuáles eran esos otros motivos?

–Se me han olvidado –le respondió ella–. Porque si me hubieses contado esto la noche en que te conocí, me habrías caído bien antes.

–Ah, así que se te puede comprar.

–¿Con una cena en un yate? Sí.

Elsa se giró hacia él sonriendo y se le encogió el corazón al ver que Blaise le devolvía la sonrisa. Una sonrisa de verdad. Algo tan raro en él.

–Desvergonzada.

–Tal vez –respondió Elsa casi sin aliento, al tenerlo tan cerca.

Quería que la besase, quería perderse en sus sensuales caricias.

–Creo que necesitas cenar más de lo que necesitas un beso.

Lo mismo había pensado ella hacía solo unos minutos, pero ya no estaba tan segura.

–No sé.

–Yo sí. Has estado todo el día al aire libre, con el calor que hacía, y seguro que no has comido bien.

–Estaba demasiado ocupada como para pararme a comer.

–No me sorprende.

–No se te ocurra acusarme de ser adicta al trabajo, Blaise Chevalier, porque yo podría decir lo mismo de ti.

–Yo no lo negaría, pero creo que esta noche voy a olvidarme del trabajo.

–Yo también.

Blaise se sentó en la manta y Elsa, a su lado. Estaba oscureciendo y no había luces que apagasen el brillo de la luna y las estrellas.

Blaise sirvió el vino y ella abrió la cesta y sacó una bandeja con carne, queso y fruta.

–Delicioso –comentó, tomando un trozo de salami y comiéndoselo.

Blaise la miró con los ojos entrecerrados.

–¿Qué pasa? Tengo hambre.

–Me alegro. Come.

–¡Pues no me mires así! –exclamó Elsa riendo.

Se sentía feliz, estaba cómoda. Siempre había mirado al futuro, hacia sus metas. En esos momentos, no. Solo estaba disfrutando de aquel instante.

Él sonrió, haciéndola sentir como si fuese la única mujer del planeta.

–Solo te miro porque eres preciosa.

Elsa se mordió el labio, se le hizo un nudo en el estómago.

–No sé cómo puedes decir eso.

–¿No sabes cómo puedo decir que eres preciosa? –preguntó él con el ceño fruncido.

Ella negó con la cabeza y dejó el salami que tenía en la mano en el plato.

–No.

–Pues te lo diré –le dijo Blaise mirándola a los ojos–. Tienes unos ojos maravillosos, expresivos, profundos. Y unos labios... con los que fantasearía cualquier hombre. Yo lo he hecho.

Alargó la mano y le tocó el labio inferior muy despacio, con cuidado.

–He soñado con tenerlos sobre mi piel, me he preguntado cómo sabrían, y no me han decepcionado –continuó.

Luego bajó la mano y le acarició los pechos.

–Tus pechos encajan en mis manos a la perfección y todo tu cuerpo es como debería ser un cuerpo de mujer. Es como si yo mismo te hubiese moldeado en mis sueños.

Elsa tenía la cara ardiendo, el corazón acelerado. Aquellas palabras, tan perfectas, tan sinceras, tan profundas, retumbaron en su interior. Eran difíciles de creer. Casi imposibles. Y, no obstante, veía en sus ojos que eran de verdad.

Parpadeó para no derramar las lágrimas que se agolpaban en sus ojos otra vez. Porque con Blaise, se sentía indefensa y vulnerable, pero no más débil, sino, tal vez, incluso más fuerte.

Él apartó la mano, tomó su copa y se centró en la cena. El silencio que se hizo entre ambos no fue incómodo, sino todo lo contrario.

–Gracias –le dijo ella, aclarándose la garganta, haciendo un esfuerzo por no llorar–. Esto es muy bonito.

–Tienes que relajarte más, Elsa. Ven aquí.

Blaise golpeó el trozo de manta que tenía delante y ella se sentó dándole la espalda, con sus fuertes muslos a ambos lados del cuerpo.

Él le masajeó los hombros para aliviarle la tensión. Elsa nunca había ido a darse un masaje porque no quería enseñar ciertas partes de su cuerpo.

Pero Blaise ya había visto lo peor. Sabía lo que había debajo de sus modernos vestidos y de su fría apariencia. Y seguía allí. Seguía tocándola.

Notó que le bajaba la cremallera del vestido y que le besaba el cuello, primero la cicatriz, luego el otro lado, dos veces.

–Aquí no puede vernos nadie –susurró.

Le bajó los tirantes del vestido, dejándole los pechos al descubierto, lo mismo que la espalda.

Luego tomó la rosa que Elsa había dejado encima de la manta.

–¿Puedes sentir esto? –le preguntó.

Ella notó la suave caricia de los pétalos en el cuello, en el hombro.

–Sí, Blaise, lo que...

–Quiero saber dónde sientes mis caricias. Cómo puedo darte más placer. Quiero conocer tu cuerpo –la interrumpió, volviendo a mover la rosa–. ¿Y esto?

–Sí.

Bajó la rosa y la sensación desapareció.

–¿Y esto, Elsa?

–No.

Elsa quería sentirlo. Todo. En todas las partes del cuerpo. Y le frustraba que no fuese posible.

Entonces volvió a notarlo, en la base de la espina dorsal.

—Ahí sí que puedo sentirlo —murmuró.

—¿Y aquí? —le preguntó él, bajando más.

—Sí —respondió Elsa suspirando, deseando que la acariciase con las manos aunque le estuviese gustando aquello también.

—¿Y esto?

Notó sus labios en el omóplato. Se le encogió el estómago y se le aceleró el corazón.

Solo pudo asentir y morderse el labio para no dejar escapar un gemido de placer. Se estremeció y ya no siguió conteniéndose cuando notó la lengua de Blaise en la espalda.

—Todo eso puedo sentirlo —le dijo con voz estrangulada.

—Aquí —comentó él, tocando un lugar que Elsa no supo cuál era—. Aquí es donde está lo peor.

Y aunque Elsa no pudo verlo, supo que le había dado un beso.

Una lágrima corrió por su mejilla y no se molestó en limpiársela.

—Pero aquí —continuó él, dándole otro beso en el hombro—. Aquí sí que me sientes.

—Sí —susurró Elsa, cerrando los ojos.

—Ya tengo un mapa de tu cuerpo —añadió Blaise sin dejar de acariciarla.

Elsa deseó decirle que conocía su cuerpo mejor que ella misma, pero no pudo hablar por miedo a deshacerse en lágrimas.

Así que, en su lugar, se giró y lo besó, poniendo

toda su emoción en ello. Él le devolvió el beso y levantó las manos para acariciarle los pechos.

—Ah, lo estaba deseando —comentó Elsa suspirando.

—Yo también.

—Pero tú vas demasiado vestido —protestó, tocándole el pecho.

—Eso puedo solucionarlo.

Blaise se quitó rápidamente la ropa y la dejó tirada por la cubierta. Elsa lo acarició.

—Eres perfecto —murmuró.

Él tomó su mano y la besó en la muñeca.

—No más que tú.

Y a ella se le volvieron a llenar los ojos de lágrimas que intentó contener de nuevo.

Solo deseaba poder darle a Blaise tanto como él le había dado a ella.

Se incorporó un momento para quitarse el vestido y la ropa interior, y se deshizo de los zapatos a patadas.

Después, se arrodilló y lo besó en el pecho, pasando la lengua por sus musculosos pectorales. Lo deseaba más que a nada en el mundo. Trazó una línea por el centro de su torso y notó cómo contraía los músculos.

Luego tomó su erección con la mano y bajó la cabeza todavía más, con la esperanza de poder darle esa noche al menos la mitad del placer que le había dado él la noche anterior. Le tocaba a ella explorar, aprender.

Notó que apoyaba una mano en su hombro y enterraba la otra en el pelo, y sus gemidos de placer alimentaron su propio deseo. No había imaginado que la excitaría tanto verlo temblar, al borde del éxtasis sexual.

–Elsa –gimió–. Ya vale, *ma belle*. Te necesito toda.

Ella levantó la cabeza y lo miró a los ojos, que brillaban de deseo.

–Y yo te necesito todo a ti –le dijo, tumbándolo sobre los cojines–. ¿Tienes un preservativo?

Blaise sonrió con malicia y metió la mano debajo de un cojín, de donde sacó un paquete. Ella se lo quitó de la mano y lo abrió.

–¿Tan seguro estabas de ti mismo?

–Con una cena en un yate, sí –respondió él sin dejar de sonreír.

–Ya veo.

A Elsa le habría gustado ser capaz de ponerle el preservativo sola, pero Blaise tuvo que ayudarla.

–La próxima vez lo haré mejor –le dijo.

–No me he quejado –comentó él, acariciándole la mejilla y dándole un suave beso en los labios mientras con la otra mano la agarraba del trasero para acercarla más a él para penetrarla.

Elsa empezó a moverse encima de él hasta que encontró su ritmo, el ritmo que hizo que su cuerpo se sacudiese y que Blaise cerrase los ojos extasiado mientras la acariciaba.

–Increíble –la animó–. Increíble.

Sus palabras, el movimiento de sus manos, de su

cuerpo, la llevaron al clímax, que sacudió su cuerpo con la fuerza de un terremoto.

Él la abrazó con fuerza por la cintura e hizo que cambiasen de posición para ponerse encima y establecer el ritmo en esa ocasión.

Y cuando llegó al orgasmo, ella volvió a sentirlo también, más suave que el primero, una lenta ola de placer que parecía alimentarse del de él.

Se agarró a sus hombros y lo besó en la clavícula.

Él se puso de lado sin soltarla y ella apoyó la cabeza en la curva de su cuello.

—No me hacían falta ni el yate ni la cena —le susurró—. Con esto era suficiente.

El cuerpo de Blaise seguía teniendo sed de Elsa, incluso después de haber disfrutado del mejor sexo de toda su vida. Quería más. Y aunque lo tuviera, sabía que la satisfacción solo le duraría un instante antes de desear todavía más.

Le acarició el costado, la curva de la cintura y la de la cadera. Era única en muchos aspectos. Como una sirena inocente, perfecta y dañada al mismo tiempo. La contradicción personificada. Y no podía fascinarlo más.

Era una sensación nueva. Confundía a todas las mujeres con las que había estado. Sobre todo, a aquellas con las que se había acostado después de que Marie lo hubiese dejado.

Con Marie había tenido la necesidad de poseerla,

de que fuese suya. Aunque hacía mucho tiempo que era consciente de que lo que había sentido por ella no había sido amor. Había dejado de creer en aquella emoción o, al menos, en su capacidad para sentirla.

Lo que tenía con Elsa era diferente. No era una mera posesión. Quería darle. Quería conocer su cuerpo lo máximo posible para poder darle todo el placer que se merecía.

Aunque, proviniendo de él, fuese un regalo envenenado.

E incluso sabiéndolo, no pudo dejarla marchar. Continuó abrazándola, acariciándola.

—Nadie, salvo los médicos y las enfermeras, me había tocado las cicatrices así —murmuró ella—. Después del incendio... ni siquiera mi madre fue capaz de volver a tocarme.

Blaise apretó la mandíbula. Le había ocurrido algo similar con sus padres después de que estos se divorciasen.

—Un reflejo de sus propios problemas —dijo con voz tensa—, no de los tuyos.

—Ahora lo entiendo. O, al menos, estoy empezando a hacerlo.

—¿Qué ocurrió, Elsa?

Una lágrima caliente se escapó de sus ojos y fue a caer sobre el pecho de Blaise. A este no le gustaba ver llorar a ninguna mujer, pero al menos Elsa no estaba sollozando, solo sabía que estaba llorando porque había notado la humedad en su piel.

—Mi familia vivía en Nueva York, en una casa enorme. Era como un laberinto. Tres pisos, miles de metros cuadrados y muchas habitaciones. Todos estábamos durmiendo. Cuando despertamos... hacía demasiado calor. El pomo de la puerta de mi habitación me quemó la mano –dijo, mostrándole la mano izquierda–. Me daba miedo saltar desde un tercer piso por la ventana, así que intenté... salir.

Blaise la abrazó con más fuerza. Era lo único que podía hacer, además de escucharla. Y odió la sensación. Odió no poder darle nada. Sobre todo, odió que le hubiese ocurrido algo así. Él había prendido fuego a su propia vida y las consecuencias habían sido suyas. Elsa, sin embargo, no había hecho nada para merecer tanto sufrimiento.

–¿Cómo saliste? –le preguntó.

–Por la ventana del segundo piso. Intenté bajar por las escaleras principales pero... estaban en llamas y ya me había quemado al recorrer el pasillo... No podía respirar.

–¿Y tu familia?

–Estaba sana y salva. En el jardín, agarrados los unos a los otros.

–Habían ido a la habitación de mi hermana y la habían sacado de allí y luego... ya no habían podido volver a entrar a por mí.

Otra lágrima aterrizó en el pecho de Blaise.

–Es horrible, preguntarse por qué actuaron así. Es horrible estar enfadado porque no arriesgaron su vida por mí.

–Pero así es como te sientes.

Se hizo el silencio entre ambos y Blaise se dio cuenta de que Elsa tenía una lucha interna.

–Sí –admitió en un susurro–. Me he pasado toda la vida intentando demostrar que merecía la pena que se sacrificasen por mí, pero da igual. Eso no cambia nada. No pueden... casi no pueden ni mirarme porque se sienten culpables y... no son capaces de manejar ese sentimiento de culpa.

–Y tú no tienes derecho a estar enfadada.

Ella negó con la cabeza.

–Lo siento, pero vales mucho más que eso.

Era cierto, valía mucho más que una familia incapaz de ayudarla. Valía más que un hombre que solo podía ofrecerle placer en un dormitorio.

Su familia era demasiado egoísta para ver más allá de su propio dolor y sanar el de Elsa. Y él era demasiado egoísta para dejarla marchar.

–¿Y tu familia? –le preguntó Elsa–. ¿Tienes relación con ella?

–Sí, a veces.

–¿Con tu hermano?

Blaise cerró los puños con fuerza.

–Sí.

–Eso está bien.

–Mañana volvemos a París.

–Lo sé –susurró Elsa.

–Pareces triste.

–Me gusta el yate –comentó ella riendo.

Él le acarició el cuello, los pechos, trazó una línea con el dedo alrededor de uno de sus pezones.

–También tengo yates en Francia.

Capítulo 11

EN CUANTO volvieron a estar en suelo francés, Elsa empezó a ver las primeras pruebas del efecto que había tenido su estancia en Malawi. En los periódicos había fotografías de los dos en la playa del lago Nyasy, durante la sesión de fotos, con la mano de Blaise apoyada en su espalda.

Y la boutique se había visto inundada de clientas que querían comprar el vestido blanco que había llevado puesto ese día. También había recibido muchas llamadas de otras tiendas que querían saber si podían hacerse distribuidoras de su marca.

Siempre había soñado con algo así y estaba ocurriendo. Y el hecho de tener que compartirlo con Blaise solo hacía que fuese todavía mejor.

Blaise. Sonrió al pensar en él. Su amante. El hombre que la abrazaba por las noches, que la miraba con deseo en vez de repugnancia o indiferencia.

Terminó la muestra virtual que estaba preparando para enviar a los almacenes Statham's, que le habían pedido que les enviase fotografías de sus prendas más comerciales.

Era el proyecto más importante. Y eso que la campaña publicitaria de *Look* todavía no había salido. Elsa no podía ni imaginar qué ocurriría cuando lo hiciese.

Si conseguía colocar su marca en aquellos grandes almacenes, empezaría por fin a sentirse bien. Empezaría a merecerle la pena estar viva. Y podría demostrarle a su madre lo que valía.

Y, no obstante, eso ya no era tan importante.

Estaba orgullosa de lo que había conseguido y de haberlo hecho junto a Blaise, pero ya no tenía la necesidad de demostrarle nada a nadie.

Porque sabía que valía. La industria de la moda y los clientes se lo habían demostrado.

Y, luego, estaba Blaise.

Hacía dos días que habían vuelto a París y no había vuelto a verlo. Lo echaba de menos. Echaba de menos sus caricias, sus besos, ser suya. Encogió los dedos de los pies dentro de las botas y envió el correo electrónico a los almacenes Statham's.

Luego apoyó la espalda en el respaldo de la silla y se dijo que había sido virgen durante veinticinco años y lo había soportado. No era posible que, después de dos días sin Blaise, se sintiese como si fuese a explotar de la energía sexual que llevaba dentro.

Él estaba muy ocupado. Y ella también. Tenía que recuperar el tiempo perdido en la boutique, y atender a las peticiones que había recibido.

No debía llamarlo. Tenía que esperar a que él la llamase.

Tomó el teléfono móvil de encima del escritorio y marcó su número.

—Elsa.

Se estremeció al oír su nombre dicho por él.

—Hola. Solo quería... He estado muy ocupada, pero acabo de terminar lo que tenía que hacer.

Esperó. Esperó a que Blaise pillase la indirecta y le dijese que quería verla. Aquello era casi más aterrador que la primera vez que le había visto las cicatrices. Porque estaba demostrándole que no solo era imperfecta por fuera. Le estaba dejando entrever sus sentimientos.

Unos sentimientos que no estaba segura de que tuviesen un lugar en su vida, ni en la de él.

Blaise no dijo nada, así que Elsa añadió:

—Me preguntaba si te gustaría que nos viésemos esta noche.

—Tengo que asistir a un evento esta noche —le respondió él en tono distante.

—Una fiesta.

—Una reunión de gente.

—Sí, una fiesta —repitió Elsa, agarrando el teléfono con fuerza—. ¿No quieres llevarme?

Era una pregunta tonta. Era una tontería mostrarle su inseguridad. Era ridículo sentirse insegura.

—No creo que te interese. Vamos a hablar de negocios.

—Si yo tuviese que asistir a una fiesta benéfica, ¿te gustaría venir conmigo?

—Sí —contestó Blaise sin dudarlo.

Elsa expiró.

–De acuerdo, sé que lo que tenemos no es algo permanente. Sé que es solo físico, pero, en mi mente, es una relación. Era virgen por las cicatrices, porque tenía miedo a ser rechazada, pero creo que, incluso sin ellas, me habría tomado en serio cualquier relación sexual que hubiese tenido –le dijo. Tenía un nudo en el estómago–. ¿No irás a llevar a otra?

–No le veo sentido a eso de estar con dos mujeres a la vez. Si quiero a una mujer, estoy con ella. Si no, rompo con ella –replicó Blaise en tono duro.

–Vale, pero tienes que admitir que es normal que me preocupe que no me hayas dicho nada de la fiesta.

–No era mi intención... preocuparte. Pero siempre mantengo separadas mi vida profesional de la personal.

–Salvo en el caso de mi negocio.

–Lo que ha ocurrido entre nosotros era inevitable. Normalmente no me acostaría con uno de mis socios.

–Eso me hace sentir mucho mejor –dijo ella en tono irónico.

–¿Quieres que discutamos?

–No. Lo siento.

–¿Qué quieres que te diga ahora para que te pongas contenta? –le preguntó Blaise con frustración.

Ella se echó a reír.

–Ve a la fiesta solo si quieres. Es solo que me he sentido excluida. Si he sido solo una conquista de dos noches, dímelo, pero yo pensaba que íbamos a seguir juntos.

—No eres solo una conquista de dos noches —le dijo él.

Elsa recordó la noche del yate, cuando la había acariciado con la rosa y después con los dedos para aprenderse su cuerpo. Estaba segura de que era más que una aventura, pero no sabía si Blaise quería que fuese más.

—¿Y no te sientes avergonzado de mí?

—¡*Mon dieu*! Elsa, no me siento avergonzado de ti —respondió, como si la idea lo ofendiese.

—Lo siento otra vez. Hasta mi propia familia lo estaba. Mis padres no me dejaban llevar un bañador normal cuando íbamos al club de campo. Tenía que llevar uno que me tapase todo el cuerpo.

Se hizo el silencio entre ambos y Elsa advirtió que había vuelto a hablar más de la cuenta. Le había contado cosas que jamás le había dicho a nadie, pero en esos momentos necesitaba liberarse de ellas.

—Elsa, no sé qué quieres de mí —admitió Blaise, hablando despacio.

—Sinceridad.

—Soy sincero.

—Gracias.

—Luego hablamos.

Ella asintió, aunque él no pudiese verla, y luego colgó.

Blaise juró en voz alta en su despacho, pero no se sintió mejor. En ocasiones, Elsa le hacía sentirse como si estuviese sangrando por dentro. Porque había pensado que se avergonzaba de ella, como le había sucedido a su familia después del incendio.

No era el hombre adecuado para estar a su lado. Había intentado distanciarse desde que habían vuelto a París para no hacerle daño.

Pero Elsa lo había llamado, como una sirena, para que volviese a acercarse a las rocas.

Había estado a punto de pedirle que lo acompañase esa noche, pero luego se había dicho que no iba a permitir que nadie lo manipulase. Marie había sido una maestra en el arte de la manipulación. Y él se lo había permitido.

No cometería el mismo error con Elsa.

Durante los últimos tres años, la mayor parte de sus relaciones habían durado una o dos noches, pero no quería eso con Elsa. Todavía no podía dejarla.

No obstante, le hacía perder el control. Y eso no podía tolerarlo.

No, sería él quien llevase las riendas de su relación. Y la tendría esa noche. La llevaría a la fiesta y, después, a su cama.

Y la haría suya.

—Fue un error, pensar que estaría mejor sin ti esta noche.

Elsa se ruborizó al oír aquel cumplido. Sobre todo, porque se había arrepentido de haber sido tan trasparente con Blaise y por haberle casi rogado que la llevase a la fiesta.

Pero cuando este la había llamado menos de veinte minutos después de su primera conversación, no había podido negarse a acompañarlo.

Le había sido sincera, aunque la suya fuese solo una relación sexual, ella se la tomaba en serio. Enseñarle sus cicatrices había sido el primer paso para descubrirse entera.

Blaise llevaba las cicatrices por dentro, y eso le permitía protegerse. Sabía de ella más que nadie en el mundo y eso hacía que pensase que tenía ciertos derechos sobre él.

Sin embargo, él solo compartía su cuerpo.

Había intentado preguntarle por su familia en el yate, pero Blaise había respondido con monosílabos y casi no le había dado información.

—Gracias por el casi cumplido —le dijo mientras entraban en uno de los salones de un lujoso hotel.

Blaise le había contado que iba a reunirse con un potencial cliente que no estaba seguro de querer asociarse a él debido a su reputación.

—Era un cumplido. Cometí un error. ¿Qué más quieres?

—Nada —le respondió—. Que me lo hubieses pedido tú primero.

—Pensé hacerlo —admitió él, mirándola a los ojos—, pero es una reunión de negocios y necesito estar concentrado, no excitado.

Ella sonrió.

—¿Te parece divertido?

–Un poco ordinario como piropo, pero sí, me parece divertido. Pensé que habías perdido el interés en mí.

–No me gustan las mujeres que se hacen las inseguras.

–No me hago la insegura. Es solo que no me ha gustado que no me llamases. Solo te pido respeto.

–¿Y te he dado algún motivo para que pienses que no te respeto?

–Solo que no llamaste al volver a París. Me parece bien que quieras que nuestra relación sea informal, pero no me gustan los regímenes de incomunicación y que solo me llames como si fuese una línea erótica.

–Pensé que tal vez necesitabas espacio –le dijo Blaise en tono sincero.

–Pues te equivocaste, quiero decir, que necesitaba saber cómo estábamos al volver a París.

Blaise le dio un beso en los labios y ella se quedó inmóvil. Lo había echado demasiado de menos.

Cuando se separaron, no la soltó y le dijo en voz baja.

–Creo que queda claro cómo está nuestra relación, al menos, cuando estamos cerca.

–Supongo que sí.

Él le acarició la mejilla y la miró a los ojos.

–No puedo mantener las manos alejadas de ti.

Elsa se sintió como si estuviesen solos en la habitación. Se acercó más a él y le pasó la lengua por los labios.

Blaise retrocedió.

–No.

–¿Por qué no?

–Porque he venido a hacer negocios, ¿recuerdas?

–Ah, sí. Prometo que sabré comportarme.

Él la miró fijamente unos segundos más.

–Qué pena.

Luego le dio la mano y la llevó hacia el bar, donde los esperaba Calder Williams, dueño de una importante cadena de hoteles, el siguiente proyecto en el que quería invertir Blaise.

–Calder –lo saludó, dándole la mano y volviendo a concentrarse en el trabajo, aunque su cuerpo siguiese empeñado en que se centrase en Elsa.

–Blaise... –respondió éste, mirando a Elsa con interés– me alegro de verte otra vez.

–Yo también.

–¿Y usted es? –le preguntó Calder a Elsa.

–Elsa Stanton –respondió ésta, dándole la mano, en la que Calder le dio un beso.

A Blaise no le gustó el gesto. Elsa era suya. Puso un brazo alrededor de su cintura mientras empezaban a hablar del proyecto de expansión de la cadena hotelera.

Calder no dejaba de mirar a Elsa, más interesado en ella que en el negocio.

Y Blaise no podía evitar pensar que no quería que la mirase. No quería que la desease.

Era suya.

–Me parece –le dijo en tono gélido después de unos minutos– que deberíamos continuar esta conversación otro día en mi despacho.

Calder sonrió.

—Llamaré a tu secretaria.

—Bien.

—Encantado de conocerte, Elsa.

—Ha sido un placer —respondió ella, ajena a todo.

—¿Tienes una tarjeta de visita? —le preguntó Calder.

Elsa buscó en su bolso rosa fucsia y le dio una.

—Sí, viene la dirección y el teléfono de la boutique.

—Ah, diseñadora de moda, tenía que habérmelo imaginado.

—Calder, ¿por qué no lo intentas con alguna mujer que haya venido sola?

Elsa se puso tensa al oír aquello y Calder sonrió.

—Por supuesto —dijo, metiéndose la tarjeta en el bolsillo de la chaqueta.

—Ha sido un placer —le dijo Elsa, agarrándose al brazo de Blaise.

Solo lo soltó cuando se habían alejado de Calder y estaban en un pasillo, y echó a andar delante de él hacia la puerta.

—¿Qué te pasa? Pensé que querías acompañarme —le dijo Blaise.

—No sabía que ibas a comportarte como un tonto celoso.

—Tú te has comportado igual cuando me has llamado esta mañana.

—Pero no te he puesto en ridículo delante de nadie.

—Iba a devorarte conmigo allí.

–Yo no lo habría permitido, ¿cuál es el problema?

–El problema es que era una reunión de negocios y no ha sido nada profesional.

–Yo no tengo la culpa de que te hayas portado como un macho posesivo, Blaise Chevalier.

Elsa tenía la mirada encendida y las mejillas sonrojadas. Estaba enfadada, pero a él le pareció que estaba muy sexy. No pudo evitarlo.

Había habido una época en su vida en la que se había considerado un hombre de honor. Un hombre capaz de controlar sus instintos más básicos.

Pero todo eso se había terminado tres años antes y no iba a ser esa noche cuando lo cambiase. Necesitaba tener a Elsa. Era una cuestión de atracción. Tenía que saber que era suya. Que él era el hombre al que deseaba, y no Calder ni ningún otro. Necesitaba asegurarse que estuviese con quien estuviese después de él, siempre lo recordaría.

La besó apasionadamente y su cuerpo se endureció al instante.

Ella le devolvió el beso, agarrándolo de la cara. Blaise la hizo retroceder contra la pared sin soltar sus labios. La estaba besando como si se estuviese muriendo y aquel fuese el último momento de su vida.

Era un beso alimentado por la desesperación, una desesperación que no podía entender ni controlar, que corría por él con una intensidad que no había experimentado nunca. Tal vez fuese la mezcla de su enfado con el de ella, lo que creaba una combinación tan letal y explosiva.

Aquello no era el preludio civilizado de una noche de sexo sin complicaciones. Era algo más. Algo más profundo. Lo había sido desde el momento en que había tocado a Elsa.

–Blaise...

–Elsa.

La miró a los ojos, la besó en la mejilla, en el cuello, en el lugar en el que el fuego había marcado su piel. Luego pasó al otro lado del cuello y le dio dos besos, tal y como le había prometido.

Ella se arqueó contra su cuerpo y Blaise le acarició los pechos. Después la agarró por las caderas y la apretó contra él para que sintiese su erección. Para que supiese lo que estaba haciendo con él.

Elsa le acarició la espalda y le agarró el trasero.

Estaban en un pasillo donde cualquiera podía verlos y Blaise estaba a punto de llegar al orgasmo, pero le daba igual. Lo único que le importaba era tener a Elsa.

Se oyó el ruido de unas puertas al abrirse y esta se quedó inmóvil y lo soltó. Él se apartó, pero solo un poco, manteniendo la mano en su cintura.

Un pequeño grupo de personas salió del salón, charlando y riendo, ajenas a ellos.

Elsa bajó la cabeza y la apoyó en su hombro.

–No sé... qué nos ha pasado.

–Es deseo.

–Deseo –repitió ella–. Tal vez.

Pero no parecía convencida.

–¿Vamos a tu casa o a la mía? –le preguntó él.

–Mi cama es pequeña.

Aquello volvió a recordarle a Blaise lo inocente que era. Mientras que él era un cerdo.

–Entonces, a la mía.

Capítulo 12

EL PISO de Blaise era el reflejo del propio hombre. Frío, de líneas depuradas y sin pistas acerca de cómo era por dentro.

Ni una fotografía de familia. Ni una obra de arte que no fuese moderna y que no hubiese escogido el diseñador de interiores que le había decorado el piso.

Reflejaba lo que él enseñaba al mundo, pero no lo que Elsa conocía de él. Blaise era Malawi. El lago, el cielo, una belleza indomable.

—Bonitas vistas —comentó, mirando por la ventana hacia la ciudad de París, con la torre Eiffel al fondo.

Blaise se encogió de hombros.

—Casi ni me doy cuenta.

—Entonces... ¿por qué vives aquí si no aprecias la situación del piso?

—Ah, sí que la aprecio. Este ático fue una buena inversión, sobre todo, por las vistas.

—Eso es... muy típico en ti.

—Tú tienes alma de artista, Elsa —comentó él en tono indulgente—. Yo la tengo de financiero. Tú ves el arte, yo, el valor económico.

–Entonces, ¿esa es tu pasión, el dinero?

–No el dinero en sí, sino ganarlo. El reto de ganarlo.

Elsa respiró hondo y continuó mirando a su alrededor. Todo estaba demasiado limpio y ordenado.

–No suelo estar mucho en casa –comentó Blaise, como si le hubiese leído el pensamiento.

–Ah.

Atravesó la habitación con los ojos clavados en ella y todo lo demás se desdibujó a su alrededor. En cuanto la besó, solo sintió la necesidad de tenerla. Era la primera vez que le ocurría algo así.

La primera vez que alguien traspasaba el muro que había levantado alrededor de su corazón.

Elsa apoyó las manos en su pecho y empezó a desabrocharle la camisa.

–Eres perfecto –susurró cuando se la hubo quitado.

A él se le encogió el corazón y pensó que solo se refería a su cuerpo, porque si pudiese ver dentro de él, no diría algo así.

–Mi habitación está arriba –le dijo, intentando ir a un territorio más seguro. La cama. Allí podía dárselo todo.

Era el único lugar en el que podía darle todo lo que se merecía.

Ella sonrió con picardía, separándose de él para subir las escaleras.

La habitación tenía las mismas vistas que el salón. Unas vistas que no representaban nada para él. Salvo promesas rotas. Las de Marie y las suyas propias. Había comprado el ático porque Marie le había dicho que lo hiciera.

Y las vistas habían sido lo único que había permanecido igual después de que ella se marchase, con otro. Entonces, había contratado a un diseñador de interiores para erradicar los toques femeninos que su ex le había dado a la casa. Había hecho un esfuerzo por eliminar todo lo que le recordase a ella.

Así que llevaba tres años ignorando las vistas, pero en esos momentos, al mirar hacia la ventana, vio al silueta de Elsa dibujada en ella. Lo estaba mirando con deseo.

No se molestaba en ocultarlo. Su sinceridad era sorprendente, más de lo que se merecía. Y, no obstante, la quería. Deseaba a Elsa.

Esta miró detrás de ella, hacia las ventanas.

–No se ve nada desde fuera, ni siquiera con las luces encendidas –le aseguró Blaise.

Elsa asintió y se llevó la mano a la espalda para bajarse la cremallera.

–Me alegro, porque esta noche... quiero que dejemos las luces encendidas.

Blaise se dio cuenta de que estaba nerviosa y se excitó al verla quitarse el vestido.

Era la mujer más valiente que había conocido. Una mezcla de suavidad y fuerza, de inseguridad y confianza. Había sufrido mucho y sin ningún apoyo.

Se olvidó de todo y se centró en ella, que se había quitado el sujetador.

Se acercó y le acarició la curva de los pechos,

haciendo un esfuerzo para no tocarla allí donde más deseaba ella que la tocase.

Su propio cuerpo protestó. Quería tenerla ya, cuanto antes. Pero él quería saborearla. Darle todo lo que pudiese darle.

Elsa se movió contra su cuerpo y se quitó las braguitas y los tacones.

Él metió la mano entre sus piernas y la acarició. Metió un dedo en su interior, luego dos.

–Blaise, no puedo más... –gimió ella, aferrándose a sus hombros.

–Déjate llevar –le pidió él, deseando notar con los dedos cómo llegaba al clímax.

Ella se mordió el labio y empezó a sacudirse, temblando, apoyando todo el peso de su cuerpo en él.

–*Ma belle* –le susurró Blaise, tomándola en brazos para llevarla hasta la cama.

Una vez allí, Elsa tomó su erección con la mano y le dio placer.

Mientras, él la besó en el cuello y le mordisqueó la delicada piel antes de bajar hacia los pechos.

–Eres como un postre –le dijo, pasando la lengua por uno de los pezones endurecidos–. Fresas con nata. Pero mucho mejor, más deliciosa.

Chupó con fuerza y notó cómo Elsa arqueaba la espalda hacia él.

–Te deseo, Blaise –le dijo–. Solo a ti.

Y su cuerpo sintió la necesidad de estar dentro de ella, de hacerla suya, pero se contuvo todo lo que pudo y fijó su atención en el otro pecho.

–Blaise –insistió ella–. Ya.

Y él perdió el control y sacó un preservativo de la mesita de noche y lo abrió con dedos temblorosos.

—Dámelo —le pidió Elsa.

—No. Si me tocas, no aguantaré.

—No me importa.

—A mí, sí.

Elsa le quitó el paquete de la mano y lo dejó encima de la cama.

Luego, se inclinó hacia delante y pasó la lengua por su erección antes de metérsela en la boca.

Blaise quiso protestar, pero no fue capaz.

—Venga, déjate llevar, Blaise —le dijo ella.

No tuvo que esforzarse mucho más en hacer que perdiese el control por completo.

Luego, se tumbó de nuevo a su lado y apoyó una mano en su pecho.

—Me encanta el contraste entre tu piel y la mía —le dijo suspirando—. Estoy agotada.

Elsa cerró los ojos y su respiración se volvió profunda. Blaise se quedó con los ojos abiertos. Sabía que esa noche no iba a poder dormir.

A Elsa le dolía todo el cuerpo, después de haber pasado toda la noche haciendo el amor. Cambió de postura y apoyó la mano en el lugar en el que había estado Blaise. Expiró.

No sabía cómo ni cuándo había ocurrido, pero la noche anterior, mientras hacían el amor, se había dado cuenta de que estaba enamorada de él.

Enamorada de Blaise Chevalier, conocido mujeriego, que le había robado la prometida a su hermano, y hombre de negocios despiadado.

Aunque ella no lo viese así, sino como al hombre
que trazaba sus cicatrices, que la había abrazado
mientras le contaba sus secretos más oscuros. El
hombre que creía en su talento, que pensaba que era
bella.

Casi parecía imposible que fuese el mismo hombre del que hablaba la prensa. El hombre al que toda
Francia odiaba.

Elsa sabía que no era una buena apuesta, que le
iba a romper el corazón y, no obstante, no tenía
miedo, ni le entristecía estar enamorada de él.

Porque la noche anterior se había sentido como
una mujer de la cabeza a los pies. Una persona completa. Capaz de estar con el hombre al que amaba, de
hacer lo que quisiera, con el hombre al que amaba.

Por fin estaba viviendo la vida y, aunque era pro-
bable que le rompiesen el corazón, no iba a volver
a esconderse.

Blaise entró en el dormitorio con una toalla enro-
llada en la cintura y el pecho todavía húmedo. Elsa
deseó secárselo con la lengua.

–Háblame de Marie –le pidió casi sin darse cuenta.

Él se quedó inmóvil un instante, luego se quitó
la toalla y fue desnudo hasta el armario.

–¿Por qué?

–Porque sí. ¿No quieres que sepa nada?

–Míralo en Internet.

–Ya lo he hecho.

–¿Y no ha sido suficiente?

–No, ni mucho menos.

–No tiene importancia.

–Si no la tuviese, me lo estarías contando.

Blaise abrió el primer cajón del armario y sacó unos calzoncillos negros. Se los puso.

–Era la prometida de Luc. Tres semanas antes, estábamos a solas en su ático y la seduje. Así que canceló la boda. Estuvimos un año juntos y, luego, me dejó.

Elsa se llevó las rodillas al pecho.

–Pensé... que la habías dejado tú.

–No. Aunque tenía que haberlo hecho, porque la miraba y veía la traición a mi hermano.

–¿Y por qué...?

–¿Por qué? –repitió Blaise–. Porque la quería. Al menos, esa fue mi excusa. El amor lo puede todo, ¿no?

–¿La querías?

Elsa sintió celos. Le dolió que Blaise le hubiese entregado su corazón a otra persona. Le había sido más fácil pensar que la había seducido y había sido cruel con ella.

–Bueno, no, no la quería. Creía que la quería. Y eso fue la excusa para ser egoísta. El corazón es perverso, Elsa.

–No estoy de acuerdo.

–Porque no lo has vivido. No has visto cómo puede llegar a cambiarte. Ahora prefiero utilizar la mente. Sé que puedo confiar en ella –le dijo, mirando por la ventana–. ¿Sabes por qué tengo estas vistas? Por ella. Me pidió que se viese la torre Eiffel, para cuando diésemos fiestas. Y yo le hice caso para demostrarle mi amor, fue sencillo, porque solo tuve que firmar un cheque. ¿Acaso es eso el amor, Elsa?

–No.

–Eso pienso yo también.

Elsa tenía el estómago encogido de celos, tristeza, ira, todo mezclado.

Había pensado que se sentiría más unida a él sabiendo aquello, pero en esos momentos se sentía lejos. Era como si el vínculo que había habido entre ambos estuviese desgastándose.

–Tengo que irme a trabajar –le dijo–. Me ducharé en casa. De todos modos, tengo que cambiarme de ropa.

Blaise se encogió de hombros y se puso unos vaqueros azul oscuro.

–¿Has tenido noticias de Statham's?

–Todavía no.

–Avísame cuando las tengas.

Elsa asintió. Se sentía como si se le fuese a romper el corazón en el pecho.

–Sí. Te llamaré.

Capítulo 13

HOLA –dijo Elsa, entrando en el despacho de Blaise, cuyas vistas eran tan espectaculares como las de su ático.

–¿Tienes noticias? –le preguntó él, casi sin levantar la vista de la pantalla del ordenador.

–Voy a salir en un importante programa de moda la semana que viene –le contó ella–. ¿Lo has conseguido tú?

–No, Elsa. Ni eso, ni lo de Statham's tampoco.

La idea de haberlo conseguido sola hizo que se sintiese satisfecha, porque algún día tendría que arreglárselas sin él, tanto profesional como personalmente.

No quería hacerlo, pero lo haría.

–Solo quería que lo supieras –le dijo ella.

Y quería abrazarlo. Y besarlo. Y decirle que lo amaba.

–Estoy orgulloso de ti.

A Elsa casi le estalló el corazón al oír aquello. Era la primera vez que se lo decían, y no podía significar más, proviniendo de él.

–Gracias. Será mejor que vaya a hacer unas llamadas.

Blaise se levantó de su sillón y fue hacia ella, a poner las manos en su cintura. Inclinó la cabeza y la besó en los labios.

—Hasta esta noche.

—Hasta luego.

Elsa sabía que iba a ser un suicidio emocional, pero estaba dispuesta a arriesgarse.

Había cosas por las que merecía la pena arriesgarse. Y entre ellas estaba Blaise.

La semana siguiente pasó sin que Elsa se diese cuenta. Trabajando de día y pasando las noches con Blaise, con el que la pasión crecía momento a momento.

Y sus sentimientos por él eran cada vez más fuertes.

Estaba feliz. Ya no llevaba el maquillaje a modo de máscara ni la ropa como una armadura. Era Elsa. Y era feliz así.

La voz de su cabeza era la de Blaise, que le decía que era bella, que tenía talento. Ya no la asaltaban las dudas. No vivía en una tragedia ocurrida once años antes.

Su aparición en televisión fue un éxito y acababa de salir del plató cuando se encontró con Sarah Chadwick, jefa de compras de Statham's, que le confirmó que quería distribuir su marca en los grandes almacenes.

La primera persona con la que quiso compartir

la noticia era Blaise. Él la había ayudado a llegar hasta allí, gracias a su ayuda, había sido posible.

Y era la persona más importante de su vida.

Se giró y lo vio, apartado del resto de la gente. Vestido con un traje que ella había diseñado, con una rosa en la mano. La multitud se desdibujó y solo lo vio a él, junto al lago de Malawi, con la rosa. La noche que había recorrido con ella sus cicatrices.

Se acercó a su lado con el corazón acelerado.

—Me alegro de verte.

—Bien hecho —le dijo él, dándole la rosa.

—Y tengo el contrato con Statham's. Acabo de hablar con la jefa de ventas.

Blaise asintió.

—Sabía que lo conseguirías. ¿Nos vamos?

—Claro.

Elsa estaba deseando celebrar su éxito con el hombre al que amaba.

—Es precioso, Blaise.

Este la observó al entrar en su habitación, donde había colocado velas por todas partes, salvo en la cama.

—Gracias. Es muy especial. Esta noche ha sido especial —añadió.

Blaise estaba de acuerdo. Estaba a punto de estallar de deseo por ella. Quería hacerla feliz. Quería hacer que se sintiese todo lo especial que era.

—Ven aquí.

–No, ven tú aquí, señor Chevalier –le replicó Elsa con los ojos brillantes.

Y él lo hizo, porque no podía negarse.

Solo podía pensar en ella, en hacerla suya. Su Elsa.

Pero fue ella la que empezó a acariciarlo, con las manos, los labios, la lengua. Y Blaise tuvo que hacer un esfuerzo por controlarse.

Le encantó verla así. Salvaje. Abandonada. Segura de sí misma. Capaz de permitir que viese su cuerpo sin avergonzarse de él.

–Quiero que seas mío, Blaise. Todo mío –le dijo, poniéndole un preservativo en la mano.

Él se lo colocó con manos temblorosas y la penetró.

Su mente estaba en blanco. El deseo lo nublaba todo.

Elsa se arqueó contra él y sus pezones duros le rozaron el pecho. Lo agarró por el trasero con fuerza y susurró su nombre mientras sus músculos internos lo apretaban con fuerza.

Él gimió y se dejó llevar por el orgasmo, temblando.

Después, se tumbó de lado sin separarse de Elsa, satisfecho como nunca antes y, al mismo tiempo, con más hambre de ella. Siempre tendría más hambre de ella.

Estaba perdiendo el control, notaba cómo se le escapaba de las manos, cómo se venían abajo los muros que había levantado en su interior, permitiéndole sentir. Respiró hondo y su olor lo llenó. Se le encogió el corazón.

Aquello era inaceptable. No podía permitirlo.

Elsa estaba como en una nube. Había conseguido éxito profesional y había pasado toda la noche haciendo el amor con Blaise.

El hombre al que amaba.

Sonrió mientras sujetaba con alfileres las mangas de la chaqueta en la que estaba trabajando.

Oyó que se abría la puerta de su taller y se giró. Era Blaise, que estaba serio, tenso.

–Deberías cerrar con llave –le dijo.

–Lo siento –dijo ella, con el estómago encogido, consciente de que algo iba mal.

–Tenemos que hablar. Quiero terminar con nuestra asociación empresarial.

–Pero... si casi tengo los contratos. Estoy a punto de conseguirlo...

–Te regalo el importe del crédito, y el importe de la inversión.

Elsa sacudió la cabeza.

–No... no lo entiendo. ¿Es porque tenemos una relación? No puedo aceptar tu dinero.

–Nuestra relación también se va a terminar.

–¿Por qué?

–Te diré por qué. Porque pensé que la terminarías tú cuando te conté lo de Marie y, como no lo hiciste, lo hago yo por ti.

–¿Por qué haces esto, Blaise? –inquirió ella enfadada–. ¿Porque no has conseguido apartarme de ti contándome que eras una mala persona? ¿Por eso lo haces ahora directamente? ¿Porque contabas con deshacerte de mí y no has podido? Contabas con tu reputación para alejarme de ti.

–Mi reputación alejaría a cualquier persona sensata.

–Lo mismo que la actitud que estás teniendo ahora –le dijo ella.

Elsa sabía que Blaise estaba intentando protegerse. Porque la noche anterior habían forjado un vínculo tan profundo e intenso, que casi le daba miedo hasta a ella.

–Te quiero –le dijo.

¿Por qué mantenerlo en secreto, si era la verdad?

–Calla.

–No. No quiero.

–Es solo sexo. Eras virgen la primera vez que hicimos el amor y estás confundiendo deseo con amor.

–Eres tú el que está confundido, el que tiene miedo. Es mucho más fácil aferrarse al pasado que arriesgarse a equivocarse.

Blaise apretó la mandíbula.

–¿Vas a culparte toda la vida por haber cometido un error? –le preguntó ella.

–Aquel error me enseñó cómo era en realidad. Pensaba que era un gran hombre, lo tenía todo. Una familia con la que estaba creando un nuevo vínculo, un buen trabajo, poder, dinero y honor. Pero fui débil cuando más importaba.

–¿Es eso lo que te incomoda tanto, Blaise Chevalier? ¿Saber que eres un hombre y no un dios? ¿Que eres humano, como el resto? Pues yo me alegro. Porque necesitaba un hombre que me enseñase lo que me estaba perdiendo. Un hombre que me hiciese sentir bella. No necesitaba un hombre perfecto, sino a alguien que pudiese entenderme –le dijo, apoyando la mano en su pecho–. Y tú lo hiciste. Estuviste ahí. Me hiciste ver todas las cosas que me merecía. He tenido miedo durante once años, pero ya no lo tengo. Y es gracias a ti.

–Te equivocas, Elsa. Crees que, si sigues buscando en mi interior, encontrarás algo más, pero solo hay lo que ves. Nada más.

–Te equivocas. Hay mucho más en ti, Blaise Chevalier.

–Y tú crees que estás viviendo un cuento de hadas, Elsa Stanton –replicó él–. No hay ningún motivo para que vuelvas a verme.

Y, dicho aquello, se dio la vuelta y salió de la habitación dando un portazo.

Con los ojos llenos de lágrimas, Elsa se aferró a la mesa con fuerza.

Blaise se había marchado llevándose su corazón para siempre.

Capítulo 14

BLAISE miró por la ventana de su ático, observó las vistas que normalmente ignoraba. Si cerraba los ojos, veía a Elsa, con las luces de la ciudad detrás de ella. Las siluetas de su cuerpo eran mucho más atractivas que la arquitectura.

Dejó el vaso de whisky con fuerza. Al marcharse Marie, se había emborrachado y había llamado a la última mujer con la que había salido antes que ella, a la que había utilizado para olvidar.

Al pensar en hacer lo mismo en esa ocasión se le encogió el estómago y sintió casi náuseas. No quería olvidarse de Elsa ni quería tocar a otra mujer.

La noche anterior se había dado cuenta de que tenía sentimientos por ella y le había dado miedo que le rompiese el corazón.

Aunque ese miedo no era comparable con el miedo a que Elsa se diese cuenta algún día de que se merecía a alguien mejor a su lado. Al miedo a ver en sus ojos la desilusión y el dolor que había visto en los de su hermano el día que se había enterado de que lo había traicionado.

Le daba miedo ver cómo se apagaba el fuego de

los ojos de Elsa. Ver cómo el amor se transformaba en odio. Era a eso a lo que no se podía enfrentar.

Pero Elsa hacía que desease intentar ser mejor de lo que era, aunque no supiese si sería suficiente para ella.

Se puso en pie y apoyó la palma de la mano en el cristal frío. Tendría que ser suficiente, porque no podía vivir sin ella.

–Elsa.

Llevaba dos semanas sin Blaise y, al parecer, estaba empezando a tener alucinaciones. Había soñado tantas veces con su voz que ya la oía incluso despierta.

Apoyó la cabeza contra la puerta del taller, con la mano inmóvil en la llave que había metido en la cerradura.

La caricia en el cuello le resultó familiar. Se giró y lo vio allí, bajo la lluvia, con la camisa abierta, sin corbata. Estaba hecho un desastre, más delgado y con ojeras, pero Elsa nunca había visto algo tan bello ni tan doloroso en toda su vida.

–¿Qué haces aquí? –susurró–. Me dijiste que no volvería a verte.

Blaise bajó la vista, como si no pudiese mirarla a los ojos.

–Si no quieres verme, me marcharé.

Por supuesto que quería verlo y estar con él. Y deseaba abrazarlo y besarlo, pero no podía hacerlo. No hasta que no supiese qué hacía allí.

–No he podido evitarlo –le dijo él con voz ronca–.

No duermo por las noches. Me duele el cuerpo por el día, tampoco puedo comer. Te... necesito en mi vida y no me he dado cuenta hasta que no te he echado de ella.

Luego le tomó la mano y acarició la cicatriz que tenía en el dorso con el pulgar.

–Tenías razón, Elsa. Tenía miedo. Tengo miedo. Tanto, que he destruido lo que teníamos juntos. He sido un imbécil.

Seguía lloviendo, pero a él parecía no importarle. A Elsa tampoco le importaba. Nada la apartaría de Blaise, ni en ese momento ni nunca.

–Una vez me dijiste que era perfecto –continuó este–. Que mi cuerpo era perfecto y, al mismo tiempo, te veías a ti dañada cuando para mí eras la mujer más completa que había conocido.

Ella se mordió el labio y negó con la cabeza.

–Ahí te equivocas. Estaba rota, asustada. Por eso me di cuenta de que tú tenías miedo, porque yo había vivido con él durante mucho tiempo, pero tú me ayudaste a superarlo, me despertaste.

Blaise la besó y ella notó cómo se hinchaba su corazón. No había ido a verla por motivos de trabajo. Había ido por ella. Le devolvió el beso apasionadamente.

–Me has cambiado –le dijo él cuando se separaron.

Trazó con el dedo las marcas de su cuello sin dejar de mirarla a los ojos.

–Tenía miedo de decepcionarte, de no poder ofrecerte nada –añadió.

–Me lo has dado todo –susurró ella–. Tal vez no lo veas, Blaise, pero es la verdad. Estaba encerrada en mí misma, mi cuerpo era mi prisión. Y tú me has liberado. Cuando te miro, veo el mundo.

–No soy perfecto, pero te quiero y haré todo lo que esté en mi mano para ser el hombre que te mereces.

–Pensé que no creías en el amor –le dijo Elsa sonriendo.

Él apoyó la frente en la suya y sonrió también.

–Era mucho más fácil no creer, pero te quiero, Elsa Stanton. Siento algo que no había sentido nunca antes.

Las lágrimas empezaron a correr por el rostro de Elsa, mezclándose con la lluvia, pero no le importó. No se molestó en limpiárselas.

–Yo también te quiero. Te quiero tal y como eres.

A Blaise se le aceleró el corazón, que, por primera vez en dos semanas, ya no le dolía.

–Necesitaba cambiar, Elsa. Y tú me has cambiado. Yo también me estaba escondiendo, pero tú has hecho que me muestre tal y como soy y te prometo que no volveré a esconderme de ti. Tendrás todo mi amor, mi cuerpo, mi corazón, para siempre.

–¿Y eso cómo lo sabes? –le preguntó ella con lágrimas en los ojos.

–Porque no he estado peor en mi vida que estos días sin ti.

–Yo también, y espero que no vuelvas a hacernos pasar por algo así.

–No lo haré.

Blaise se metió la mano en el bolsillo y sacó una pequeña caja forrada de terciopelo. Le había comprado un anillo porque había sabido que, si quería que volviese con él, tenía que dejar a un lado su orgullo y arrodillarse delante de ella, para intentar convencerla de que le diese otra oportunidad. Para intentar convencerla de que estuviese con él para siempre.

–¿Quieres casarte conmigo?

Elsa se arrodilló también y lo miró a los ojos.

–Sí.

Blaise abrió la caja y se alegró al ver la expresión del rostro de Elsa.

–Es rosa –dijo, sacando el anillo de platino con un diamante rosa.

–Eres tú –le contestó él, poniéndoselo en el dedo.

–Es verdad, me conoces tan bien.

–Y tú a mí y, aun así, parece que me quieres.

Elsa se inclinó hacia él y tomó su rostro con ambas manos.

–Te quiero porque te conozco.

Blaise la besó. Jamás se cansaría de sus labios. Jamás se saciaría de ella. Le metió las manos debajo de la camisa y tocó su piel.

–Eres perfecta, Elsa Chevalier. En todos los aspectos.

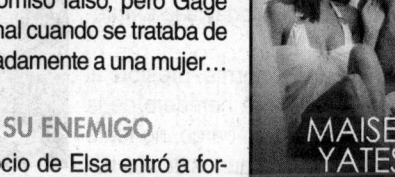

BIANCA™

JANE PORTER
SECRETO SICILIANO

Vittorio d'Severano era todo lo que Jillian Smith quería hasta que descubrió su vida secreta. Con el corazón roto, Jill decidió desaparecer.

Vitt volvió para reclamar al hijo que Jill había jurado esconderle y, por el niño, tuvo que aceptar el anillo de compromiso que le ofreció. ¿Pero qué clase de relación podía estar basada en secretos, mentiras… y un deseo imposible de reprimir?

SARA CRAVEN
EL FINAL DE LA INOCENCIA

Para evitar que su corazón quedara hecho pedazos en manos de Darius Maynard, Chloe Benson había abandonado su pueblo. Al regresar a casa años después, aquellos pícaros ojos verdes y comentarios burlones todavía la enfurecían... ¡y excitaban!

N.º 488

Darius sintió una enorme presión al pasar de oveja negra a heredero de la familia Maynard. Sin embargo, no tenía intención de cambiar algunos de sus hábitos, como el de disfrutar de las mujeres hermosas.

CATHERINE GEORGE
BAJO EL SOL DE BRASIL

Roberto de Sousa vivía acostumbrado a que las multitudes gritaran su nombre. Pero tras el accidente que destruyó su carrera como piloto de Fórmula 1, ahora solo oía pensamientos amargos. Recluido en su mansión, Katherine Lister fue la primera persona en ser invitada allí… para valorar una obra de arte. Aunque bajo la apasionada mirada de Roberto, fue ella la que se sintió como una joya de valor incalculable.

¡YA EN TU PUNTO DE VENTA!

DESEO

JESSICA LEMMON
MELODÍA INACABADA

Cash Sutherland, estrella de la música *country*, tenía demasiado éxito y una reputación que había que mejorar. La discográfica contrató a la periodista Presley Cole para que escribiese un artículo que le daría un empujón a las carreras de los dos. Pero Presley era la mujer a la que Cash había dejado atrás y todavía no estaba preparada para perdonarlo por haberle roto el corazón.

JULES BENNETT
UN COMPROMISO FALSO

Luke Sutherland le debía una, así que Cassandra Taylor le pidió que la ayudara a organizar el evento nupcial del año: la boda de su hermano. A cambio, Luke quiso que fingieran estar prometidos para que las mujeres dejaran de acosarlo. Sin embargo, aquel falso compromiso prendió una verdadera pasión. ¿Tendría Cassie su propia boda de cuento de hadas o volvería a rompérsele el corazón?

N.º 553

JESSICA LEMMON
AL RITMO DEL DESEO

Hallie Banks se había hartado de ser la gemela buena y de vivir a la sombra de su hermana, una superestrella de la música *country*. Pero ¿qué sabía ella acerca de dejarse llevar y divertirse? Necesitaba un profesor y, por suerte, el guapísimo Gavin Sutherland estaba dispuesto a aceptar la tarea de enseñarla.

DESEO

KRISTI GOLD

LA ÚNICA MUJER

Andrea Hamilton no conseguía olvidar aquella noche que
había pasado bajo las estrellas junto al hombre que amaba.

Y para colmo Sam había regresa-
do, y estaba más sexy que nunca; además acababa de contratar
sus servicios como adiestradora
de caballos. Pero lo que más le
sorprendió fue enterarse de que
su gran amor era ahora un príncipe... ¡un príncipe que quería ver
a su hijo!

A pesar de los años, Samir seguía
recordando a la mujer a la que había tenido que abandonar para cumplir con su obligación. Pero cuando
se enteró de que tenían un hijo en
común, juró no volver a separarse
de ella.

N.º 55

LA CASA DE LAS FANTASÍAS

La diseñadora de interiores Selene Winston estaba allí para
arreglar la vieja mansión, no para acostarse con su guapísimo
jefe. Sin embargo, no podía dejar de soñar con el introvertido
Adrien Morell…

Pronto se dio cuenta de que había quedado atrapada en el
poder magnético de Adrien. Pero él no estaba dispuesto a
salir de las sombras para estar con ella.

JAZMÍN

REBECCA WINTERS
UN MATRIMONIO PROHIBIDO

Cuando Michelle Howard aceptó el trabajo de enfermera de Zack Sadler, no estaba segura de qué la esperaba durante el siguiente mes. Michelle se resistía a acercarse demasiado al sexy Zack, a quien no había visto desde hacía dos años. Y sabía que cualquier relación con Zack sería demasiado peligrosa para ella.

JODI DAWSON
ROBAR UN CORAZÓN

Con un negocio que dirigir, a Kat Bennet no le quedaba tiempo para el amor... hasta que un sexy desconocido irrumpió en su vida. Kat no tardó en descubrir que Daniel West tenía un motivo oculto para estar en la ciudad, y se dispuso a ayudarlo en su tarea. Al trabajar juntos, Daniel se dio cuenta de que la quería como esposa pero, ¿aceptaría ella serlo cuando él le revelara sus secretos?

N.º 580

ROXANN DELANEY
UN HOMBRE NUEVO

Hank Davis se había pasado la vida yendo de un sitio a otro, por eso sabía que su estancia en Kansas sería temporal. Entonces conoció a la asesora de imagen Lizzie Edwards, que en dos semanas convirtió a aquel duro obrero en un verdadero director de empresa. Pero fue su encantadora personalidad, y la de su preciosa hija de cuatro años, lo que cautivó el corazón de Hank. El problema era que no sabía cómo prometerle algo a Lizzie porque jamás había hecho nada parecido. Cuando de pronto recibió un inesperado legado, se planteó si podría dejar que esas dos damas entraran en su vida.

JULIA.

KELLY HUNTER
UN SUEÑO PROHIBIDO

Siete años atrás, Gabrielle era la hija del ama de llaves y Luc Duvalier, heredero de una gran fortuna, era un sueño prohibido. Por culpa de un beso robado, Gaby fue desterrada de su hogar, pero había vuelto a casa decidida a mirar a Luc de igual a igual, de todas las formas posibles.

La química entre ellos era tan intensa, que ambos sabían que solo era cuestión de tiempo que sucumbieran a ella, sin importar las consecuencias y el escándalo...

LEANNE BANKS
CUENTO DE HADAS

N.º 475

Cuando la princesa Bridget Devereaux tuvo que reclutar médicos para su pequeño país, se encontró con un problema. El atractivo doctor Ryder McCall era la clave para conseguir lo que se había propuesto, pero, como tutor temporal de dos pequeños gemelos, estaba demasiado ocupado para ayudarla.

Para Bridget, la situación de aquel padre soltero era tan conmovedora como intensa la atracción que existía entre ambos. Ryder necesitaba encontrar una niñera. Al presentarse ella voluntaria para ayudarle a cuidar a los gemelos, Bridget sucumbió rápidamente al encanto de aquellos dos bebés... y se enamoró perdidamente de Ryder. Pero sus vidas les llevaban por caminos distintos.